隐逸作家丛书

猫娘日记

刘思颖 著

江苏凤凰文艺出版社
JIANGSU PHOENIX LITERATURE AND ART PUBLISHING, LTD

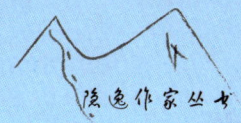

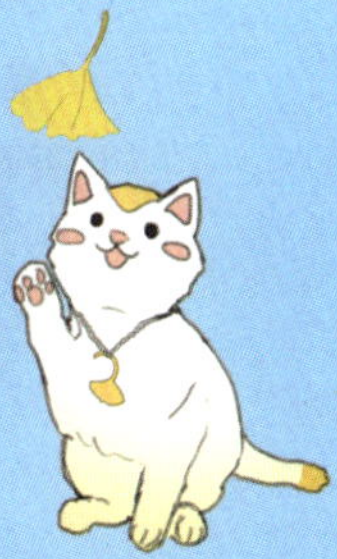

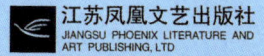

图书在版编目（CIP）数据

猫娘日记 / 刘思颖著 . -- 南京：江苏凤凰文艺出版社，2019.1
（隐逸作家丛书）
ISBN 978-7-5594-2985-8
Ⅰ . ①猫… Ⅱ . ①刘… Ⅲ . ①长篇小说 – 中国 – 当代 Ⅳ . ① I247.5
中国版本图书馆 CIP 数据核字 (2018) 第 233201 号

出 品 人：李日月　　　　　责任编辑：曹　波　刘洲原
封面设计 / 插画：Ringo　　版式设计：日月丽天

出　版：江苏凤凰文艺出版社
地　址：南京市中央路 165 号　　邮编：210009
发　行：全国新华书店
印　刷：浙江新华数码印务有限公司
开　本：889 毫米 × 1194 毫米　1/32　印张：8.75　插页：8 页
版　次：2019 年 1 月第 1 版　　2019 年 1 月第 1 次印刷
字　数：150 千字

定价：58.00 元

版权所有，盗版必究
（图书出现印装问题，本社负责调换）

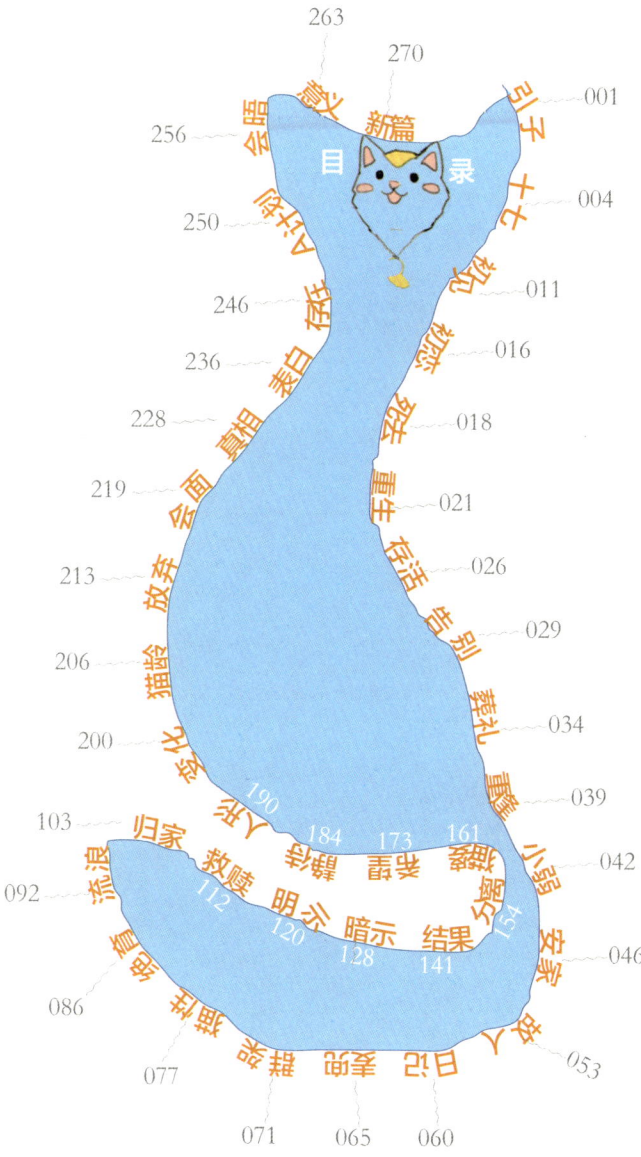

目录

- 263 疑义
- 270 新篇
- 001 引子 十七
- 256 会晤
- 004 改造
- 250 入社
- 011 深渊
- 246 拯救
- 016 苹果
- 236 表白
- 018 重卡
- 228 真相
- 021 复活
- 219 会面
- 026 告别
- 213 放弃
- 029 葬礼
- 206 猫龄
- 034 重逢
- 200 变化
- 039 小鹊
- 190 丫丫
- 042 安李
- 184 蝴蝶
- 046 人设
- 173 毒药
- 053 日记
- 161 翻脸
- 060 21
- 154 分离
- 065 暗示
- 141 结果
- 071 揭秘
- 128 暗示
- 077 莉娜
- 120 明示
- 086 曾远
- 112 救赎
- 092 流浪
- 103 归家

引 子

2025 年，除夕。

我站在阁楼那扇圆形的雕花窗户前，努力探出身体，往通向这幢洋房的石子路的方向看出去。

我呼出的热气与窗外的寒冷交融，在玻璃上渐渐弥漫出一层淡淡的雾。

时钟指针嗒嗒，窗外快六点的天已经暗了一半。

嘀嗒，嘀嗒，嘀嗒……

石子路的那头，熟悉的、修长而挺拔的身影渐渐映入我的视线。和学生时期一样，他习惯把右手插在口袋，左手拎着不大的行李箱，不缓不急，看起来有那么一点风度翩翩。

我不知不觉就笑了。

他一步一步靠近，我渐渐看清了他的脸，那副让我迷恋了整整十年的面容。

心就这样一点一点欢腾起来。好似感应般，他抬头，朝我站立的窗口深深看了那么一眼。

我飞奔下楼，正好听到门锁开动的声音。他迈进门来，我已然站在门边，他丢下行李，伸手抱我。外面那么冷，他的怀抱却总存着些许温暖，我把头埋进他的胸口，贪婪而满足地享受他独有的气息。

"祁诺！"

她从二楼飞奔下来，一缕碎发荡在脸庞。他松开了我，腾出双手拥抱住她，她捧着他的脸，温柔地说了声："怎么好像瘦了点，很辛苦吧？"

他笑着轻吻了她的额头，随即用双手护住她微微隆起的腹部，无限怜爱地问她："都好吗？"

我仰头望着他，想在那一片温馨中再仔细点看看他的脸。

他确实消瘦了一些，却笑得很有精神，大概是公差太久终于能回家的缘故吧。

她兴奋地拉着他进了厨房，说新学了他最爱吃的菜。我跟了几步，叫唤着他的名字：

"祁诺君，祁诺君……"

祁诺，十年前，我就是这样叫你的，你还记得吗？

房间里回响着猫儿甜腻的叫声：

"喵，喵，喵呜啊……"

窗外似乎飘起了点点雪花，她惊喜地叫着好美，拉他去看这来得恰到好处的初雪。她幸福的声音掩盖住了我微弱的呼喊，而我的存在，成了此时此刻最多余的点缀。

我转身，默默回到了三楼的阁楼上。这里没有灯光，在那些堆积的桌椅杂物中间，一台打开的破旧的老式笔记本电脑闪着微弱的荧光。我慢慢踱到电脑前面，伸出左手，使劲让几只短小的指头蜷在一起，用指尖夹起一根小竹签，一字一字在键盘上敲击起来。

文档的中央显示着四个字：

猫娘日记

我叫岑小若，而这，是我的秘密日记。

1. 十七

"不管在什么地方,我都会经常回忆自己的十七岁生日,那个人生中最后一次的,属于岑小若的美好日子。"

秋天,满目金黄。十七岁的年纪,也是金灿灿的。

今天,是我的十七岁生日。

清晨,六点半。一片昏暗的小房间外,已经有了窸窸窣窣的声响。我把棉被拉过头顶,试图隔离掉那些吵人的响动,可那恢复了一半的意识却渐渐把屋外的声响都一一分辨开了。

老式开水壶在煤气炉子上,因被烧得滚烫而发出了嘶鸣声;餐桌上锅碗瓢盆碰撞着发出脆响;有人打开了电视机,老旧的机器"轰"的一声,本来安详的早晨像是炸开了锅。

我彻底清醒过来,拖着半醒半睡的身体打开房门。外公从厨房里探出半个头:"小若啊,起来了就去洗漱,外公给你煮面吃。"

我答应着,上前搂住外公的胳膊。

老人家接近七十岁高龄的身体站得笔直,头戴外婆去世前为他买来的灰色小礼帽，一身黑色夹克西裤，配上一条外婆曾经天天挂在腰间的印花围裙。

"外公，您这样的穿着，真真是……"我笑他。

"鬼头！"外公慈爱地笑着，"今天是你生日，我的大日子，我当然要穿得一尘不染了。"

"那当然，外公您当年可是头号大帅哥，秒杀现在一众鲜肉加上腊肉！"

外公笑出声来，说我和外婆当年一样伶牙俐齿，鬼精灵。

我十岁那年，研究生物学的父母去美国进修，并且双双获得了继续深造学习的机会，因为生活还未安定，便暂时让我留在外公外婆家中。我的一半童年，似乎都是和两位老人家度过的。几年后，爸妈几次提议让我漂洋过海，我却无论如何不愿离开两位老人家，只承诺大学后再去深造。一年前，外婆离开，我便更不愿意离开这个家了。

出了家门往右拐，是一条安宁幽深的小街。路边两行梧桐早已被秋的颜色浸染得鲜黄。一阵轻风拂过，那些还滞留在树枝上的叶儿便有频率地簌簌发抖，而那些掉落在地的，也顺着风向翻腾起来。那是一种干燥、沸腾的声音。

因为清晨陪外公说说笑笑有些晚了，我不得不加快了骑自行车的节奏。飞快地穿过梧桐小街，过了红绿灯再向前骑行几百米，就进入了本市第一高中所坐落的主街。此时道路两旁几个卖烧饼油条的小摊子旁已经看不到饥肠辘辘抢着觅食的学生党，我心里暗叫不妙，而嘶哑的上课铃声就在此时可恨地响了起来。

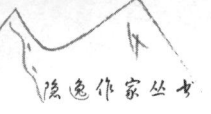

在这样一个秋高气爽的好日子,不知道班主任老郑会出什么招数惩戒我这个迟到惯犯。

微微一分神,校门已经近在眼前了。我加速蹬了几下自行车踏板,冲过即将关闭的大铁门,同时跃下车来,把车子往门卫室门口一丢,敲敲窗口大喊道:"刘大爷,车子麻烦您帮停停啊。"

门卫刘大爷从小房间里跌跌撞撞追出来,又好笑又好气地看着早已扬长而去的我,嘴里嘀咕着这小姑娘这个月迟到的次数简直掰十个手指都数不完了。

我一路小跑上教学楼,踮起脚尖靠近教室门口伸头一看,班主任老郑正直挺挺站在讲台上派发前天模拟考的试卷。还等什么,速速入座要紧!

我把半张脸埋在淡黄色的围巾里,从门口迅速溜进去,蹑手蹑脚并半蹲靠着墙壁,试图借前排的同学做障碍物。讲台上老郑推了推架在鼻梁半中的老式"主席同款"眼镜,一抬头,好巧不巧与我四目相交。在这种"场面一度十分尴尬"的情境下,我急忙站稳了脚,反应极快速地挤给了老郑一个甜美而羞涩的微笑,同时还抬起手臂在半空中挥了一挥,朗声说了一句:"Good morning,郑 sir!"

老郑递出试卷的手悬在半空中,全班同学齐刷刷地抬起头。这群家伙,只有在看人笑话的时候,才如此团结。

"岑小若同学!"老郑将手里一叠试卷重重拍在讲桌上,"请问你这是刚来呢?还是准备出去呢?"

全班同学又一齐哄笑起来,我自知理亏,不敢接老郑的话,只好满脸羞愧地低下头去。这种时刻,沉默与装乖都是不二的法宝。

老郑清清嗓子，正色道："岑小若，老师真是不明白，你住的可是全班同学中离学校最近的，可为什么每次在座的同学都到了，你才姗姗来赴我们的约呢？"

就在我犹豫着该如何撒娇骗过这一劫时，老郑的余光瞟了一眼讲桌上那一沓试卷，脸色突然间温和了那么一点。三秒钟后，他意味深长地看了我一眼，叹了口气说了一句"下不为例"，然后将桌上一张考卷递过来。

台下的同学们好不容易从发考卷的阴影中暂时解脱出来，看一出刚开场的好戏，却见老郑戛然而止，几个平时和我不亲的，早已露出了略微失望的神色。

我赶忙跑上前去，九十度鞠躬且毕恭毕敬地接过了那张特赦令，一瞥之下，试卷空白处用红色墨水深深印着"98.5"几个美丽的小字，数字旁边则是恣意飞扬的"年级第一"四个大字。我心里偷笑，暗想天资聪颖的好福利简直是大把大把的，脸上却摆出不嗔不骄的表情，若无其事不卑不亢地就坐。台下的观众们已明白好戏收场，一个一个百无聊赖地继续埋头等待宣判，只有班长陈言言用一双偷偷描过棕色眼线的丹凤眼狠狠追随着我，眼里射出的两道光像是要把我的校服灼出几个洞来。

我顺势朝着她的方向看过去，故意用手指对她摆了一个 V 字型，把她气得小嘴一撅，扭过头去自顾自傲娇去了。

陈言言，身兼本班班长和班花两个要职，因长相极具古典韵味而被广大男生冠以"陈圆圆"的外号。高一入学时老郑对大家尚不熟悉，却因"班不能一日无长"而决定以入学考成绩裁定人选，

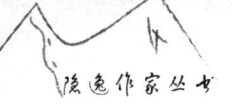

而从无官瘾的本人,只好硬着头皮接下了这顶至高无上的乌纱帽。在之后的几个月中,我有了好几次迟到和捉弄男生的负面纪录,因此被老郑正式刷了下来,而陈圆圆就成了我的"继承人"。陈圆圆继任后,班级里尚余部分拥护我的同学对这位新班长的作派表示过几次不满,这让一向对名利很上瘾的陈圆圆从此对我怀了点愤恨,眼看我此刻被赦免,她心里不知道该有多失落。

坐在陈圆圆后排那位长相端秀的女同志,是我从初中到高中一直同班的好朋友文静。文静很文静,就如我第一次看到她,就认定她今后一定是位贤妻还有良母。还记得初中刚入学时她被一个瘦得和竹竿一样的男生猛烈追求,有一次还胆大包天尾随她回家。文静生怕被她爸妈撞见,只好向碰巧与她同路的我求助。我见义勇为,当场拦截下了那个男生,并向他绘声绘色描述了文静的爸爸几年前是怎样亲手了结了一个死缠烂打纠缠过文静的男生。竹竿男在听我瞎编胡扯时眼神飘忽,嘴唇微微颤抖,也不想想几年前文静还只是个扎着羊角辫裹着红领巾当口水兜的小学生。此后三年间,该男每次见到文静,都会快速低下头去,然后一路小跑着离开。

当然,文静到现在还不清楚事情的真相,却一直对我很佩服。此时她见我侥幸逃过一劫,也在课桌底下悄悄对我摆出了 V 手势。我冲她挤挤眼,在她斜后方自己的座位上坐好,低头看见抽屉里放着一个精美无比的浅粉色礼盒。我悄悄打开它,里面静静躺着一把生了锈的钥匙,上半圆形部分浅浅刻着"一中琴房"四个小字,一张小小的卡片上简短真挚地写着好看的字:"小若,生日快乐,钟秦。"

我往教室的另一头看过去，那个头发微微卷翘，却十分俊秀的细框眼镜男孩，也默契地看了过来。我给了他一个巨大无比的微笑，举起掌心的旧钥匙，对他眨眨眼，用唇语说了一句"阿里嘎多"。

钟秦，我的发小，也是这个世界上和我最有缘的人。我们的父亲大学时候是室友兼球友，而我们也做了近四年的同窗。这些年来，钟秦承包了我身边哥哥、挚友、树洞和整蛊帮凶等各色角色，但是他骨子里，却是我见过的最暖的男生。爸妈刚去美国奋斗的那段时间，我对任何人都不理不睬，只抱着一台便携式CD机一遍又一遍听妈妈离家前常放的钢琴曲。高一开始，我发现学校里居然有一间小小的、隐秘的琴房，便常常在放学后拉着钟秦，让从小便学琴的他为我打基础。没想到几个月时间，我便小有成就，并且能够弹奏些简单的曲子了。高一结束前，我开始练习最爱的那首叫做 *First love* 的曲子，却没料到曲子还未练熟，琴房竟被改造成了教室，而那架老式的珠江钢琴也不知所踪了。

不愧是我的死党，居然不知道从哪里，把装着老钢琴房间的钥匙弄到了手。

我小心翼翼把钥匙放进钱包里，抬头便看到副班主任老秦夹着讲义进门来，身后跟着一脸得意的陈圆圆。老秦勒令大家坐好，随手抄起讲台上的三角尺，用直角部分朝我一指，用微微带着成都口音的普通话命令道："岑小若，下午放学后打扫银杏道，作为早自习迟到的惩罚。"

我刚想起身表示抗议，却瞥见文静一个劲儿朝我使眼色，示意我冷静。老秦虽被私下称为老秦，其实只是个毕业入行不久的

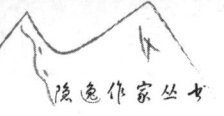

"小秦",只因为是校长的亲侄女,所以就连老郑这样的"老人"平日里都会忌惮她三分,加上新官刚上任,秦副班的屁股后面像是点了好几把火,做事雷厉风行,誓要纠正班里的各种"歪风邪气"。

作为班里最"歪"和最"邪"的代表人物之一的我,此时只能轻轻叹口气,哀悼我那铁定要泡汤的"放学后终极庆生"计划。

2. 初见

"树下的男孩好奇又好笑地看着我,我们望向彼此的那一刻,就是此生所经历过的,最浪漫的一刻……"

一中是为数不多的拥有网球队和网球场的学校之一,我的好友钟秦便是其中的主将。球场旁有一条银杏小道,只要风起得大了些,零零散散的树叶子便静静躺到地面,等待下一场风将它们吹得更远一些。今天我的任务,就是将这些无辜的落叶统统解决。

畅想此时,本可以和文静他们集合在学校门口的甜品店里,喝着老板娘的秘制奶茶,进行一年一度的"奶油大战",可如今,我偏偏只能孤零零一人在这里手握笤帚出卖劳力。想到这里,我索性坐在刚才扫到墙角边的一堆枯叶上休息。保有午间余温的叶子高高交叠在一起,干燥柔软。我拾起一片完整的叶,在黄昏的光线下细细观赏它自然老去的纹路,不自觉哼起了那首阿桑的《叶子》:

"叶子,是不会飞翔的翅膀。翅膀,是落在天上的叶子……"

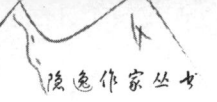

　　清唱的旋律中夹杂了一声轻柔的低鸣,我竖起耳朵,这才听清有"喵喵"的声响从墙头传来。我直起身子四处找,抬头便看见一个上圆下尖的小脑袋瓜从三米高的围墙上探出来,接着一个茸茸带着尾巴的瘦小身体也颤颤巍巍挪了上来。猫儿琥珀色的眼睛在阳光下被衬得晶亮,头顶和背脊各有一簇乳黄色的绒毛,瘦小的身子来回挪动,就是不敢迈步下来。

　　原来是一只淘气的家伙不小心上了墙头却没胆下来。

　　我身边并没有桌椅板凳梯子之类的救援工具,此时此刻,教学楼也都上锁了,只有墙边那棵长歪了的银杏树,斜斜地倒向那座高墙。

　　四下无人,猫儿又戚戚地叫唤了几声,担心受怕的样子让我一下子心软起来。

　　我努力蹦跶得高一些,双手挂住银杏树偏斜的一截还算粗壮的树枝,双脚在树干上迅速向上移动,直到稳住自己的身体并站在了树干上。我心中得意,自觉小时候那些大树小树都不是白爬的。我平衡好了身体,又往上爬了一米,便可以坐上墙头了。猫儿见我靠近,居然还又怵怕地往后歪歪扭扭退了几步。我无奈,只能又往它的方向小心靠拢了一些。猫儿不动了,该是猜到了我的用意,乖巧地爬进我的手心,让我抱住。我轻轻抚摸这个爱撒娇的小东西,猫咪也温顺地任由我摆弄,含水光的圆眼只是看着我。

　　这时,天空有点点湿润的雨落下。雨丝渐渐密集起来,我才想起外公今早才叮嘱过今晚有雨,让我早些回家。我想要赶快下墙去,却发现刚才为了伸手抱猫儿,已经距离那棵银杏树有好几米的距离了,心中一急,只能腾出没有抱猫的手去扶住墙头,这样一来少了平衡的支撑点,身体竟然有些不稳。我微微惊呼,低头看见围墙下有个身影。

那个穿着干净网球衫的少年,伫立在那里,仰头看着我颤颤巍巍快要跌下去的狼狈模样。映入我眼帘的是他清晰的脸,淡淡的神情,带着探究和一丝嘲笑的眼,还有发梢上几滴灿烂的雨珠。

一切仿佛有些慢下来,只有雨滴在匀速坠落,打湿了我的鼻尖还有脚尖。

几秒钟后,我脚下的人伸出双手,说了一句"把猫给我"。

我只能听话地垂手把猫儿往下递过去,他一伸手,就接到了。空出了双手,我开始一点点往银杏树的方向移动,他一手抱着猫儿,一只手抬在空中,我脚尖碰到树干,轻轻一跃,拉着他的胳膊,着了地面。

猫儿脑袋耷拉在他怀里,仰着脑袋望着我,他也在看我,神情里还是带着一丝似有似无的笑意。我微微害羞,知道他十有八九是在嘲笑我刚才的窘境,脱口而出质问他:"你笑什么?"

他还没来得及回答,雨点已经大颗大颗跌落下来。猫儿叫唤了一声,他招手让我和他一同朝银杏道对面的教学楼跑去。那是一栋只有两层的老式别墅,因为比较偏僻也没有任何作用,所以平时几乎无人问津。他推开门的一瞬间,屋外已经大雨倾盆,我和他两个人狼狈地并肩站着,他很高,我微微抬头,也只能看到他略消瘦,带着好看弧度的下巴。猫咪挣脱他的怀抱下地来,在他的脚边摩挲,依样重复着刚才的示好。他蹲了下来,抚弄着那小东西,再一抬头,那双深深的、透着柔光的眼眸,带了一点温

013

暖的笑意。

"高三（3）班，祁诺。"

半蹲着的男孩伸出右手，自我介绍。

"高二（3）班，岑小若。"

我也半蹲下来与他平视，轻轻握了一下他的手，不知为何竟突然有点心律不整。

"这是？"祁诺看着猫儿，大概认为它是我偷偷养在学校的小宠物吧。

一片黄叶被风卷进房间里，小猫追逐着那扇形的叶片，模样灵动讨喜。

我突然就有了灵感。

"这位是，小叶子。"

"小叶子？"他边重复着猫儿的名字，边好奇地环顾四周的环境。我们身后有一扇被锁住的木门，我跟着他走上前去，门上方的位置嵌着半透明的玻璃，隐隐约约能够看到里面的事物。我踮起脚尖往里看，一间会客室大小的房间里堆放着一些杂物和桌椅，还有几排装着旧书籍的铁架子，靠最里的窗前稳稳当当摆放着一架碳黑色的、老旧的珠江三角钢琴。

"原来在这里……"我和他几乎同时脱口而出，又几乎同时惊讶地看了一眼对方。

他伸手去扭动门把，才发现锁住了，我灵机一动，从钱包里掏出钟秦早晨送我的钥匙，在祁诺吃惊的目光下轻松地打开了琴房的木门。

"果然是这里！"

"你怎么会有这种地方的钥匙？"

我们两个几乎又是同时说了话。

我当然不会对一个初见的人承认这钥匙是钟秦偷来的，只好装作略着迷的样子，走到老钢琴前，缓缓打开尘封不知多久的琴盖，手指在键盘上划了几个音符。许久不碰琴键，手指都生疏了不少，加上之前本就是没有受过专业的训练，竟然弹错了好几次。

祁诺笑而不语，放下书包坐在我身边，双手触到琴键，竟然弹起了那首我曾经弹过无数遍的 *First love*。不知为何，琴声响起的时候，我的心也跟着唱了起来。黄昏的光线没有太强烈的温度，却色泽温和，飘洒在琴键和他的长手指上。小叶子乖乖坐在门口，在雨声、琴声和我的心跳声中，安心地打起了瞌睡……

这就是我们的初见，迄今为止在我脑海中滚动了无数遍的记忆，也是属于我的，十七岁。

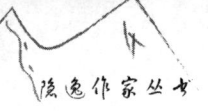

3. 初恋

"不要嘲笑少年人的恋爱，不论它再幼稚，再短暂，再不堪一击，只因那种带着青春光环的美好，有朝一日会支撑我们走完充满荆棘的路……"

那一年，祁诺和我一起帮助小叶子度过了漫长难熬的冬天。正因为如此，我们几乎天天都见面，那首已被淡忘的曲子，在祁诺的帮助下，又逐渐回到了我的指尖。冬天过后，小叶子以极快的速度长大，它总是守候在校园的那个角落里，为我们在一起的每一天作最好的见证。

那一年里，我们两个人在校园里漫无目的地散步，在图书馆里面对面背书。我们走过这座南方城市的大街小巷，流连过那些新奇有趣的地方，而更多则是我陪伴着他在网球场里挥汗如雨。我们最常约会的地点，就是学校旁边一家摆放着几台抓娃娃机的小店。祁诺和我都是抓娃娃的高手，我们常常放学就去买下几十个代币，然后两个人在小店里比试身手。我的房间里从那时候开始，几乎每天都会多上几只毛茸茸的卡通娃娃。再后来，房间里装不下了，我们就像散财童子一样把娃娃送给店里毫无收获的小学生或是经过的路人。那个时候，除了学业的压力，我们几乎每天都很快乐。

我们像所有十七八岁的初恋情侣一样，定下了要考入同一所大学的严肃约定。

除了小叶子，文静和钟秦当然也是为数不多的，对一切知晓的人。作为祁诺校网球队的好友，钟秦听到这个消息后只是浅笑了一下，并叮嘱我不要太折磨他的队友，而文静在知道我和祁诺常交往后，紧张兮兮地叮嘱我说祁诺在学校里有相当数量的女生粉丝，而她们中就有我们的班长陈言言。陈言言曾经高调透露过，她的母亲和祁诺的母亲是大学时候的铁闺密，因此两家至今一直保持着还不错的交情。自从听说我和祁诺常见面的消息后，陈言言就宣布，从此与岑小若化同窗为敌人，并且更加频繁地发动老秦来打击我"不守规矩"的恶习，只是那时的我，就连陈言言时不时的挑衅，都觉得是幸福的攻击。

而这一切一切的骤然结束，都始于小叶子的"不安分"。在我和祁诺认识的第二年夏天，小叶子的肚皮变得浑圆，身体也渐渐沉重，我和祁诺这才发现，这小家伙居然怀孕了！更要命的是，为了重建校园中的"危楼"，学校特意请来了几位施工工人进校修复那幢老旧的洋楼，为了躲避陌生人的骚扰，我们的准妈妈小叶子，竟然在不曾知会我们一声的情况下，举家迁移了。

我们找遍了学校以及周围的一切地点，却始终没有看到小叶子的踪影。直到高考临近，祁诺不得不缩短了一切无关学业的活动时间，专心拼搏。

4. 死去

"死亡,是疼痛,是鲜血流过,是一种无助的绝望。那一瞬间,你会明白,明天再也不会来,却还来不及和有的人说声,抱歉,再见。"

祁诺高考的最后一天,我在家里坐立不安了整个白天,就连为外公削苹果,也差点酿成血光之灾,吓得他老人家扬言要把各类刀具都收到我看不见的地方去。

我漫不经心地笑笑,眼光第一百零一次掠过墙上的钟。

时针与分针形成了一条直线,下午六点整。手机一直很安静,祁诺还没有回我的电话,我心中担忧他的情况,决定去考场附近看看。我趁外公还在厨房忙碌时,悄悄取了自行车钥匙,唤了一声"我出去一下",还没等外公从厨房回应,早已迅速掩门而去。

那是唯一的一次,我没有和他老人家说一声"再见"。

那条栽着梧桐的小街,在黄昏时刻依然安宁。自行车轮不停转动,眼看就要到达十字路口,我正要加快速度,却分明看到了一抹纯白夹杂着明黄的身影，沿着街对面的那排梧桐老树朝着与我相反的方向奔跑。那小小的身体，还有那不相称的、低垂的腹部，不是我们的落跑妈咪小叶子又是谁呢？

我简直不敢相信自己的眼睛，停下车子冲着猫儿奔跑的方向叫了一声"小叶子"。小叶子奔出好几米，却好像突然听到了我的声音，停下脚步回转过头来望我。这一转头，我确认是它无疑。我当即调转方向，加速朝小叶子站立的方向骑过去，生怕它会因为不知什么原因再跑走。眼看猫儿的身影离我越来越近，我几乎能想象祁诺要是见到失而复得的小叶子，会笑得有多灿烂。

这些，是我的生命在结束的几分钟以前，仅存的清晰记忆。如今，我已经记不清那辆超速的大货车是如何从我身后疾驰而来，记不清它的鸣笛声有多尖锐，也记不清自己或是货车司机的脸上在那几秒钟内是否浮现过恐慌的表情。我只能模糊地想起，身体里有种被硬生生撕裂的疼痛，像一个被人从窗口丢弃的破布娃娃，从天空坠落到地面，没有丝毫反抗的余地。

血的味道，有点腥甜，带点苦涩，在体内开出大朵大朵的红色的花。还能感受到那黄昏的阳光，如烈火般炙烤着我的皮肤，潜进我的毛孔，燃烧出一个又一个不规则的、血肉模糊的窟窿。周围的声音，先是尖锐刺耳，之后一点一点变得微弱。耳边隐约有电话铃声响起，我想，一定是他打来了。疼痛瞬间弱去，取而代之的是难以言喻的悲伤，如同一张巨大的漆黑的网，迷蒙住了我的双眼和心智。

很可惜，可能再也没有机会，听你对我说话了……

人们在我身边聚集，隔着鲜血的屏障，透过人群的缝隙，我模糊中看到小叶子,一动不动地站在那棵老树脚下,像一尊精致而神秘的雕像。它定定地看着我,那双琥珀色的眼睛里,有惋惜,有哀痛,更像是隐藏着某种道不出的秘密。

那时我心中只有四个字,那就是:"抱歉",还有"再见"。

5. 重生

"上帝好心地伸出一只手,将在黑暗中徘徊的人拉回这个世界,只是这一次,他好像犯了一个粗心的错误……"

我的日记,从这里开始,也许才是重点。之前的那些点点滴滴,也许还会有人见证,有人记住,但从这一刻开始,故事就残忍地只属于我一个人了。

我从未想过自己还会醒来。

但此刻,我分明又有了意识。

眼前先是漆黑的,身体粘稠湿润,却是热的。头顶上方有急促的心跳声,一股浓烈呛鼻的鲜血气味从鼻腔涌到脑子里,那浓烈的味道让我瞬间睁开了双眼。四周被薄纱笼罩,灰蒙蒙的一片,就如同身处一个巨大的蚕茧内。

意识一点一滴恢复着,我瞬间回想起了自己适才躺在血泊中的恐惧。这里不是通往一中的街道,我应该已经被移动了地方,但这里又是哪里呢?我试图尖叫,却一次又一次被那浓稠的血腥

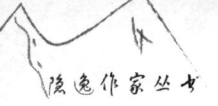

气味堵住了喉咙。我低下头,想检查自己是否还在流血,可那层轻纱却裹得极其紧绷,将我隐藏其中不得动弹。我用自己残余的记忆和理智推断,这也许是某医院的停尸间,又或是某殡仪馆的火化炉中。此刻的这个有意识的我,也许和我曾经看过的电影中演出的一样,只是一缕未散尽的灵魂。不论以上哪种骇人的猜想才是真的,都让我本能地开始张开四肢,死命想要挣破这层茧状的薄膜。

不知是否是我的奋力挣脱起了作用,就在接下来的一瞬间,脚底下生出了一股强大的推力,如同一双强有力的大手将我猛地向前送出,我这才发现,原来自己正以头朝下的尴尬位置身处一条四面夹紧的管道内。就在我不知自己下一步要被送到哪里的时候,那股力量又突然静止了下来,之后每相隔几十秒,那股来自脚底的力量便将我往前放送出去一分,到了后来,我干脆放弃了无谓的挣扎,只是耐心等待那间歇性的推力。

前方似乎有了微弱的光线,而此时那股子推力又大了几分,好几次都压得我双腿发麻。突然,我的身体如同乘着"激流勇进"的小木船,一整个儿被冲了出去。

周围有了声响,不再是那个密封狭促的空间。双眼始终厚重,只能微微张开一条隙缝。微弱的光线令我稍微振作,我又一次开始使出了全身气力,却还是逃不出那层包裹在身体上的灰色薄纱。一种快要窒息的危机感让我又本能地开始使劲挣脱。突然,朦胧中一排尖锐的如镰刀般的锯齿从天而降,将薄纱撕开一条长长的裂痕,还未等我做出反应,早已将它扯得稀烂。透过粘连在我睫毛上的黏液,我这才勉强看清,那排尖锐的镰刀,原来是一排银白色的连着血红龈肉的牙齿。那排牙齿撕开了薄纱，又低下去撕咬起了别的东西，我再仔细一看，在那牙齿中间被反复咀嚼的，居然是一条血淋淋并且长长的细肉线，而那条肉线的一头，连着我的腹部下方！

这么一来，我早已魂飞四处，偏偏这时候，我又隐约看到了那排牙齿的上方，还有一双瞳孔巨大的琥珀色的眼睛。

这时的我，就算是被那货车撞坏了脑子，也已经清楚地意识到逃命要紧。我站不起来，只好连滚带爬向四周摸索，可还没奔出去半米的距离，背脊上突然感受到一阵湿润的凉意，伴随着腥臭的气息和一阵如同被尖刺划过皮肤的疼痛。我扭头一看，那牙齿中间不知何时又伸出了一条长长的深红色舌头，正在一下一下，有规律地反复舔拭我的脸部、头颈与后背。几次之后，我发现自己身上包裹着的黏液被舔得少了一些，双眼也能看得清晰了些，可是却不敢再动，生怕一不小心会被那血盆大口一下子咬住。

就这样僵持了一阵子，那舌头渐渐离开了我的身体，移到了我左边的位置，继而重复着舔拭的动作，只剩下我那被口液覆盖的身体在微风下感觉凉飕飕的。我鼓起勇气转过头看，在那条大舌头下面的，是一团浅白色的绒毛，再仔细端详，绒毛的一头是两个尖耸的粉色小耳朵，另一头则伸出一截短小的尾巴。那是，那是，一只刚出生的幼猫！

我努力仰起脖子四处看，只见周围白茫茫的绒毛一片，此起彼伏地轻轻蠕动着，居然是好几只刚出生的猫儿，而这些猫儿所处的地段，一面是一堵看不到边际的石墙，其他三面全蔓延着高耸的巨型青草。我瞬间变得异常清醒，脑中迅速将那双眼睛、牙

齿和舌头拼凑起来,加上那同样毛茸茸的脸,适才舔着我不放的"怪物",不是一只猫脸怪,又是什么?我继续抬头看,发现那怪物的影子投射在不远处的墙面上,虽然模糊,但那圆圆的脑袋连接着长身体,四肢着地,尾巴上翘,这不仅是一只长着猫脸的怪物,应该就是一只大猫才对!刚才我头朝下所处的密闭空间,该不会是这只大猫的子宫,还有那条细长的线,此时回想起来,居然是一条连接着我和大猫身体的脐带!

如果这是一个噩梦,我希望自己立刻、马上就醒过来!

如此巨大打击下,"嗡嗡"的闷声在我脑间愈演愈烈,而比这更惊吓的事情是,当我终于想到伸出双掌检视自己的时候,看到的,竟是一双布满纤细白毛的,并且只有四瓣指头的,猫爪子!与此同时,我开始越发清晰地感受到自己腰臀间似乎有另一只手臂,正在不自觉地来回摆动,我回头看,一条细小的,同样星点点布着白毛的"手",其实是一条晃里晃荡的尾巴!

这一切真是个低级的玩笑。此刻的我一阵眩晕,只想赶紧闭眼再去死一次。

不知过了多久,昏睡过去的我又一次睁开双眼。我多么希望这一次,自己正躺在家中的软床上,或是学校操场上干枯温暖的银杏叶堆上,或是再奢望一点,希望我还在他的怀抱里。

当看到身边那些顶着毛茸茸脑袋的家伙一个个正仰起脖子,露出还未完全睁开的细眼,摸索着吸食起母猫暴露在外的粉色乳头时,我才彻底绝望了。

几天前,或仅仅几个小时以前,我还是花样年华的女生岑小若,那个有人爱,有朋友拥趸,青春无敌的岑小若。这么短的时间内，我居然从一个直立行走的高等动物，变成了一只长了毛，从此只能四肢着地的猫科动物。

如果可以，我真心想致电《走近科学》节目组，看看他们对我的窘状有什么新奇的解释！

外公此刻一定还在焦心地等我，钟秦和文静一定急坏了，还有祁诺，他一定也在发了疯找我。想到祁诺，我的心突然一阵痉挛。他怎么可能想象到我现在怪异至极的处境，我又怎么能告诉他，祁诺，快点来救救我。

母猫见我醒转，再一次凑过来，低头用两排牙齿衔住我的脖颈，我感觉一丝微弱的、尚可忍受的疼痛，而它就像大吊车一样把我夹到空中，然后丢在一群猫崽中间。母猫用头顶把我往它的内腹上靠了一靠，显然是在强迫我进食。闻到那浓重的动物奶水的味道，我只感觉腹腔里翻江倒海，几欲作呕，再看那几只猫崽正兀自酣畅淋漓地吮吸，我突然想起了一件很重要的事情。

那只母猫，琥珀色的眼，适才低头时头顶上那一簇明黄，它，它好像就是，明明就是……

小，叶，子！

谁能想象，我喂养了一年之久的猫儿，那只我曾经和祁诺找遍大街小巷的萌物，竟然用这样的方式将我重新带回到了这个世界。

6. 存活

"活着,有时候比死去还要煎熬,可是我,却还是想要活着。"

已经不知道多久没有吃过东西了。

我好饿,却又希望自己能再饿得狠一点,然后就这样快点死去。

晋升为猫妈妈的小叶子,尽心尽责地在每一次哺乳的时刻将我准时拎到其它五只幼猫们中间,想要让我占据最有利的位置。小叶子以它自己的方式,表示着对我的关切,虽然我不知道,它是否意识到自己幼孩的身体里,住着我岑小若的灵魂。

就算身边充斥着新生命的悸动,我还是想要快点结束这一切。于是,我拒绝品尝小叶子的奶水。那是一种野性和原始的味道。我深深恐惧,如果自己的唇齿沾染了那样的味道,那会从此丧失作为人类的尊严。

其余的时间,我挤在猫儿中间,努力让自己睡去。我一次一次地殷切盼望,下一次醒过来的时候,我还是从前的我,而这一切,

只是一个怪诞的噩梦。

这个念头,在我一天一天衰弱的过程中,变得愈加强烈。不知道几个白天和黑夜过去,我的肚皮饿到咕咕直叫唤,四肢也一点力气都没有了。小叶子似乎也放弃了对我的呵护,大自然优胜劣汰的法则,它比谁都懂得。除我之外,在小叶子身边其它的幼猫已经开始时不时发出细小但尖锐的嘶鸣,并且在睡眠之余开始表现得逐渐好动的时候,我发现另一只离我最近的小东西,似乎有些异于常态。它很少挪动身体,也从未发出声音,就连其它幼猫雀跃着从小叶子肿胀的乳头上争先吸取养分的时候,它也是最先放弃的那一只。

仔细看,那小东西的双眼似乎到现在都没有睁开,一直粘连在一起。小叶子应该也发现了这只小猫崽的异常,因此同样放弃了对它的过多关注。

于是,我看着我身边的那只同伴,和我一起,一点一点虚弱了下去,直到某个夜晚,我发现它的身体不再动弹,那小得可怜的身体,好似已经没有一丝残存的温度。

夜里凉爽的风一丝丝透了进来,穿过我并不厚实的皮毛,此时居然刺骨的冷。我的眼睛好像还未发育完全,还是不能完全看清楚周围的环境,只能感觉到自己正身处室外一处草丛并模糊看到微光下身边那具同样蜷缩成一团的已有些许僵硬的尸体的轮廓。没有一丝生气的躯体,就算再渺小,也是如此怕人。

这,就是我不久之后将来的结局。如此卑微地再一次死去,在这个无人问津的地方,又有谁会知道?

一滴豆大的水滴落在我的背脊上,接着一滴又接着一滴落下。

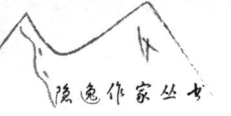

背脊上，头顶上的毛发被雨滴打过后变得湿漉漉。下雨了，不过一会儿，我的身体就将完全湿透，也许今夜的风能再冷一些，再刺骨一点，这样我就能和那些曾经无数只死在雨夜冷风中的流浪猫儿一样，在这个城市最平常的雨夜里，默默交付自己卑微的生命。

就在此时，小叶子一股脑钻进了猫群，首先衔起最近的一只猫崽，似在将它转移到不远处的一个没有被雨滴淋湿的地方，一只接着一只，最后才轮到了我。在小叶子口中，我耷拉着身体，被带出了草丛。随着它的步伐移动，一切突然敞亮了起来，我抬头，觉得自己的双眼在雨水冲刷之下清晰了许多。一盏老路灯下，我正在向着一幢老旧的小楼靠近。雕花的木门，深红斑驳的窗框，宽大的屋檐，熟悉到让我瞬间紧绷起了整个身体。这里不是别处，就是装着珠江老钢琴的那幢老洋楼，那个我第一次和祁诺弹琴躲雨的地方。

原来，我竟然就"出生"在一中的校园里！回忆起来，这几天内确实隐约听到过类似上课铃的叮咚响动，只是因为太过虚弱绝望，居然都没有反应过来这是一所学校。

可是，如果我现在就在这里，是不是意味着还有可能见到祁诺，见到文静，还有钟秦！只要能够见到他们，也许就还有什么办法让我脱离这荒唐的处境！

小叶子在老楼下安顿好猫群，侧卧着躺下，猫崽们如饥似渴，争先恐后地朝它侧卧的腹部挪去。我不知哪里生出一股力气，像是要抓住生命中最后一根稻草一般，凑上前去，一口咬住离我最近的那一截乳头，大口大口地吮吸起来……

028

7. 告别

"在大自然中,动物的幼崽在出生后的某一天会告别母亲,投身到那物竞天择的残酷世界中去……"

我不得不承认,自己的身体正在以天为单位迅速地长大。刚出生时的满身绒毛,变得更加茂密厚实;一粒粒小而锋利的牙齿,开始在口腔中生根发芽,时疼时痒。随着进食次数的增加,我的四肢渐渐有了力气,终于可以支撑起身体,就像还未学会直立行走的婴孩,一步一步向前爬动。

随着猫崽们行动力的增长,它们活动的范围也渐渐扩展到了老楼的外部。风吹,草动,花香,这一切都无时无刻不吸引着这些新鲜的小生命。借着同它们"外出"玩耍的时机,我好几次混迹其中,差一点就溜之大吉,却每次都被在旁监视的小叶子逮个正着。它用一种特殊的腔调叫喊,像是在责备与勒令,然后上前来将我一股脑拖回猫儿的阵营里去。

还记得告别的那一天,天气格外晴朗。蹲守猫崽们已经一整

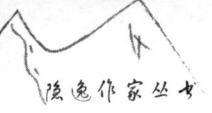

天的小叶子不得不稍作离开，到附近找些食物果腹。在它精心的喂养下，我的四肢已经发育得健全而有力了。我算准了学生们上课的时间，就在小叶子站上围墙的时候，一分一秒都没有停留，朝着老楼前的银杏道撒腿便奔去。准备翻墙离开的小叶子在我身后发出凄厉的叫声，像是在命令我留下来。

而我，只是朝着校园里教学楼的方向，奋力奔跑着……

那是我最后一次见小叶子。

在一中校园里狂奔的我，感到自己仿佛置身于一个既熟悉又陌生的"巨人国"。银杏道两边的树木，粗壮而高耸入云，而那条我曾经清扫过无数次的道路也变得好长好长，仿佛没有尽头。操场像是一个巨大的、光秃秃的平原，旁边的教学楼，也好似瞬间放大了好几倍。

曾经几分钟便能走完的路程，我好像花费了无尽的时间和无穷的力量才到达终点，就如同跑完了一场马拉松，早已气喘吁吁耗尽了气力。进了教学楼，我以一层楼梯分两次攀爬的进度，越过了看似没有尽头的阶梯，终于在彻底累虚脱前渐渐接近了二楼楼梯口的"高二（3）班"。

此时已经是早自习时间，安静的教学楼内，老郑威严浑厚的嗓音格外清晰。突然间，我心生恍惚，觉得自己是不是又该早自习迟到了。这样想着，我顾不上自己快要累到断气的小身体，腿脚不由爬得更快了些。我仿佛还是那个姗姗来迟的岑小若，在下一秒就会冲进教室里去，腆着脸大喊一声"sorry，郑sir……"

就在这时，那些东西映入眼帘。高二（3）班的教室门外，整齐堆放着几个大小不一的花圈，参杂其中的那些星星点点的白

色纸花，显得格外永垂不朽。我大声喘着气，慢慢走近，一张悬挂在花篮之上的卡片正巧掉落在地上，上面的字迹让我心惊肉跳：

"岑小若同学，高二（3）班永远怀念你……"

黑色的字迹，白色的纸花，就连花圈上本该有些许颜色的新鲜花朵，竟也是黑白的。此时的我才发现，自己的双眼已经看不到任何颜色了。

隔壁二班的教室里走出两个怀抱作业本的女生，看到她们，我本能地躲到了花圈背后。两个女生也一眼注意到了三班门口扎眼的花圈，只听她们其中一个声音说道："你听说了吗，三班这个去世的岑同学，是祁诺学长的女朋友。"

听到祁诺的名字，我心里如同被人狠狠挠了一下，一阵难喻的痛。

只听另一个女生接过话头，压低了声音说："听说祁诺是在高考过后的第二天知道消息的，高三的人说，祁诺学长已经两周都没出现在学校了，就连照毕业照那天都没有露过面……"

"岑小若的正式葬礼不是在昨天吗，祁诺学长也没露面吗？咦，为什么这里还有没送走的花圈？"

"听说昨天是亲朋好友的悼念，今天他们全班会集体去一次墓地，送别那个岑同学……"

"我也听说了，车祸现场惨不忍睹，就在离学校不远的那条街。那个女生在救护车上时就已经不行了，都没有撑到医院……"

直到两个女孩啧啧哀叹着走远了，我才从花圈里钻了出来。刚才她们的议论，那么不真实，仿佛只是关于一个我不认识的陌生人。此时郑 sir 的声音从教室里响起，那个我听了近六百个早

031

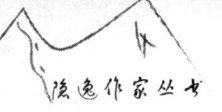

晨的声音,正在像往常一样安排教室内的一切。

"到公墓的巴士九点准时出发,大家赶紧收拾东西到校门口排队等候,中午十二点统一乘巴士返校。"

教室内一阵窸窣,随之门被打开,率先走出的是班长陈言言。可就算是这个从未让我感受到同伴情谊的"宿敌",在看到她的那一刻,我竟是激动不已,恨不得立刻上前与她拥抱相认。身着黑色校服的同学们一个个走出了教室,他们胸口的白花格外扎眼。我躲在暗处,等待文静和钟秦的身影,可直到大部分人都消失在了走廊的尽头,我都没有看到他们两个。此时教室里安静了下来,我悄悄走到门口,探头往里张望。空荡的教室里,文静背对着我,坐在我曾经的位置上,钟秦笔直站立在教室的另一角的阴暗处,令我看不到他的脸。文静的肩膀微微颤动,好像在不断抽泣,我默默挨着地面,匍匐到离她更近的课桌脚边,看清文静一只手握着我一直放在课桌抽屉里的笔记本,也是去年她送我的生日礼物,正在无声哭泣,钟秦慢慢走到她身边,轻拍她的肩膀。

"文静,走吧……"我的死党,一直以来将我捧在手心的最优男闺蜜,此刻的声音竟然也颤抖了起来。

"我不相信,钟秦,小若的东西都还在这里,她为什么再也回不来学校,再也不能来见我们了,我们,还没有来得及一起庆祝她的生日……"

"我……走吧。"他接过她手里的东西,扶她站起来。

我不能就这样让他们离开,天知道我下一次见到他们会是什么时候!

我环顾四周,钟秦座位旁边的书包敞开着。顾不上多加思量,

我以最快的速度移动到座位下方，用尽力气一跳，脚底软绵绵的仿佛安装了弹簧，竟像是有一股灵巧的力量推助，让我稳稳地一股脑钻进了他巨大的双肩包内。往身后一看，我那条长着雪白绒毛的小尾巴居然还耷拉在包包外侧，而此时背包已经被钟秦提了起来。

岑小若这十七年来哪里有一秒钟的时间想过，自己有一天居然要对钟秦这小子藏住自己的尾巴！

就在我下意识地调整身体，用缩回一只手臂的方式收回尾巴的同时，钟秦关上了背包。他将我负在肩上，想来是神志恍惚，竟然也没有注意到我这个多余的重量。就这样，我神使鬼差地搭上了去往自己葬礼的顺风车。

8. 葬礼

"再见了，我的朋友，再见了，我的爱人。此刻的你们为我而哭，可又有谁能听到我撕心裂肺的哭声……"

回忆中，那天公车上很安静，大概是目的地太过沉重，因此没有人大声说话。在这样的旅途中，我本以为自己会伤感到不能自已，却居然在钟秦的背包角落里沉沉睡了过去。那一觉，我做了一个恍惚的梦。梦里，高二（3）班全体同学正坐在春游的大巴上，文静坐在我前排的座椅上，递来我最爱的酒心巧克力。钟秦坐在我身边，边玩手机游戏边和我抢夺零食。我瞥见最前排的座位上，坐着高三的祁诺，他闭着双眼，戴着耳机听音乐，好似正在打盹。我惊喜又纳闷，不知道他为什么会在我们班的车子里，上前低声唤他的名字，他却始终没有醒过来看我。车子一阵摇晃，祁诺和高二（3）班包括疾驰的大巴都瞬间不见了踪影，只剩下我一个人，在空无一人的公路中央……

直到车门打开，发出一阵急促的噪音，我才从梦里惊醒过来。

我感觉钟秦下了车，匀速步行了大约十几分钟的时间，突然间放慢了脚步。背包外面的世界很静，每一丝风的音调，树的颤动，鸟儿嘶鸣和一行人接踵的脚步声在我耳中，都仿佛比之前放大清晰了数倍。更奇怪的是，此刻的我，清晰感受到一种难以言喻的低沉气息，仿佛胸口正在被某种奇怪的能量持续击打着。听说猫狗能够感受到人类难以察觉的自然界中微小的动静和变化，难道正如我此刻所感觉到的？

大家好像都放慢了脚步，我感觉到钟秦的背部微微颤抖起来。这个温暖可靠的大男孩，好像从未如此情绪激动过，那种奇怪的能量电波又一次击在我心上，令我全身都不安起来。

"就是这里了，同学们，我们给岑同学先献上花圈，然后表示哀悼吧……"

钟秦将背包卸下来，置在微微有湿润气味的青草地上，背包的前盖开了一个缝隙。缝隙外面正对的是一座石碑，正正方方，高高大大，框住了一张甜美恣意的笑颜。那个女孩柔美的长发，灵动细腻的眼眸，细长的脸颊上的笑容还自带着两道浅浅的梨涡。在她眼里，仿佛一切都是可以去爱，去无尽享受的。不知是我视力的退化，还是照片本身就是那样，那张我在镜中看过无数次的容貌除了黑与白，并不带任何色彩。黑白，和那容颜中满溢的生命力组合在一起，是那么格格不入。

"岑小若，1998年11月12日 - 2016年6月9日。"

在我这双眼中呈现出的黑白的刻字，实际上该是殷红如血的吧。我周围的一切，就如同我此刻糟糕的人生一样，真的只剩下黑白了。

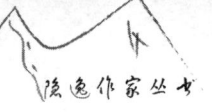

　　站在队伍前方的文静跪倒在墓碑前抑制不住大声抽泣，大多数昔日和我相处不错的同学，也都哭得愈发响亮，只有钟秦，一动不动站在原地，发傻一般看着那凉如冰砖的墓碑。

　　此刻的我双眼已噙满大颗大颗的泪珠，不顾一切从背包打开的缝隙挣脱出去。地上青草的高度漫过我的四肢，我披荆斩棘般冲到文静身边，大喊她的名字。

　　一声无比陌生的叫喊从喉间冲破：

　　"喵，喵，喵呜啊……"

　　这是我出事以来第一次听到自己的声音，那么陌生，充满怪异，好像出自一个外星人的喉咙。

　　这微小的声音被淹没在周围高涨的哭泣声中，没有引起任何人的注意。在这样一片悲痛的环境中，没有人会有心情关注一只跳脚的小野猫。我挣扎着奔到钟秦的脚边，用身体冲撞他的双腿，他只是岿然不动，双手死死握成拳。

　　此刻的他对我来说太过高大了，我甚至抬头也看不到他的眼睛。

　　"钟秦，是我，快低头看看，看看我……"

　　心里的每一个文字，都化作一声声猫儿的胡乱叫唤，毫无章法。

　　老郑看到大家情绪渐渐激动，抹掉了眼角的泪水，镇定情绪后赶紧召集所有人向墓碑靠拢。

　　"同学们，大家稳住情绪，不论在哪里，小若永远都是我们班级的一部分。来，我们集体鞠躬，愿她安息吧。"

　　同学们纷纷鞠躬哀悼，唯有钟秦，还保持着站立不动的模样。

不要，不要鞠躬，求你们不要就这样送走我……

我呆站在所有人身后，看着他们和那个深埋地下的所谓的岑小若依依惜别，已经不能多叫出一声。眼泪模糊了我的视线，我甚至看不清究竟是谁接着谁——离开，只听见文静的哭声渐渐远了，只剩墓碑前那雕像一样的身影，好像还在那里没动过。

周围空旷，一排一排齐整的小树，并列在一个个方方正正的墓碑旁边。此刻没有了人的墓地，不知从哪里冒出几道飞快闪过的白烟，淡到几乎透明，没有形状，没有方向，却越来越密集。它们仿佛带着生命，围绕在四周，忽上忽下，不肯散去。一道白烟低低坠下，轻轻拂过我的头顶，先前那种奇怪的电波又击打上了我的心弦，让我感到从未经历过的凄凉阴冷。

我突然想起老人们曾说过，猫儿是能看到死去的灵魂和那些凝聚不肯散去的能量。这墓地中聚集的白烟，是不是就是逝者还未散去的残存意识？

想到这里，我感到一阵害怕。

余光中十米外的树干下仿佛有一道黑影，我下意识转过头去，一只身体细长眼神冰冷的猫正朝这边望过来，它的那副神态，让我瞬间想起车祸那天小叶子在不远处看我的时候的样子。不知何时，那只猫身后聚集了好几只模样各异的猫，同时朝这边冷冷相望，像是在研究，亦像是在嘲笑。密集的白烟从我和钟秦头顶的那片天空散开，朝着猫群的方向飘了过去，它们突然间四散开来，追着几道白烟消失在墓地的那一头。

不知刚才的一切，到底是我的幻觉，还是真实的？

就在我恍神的这几十秒钟，钟秦转过身来，说了一句话。

"你还知道来这里吗?"

我霎时间狂喜,抬头看他,却发现他的眼神并不在我身上,大失所望的同时我突然意识到身后有别人,转过头看到的那个身影,让我差点叫出了声。

祁诺,孤单而消瘦的身形,浅浅投影到我身上,形成了一片阴凉。

9. 重逢

"好久不见。能和你重逢，是上天给我的最好的补偿……"

祁诺呆呆地望着我身后的方向，那往日自信坚定有神的眼睛，就如同被悲伤洗过一般，黯然失落。

他满脸胡茬，似乎连头发都长长了不少，微凉的天气下只穿了单薄的衬衫，整个人酷似一尊被风雨侵蚀后的落魄鬼魂。

上一次见面，还是在高考前。我们在学校老楼前分别，说好考试最后一天为他庆祝，他还说要带我一同去几个同学策划已久的毕业旅行，目的地是好远好远的欧洲，是坐落在阿尔卑斯山下的瑞士。

"三天后我就自由了，我会等你考上同一所大学，之后我们还会一起去美国读研，你也该带上你外公去看看你的父母了。"

他笑着看着我，眼里全是宠溺和期待。

恍如隔世。

钟秦一步步走近祁诺。

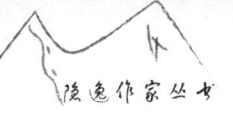

"学长，小若出事的那天，是不是因为去找你？"他的问题干脆直接，祁诺抬起眼睛看他，仅剩的一点精神被这句质问击得一点不剩。

"我不知道，我猜是的。那天我……我居然没有接到她打来的电话……"

钟秦大步迈过来，没有说话，气息像在嘶吼咆哮，一向有礼的他从来没有这副模样过。我还没来得及辨认眼前的状况，他已经狠狠推了祁诺一把，大吼了一声："是你的错！"

他举起的拳头高高停在空气里，祁诺没有躲闪，傻子一样站在原处。

几秒钟的迟疑后，钟秦那只拳头缓缓放回了原处。

"我不在小若面前打你，但你那天从医院消失后就没有再出现过，就算她已经死了，你也应该陪她到最后。"

"钟秦，你说的对，是我的错，是我没有接到她的电话。可我不相信，我在这里呆了一天一夜，我始终在想，小若她根本不在那里，也不在这里。就算她躺在墓碑下面，她的灵魂也不会埋在下面……"

一天一夜？他在这冰凉阴森的墓地里，陪了那个死去的岑小若一天一夜？

钟秦愣住了，眼神中的怒气逐渐消散，我猜祁诺此刻失魂落魄的在墓地里呆站了一天一夜的模样也同样震撼到了他，而祁诺任性到毫无逻辑的那一句话，更是在我心上燃起了一丝希望。

"听小若外公说，她那天晚上出门很匆忙，我就猜她应该是去找你的，"钟秦终于恢复了冷静，"学长，她，不会允许我怪你的。

我想她此刻最想见的就是你，你，好好陪她吧。"

钟秦拾起地上的背包，回头深深地看了看墓碑，没有再说话，而是转身离开了。

空荡的公墓里只剩下我和他两个人。

我歪歪斜斜迈开步子到他的脚边，仰头发出声音。一声接着一声，我不敢放弃，只是坚定着喊他的名字。

祁诺终于缓缓低下了头，随后失声唤了一声："小，小叶子？"

小，小叶子？

我万万没想到他会这样唤我。

顾不得多想，我灵机一动，迈到墓碑前，仰起上半身，用后腿支撑着全身，前爪用尽力气试图触摸石碑上"岑小若"三个大字，只是身体太过矮小，再如何努力，我始终只能碰到字迹的边缘。

我祈祷此时此刻在他眼里，我不要只是一只笨拙冒失的玩耍在墓地里的小野猫而已。

祁诺跟上前来，好像并不清楚我正在试图做什么。他蹲下了身子，伸出手温柔地从腹部将我捧起，我这才发现自己只有他一只手掌大小。他的手有些凉意，仿佛失去了从前的温厚，我心中百感交集，瘫倒在他的掌心，他闭上双眼，一滴透明的眼泪从眼角流过苍白的脸，最终坠落在我的头顶。我不知道该如何表现，只能赶快用脚掌摩挲他的掌心，并用舌头舔舐他的指尖，他的另一只手拂过墓碑上那张照片，看了好久，突然低头对我说：

"走吧，跟我回家……"

10. 小弱

"若是真心喜欢一个人，记得要将他/她的名字刻在你心上……"

我曾经无限花痴地幻想过，自己也许有一天会穿着美丽的长裙，被他牵着手引进家门。我会含羞低着头，把自己乔装成一个成熟稳重的淑女，温顺地任由他将我介绍给家人与朋友。他们会赞我乖巧美貌，称我们无比般配，他的妈妈，会拉着我走进一间美丽的客厅，然后找出他从穿开裆裤到大学毕业的影集，一张一张与我分享，我一抬头，就会立即撞上他满意的笑。

直到祁诺怀抱着我打开祁家别墅大门的那一瞬间，我还是不争气地把这些不切实际的假象又在脑中重温了一遍。祁诺的妈妈从房里迎了出来，和我想象中一样，她是个美丽的女人，精致的五官，微卷的齐耳短发，和祁诺一样的修长的身型，看上去温柔得体也十分亲切。

祁诺妈妈几乎第一时间看到了正在滴溜着眼珠子打量她的

我，连连倒退了好几步，说到："祁诺，你，这，这是什么？"

祁妈妈这句话简直差点让我掉到地狱里去。

"妈，我捡来了一只猫，我要养它。"

简单霸道，我的祁诺君，真是好样的。

"儿子，你最近究竟是怎么了？高考完了就和丢了魂一样，昨天一天一夜没回家，现在这个样子，害得妈妈担心死了，今天又为什么突然要养猫？你这只猫是哪里捡来的？"

"墓……路边。妈，这只猫没人照顾会死的，我不能把它再扔到外面去。"

祁诺妈妈再次忧心忡忡地看着自己的儿子，脸上只有不解和心疼。从她的表情我看得出，祁诺在我"离开"的这段时间中，似乎完全不在状态并且很让父母担心。

"妈，我没事。"祁诺边说边带我进了屋，宽敞考究的客厅里一个中年男子闻声迈着步子走过来，看上去很学究很精神的样子，我敢肯定他便是祁诺在大学历史系当教授的爸爸了。与祁诺妈妈的反应大不相同，祁爸爸看到我的第一眼就伸出温厚的大手摸了摸我的头，亲切地问：

"呵，哪里弄来的小家伙，还蛮机灵。"

"怎么，你难道想要养一只小野猫在家里？"祁诺妈妈显然对祁爸爸的反应甚为不满，"你们难道不知道，流浪动物有可能有疾病？还有，你大姨家的金毛怎么办？我可是答应大姨了，要在她住澳洲的这一年照顾麦兜啊！麦兜要是和这只猫养在一块儿，这只小东西还能活吗？"

麦兜？麦兜不是猪吗？

我此时唯一能做的，就是仰起头来将圆滚滚的猫眼睁得无比可怜，然后拉长了声调惨兮兮地"喵"了一声长长的、哀伤的调子。

听到我叫，祁诺把我抱得更紧了一些。

祁爸爸打量了一下祁诺坚定的神情，忙帮腔道："老婆，你放心，一般猫狗较劲，狗都不会有好下场。再说，麦兜刚来的那段时间，就让祁诺把这只猫养在自己房间，只要不让麦兜进卧室，就不会有事的。"

祁爸爸真是个大好人，我恨不得张开猫腿去拥抱他。

祁妈妈又低头打量了我几眼，我趁机对她眨了眨眼，并微微翻动了肚皮。回想平时小叶子卖起萌来，应该是这样做的吧。

"好吧！"不知道是我卖萌成功还是实在舍不得祁诺再闷闷不乐，祁妈妈败下阵来，"就先养着吧，但千万要赶快带去做全身检查，健康问题可不能开玩笑。"

看到祁诺露出了一丝久违的微笑，大人们也放松下来，笑逐颜开，祁诺爸爸张罗着和儿子晚饭后去采购些猫粮和用品。

祁诺边答应着边抱着我爬上通往二楼的楼梯，祁爸爸突然叫住我们，认真地提出了给我起一个名字的建议并主动提出了设想：

"我看'咪咪'挺好，你们觉得呢？"

咪咪？岑咪咪？那我情愿叫麦兜！

祁妈妈和我站在统一战线，也投了反对票，说全球至少一半的猫都叫咪咪，这名字太俗不可耐了。

祁爸爸不甘示弱，说："咪咪怎么了，简单易学的名字动物才能更好辨认……"

祁妈妈刚想争辩，却听到祁诺缓缓地说："就叫，小弱吧。"

"小弱？嗯，看这小东西弱不禁风怯怯的模样，倒也贴切。"祁诺妈妈表示同意。

我把脸贴在祁诺的臂弯，感到自己已经在流泪。

可就在此时，祁爸爸又提出了一个很有建设性的问题："等一等，这只小猫究竟是公是母？"

我心里一惊，没想到还有这种操作！

祁爸爸走上前将我四肢提起，对着我的腹部仔细研究起来。我顾不上羞耻，只觉得心里直打鼓，想着如果祁爸爸待会儿要是说出"哥翁-公"这个字眼，我就立马咬舌自尽。

在我和祁诺的忐忑不安中，祁爸爸若有所思地摇摇头，又点点头，最终给了我们一个了断。

"母的，行了，凭我小时候养猫的经验绝对错不了，它就叫'小弱'没问题了。"

我如释重负，跌在祁诺的怀中，由他带着上了楼。

我曾经以为自己注定会死去，但却还是如此意外地回到了他的身边，小若也好，小弱也罢，至少我可以在他左右，哪怕，只是暂时做一只宠物。

我坚信，只是暂时而已。

11. 安家

"我曾经无限期待，安静的午后，你在看书，我在你膝上午睡。风大了，我醒了，我们相视一笑，无限美好……"

我站在祁诺二楼的房间，透过印在落地窗户上的影子，第一次看到了自己的模样。也许是因为刚出生时的营养不良，这副身体显得十分瘦弱小巧，仿佛一只抓娃娃机器里小小的公仔。我全身雪白的绒毛，两只忽闪忽闪的眼睛如同两颗明灿灿的宝石镶嵌在尖瘦的小脸上，细小温润的鼻头和嘴巴，来回轻摆的细长尾巴，透出一股子灵巧气来。

不得不承认，我真的已经是一只彻头彻尾的"猫娘"了，这真是人类史上最完美也是最糟糕的一次 cosplay。

我像极了小时候的小叶子，唯一的不同是，我的前额处，生了一簇淡淡的三角形状的杂毛。我看不出这簇杂毛的颜色来，但我想，如果它是淡黄色的，那也相当于是"小叶子同款"了。

怪不得祁诺看见我时，脱口而出的是"小叶子"三个字。

可就算眼前的这只猫崽再可爱，我也不忍心再多看一眼。曾经的欢脱少女岑小若，难道真的就只能以这副皮相示人了吗？这简直比恐怖片还要让人心惊胆颤。

我环顾四周。在这之前，我从未踏足过他的房间。这里摆放着极少的家具，所以显得十分宽敞。装修是极简的日式风格，书桌上凌乱地摊放着几本课本、小说和汽车杂志，门前的一角放着几支网球拍子，一排储物柜后面是个双人床垫，床头有祁家三口的全家福，还有一张，居然是我们两个在老琴房的合照。照片里，我们坐在珠江钢琴前面，他一手搂着我的肩膀，一手举起相机，阳光而得意地笑着。他怀里搂着的女孩，一双明亮澄净的大眼睛，小巧而挺拔的鼻子可爱地微微蹙着，披散着的长发反射着阳光，还有上扬得无比幸福的嘴角。

老式钢琴仿佛在永恒弹奏我们最爱的那首歌，那种笑容也仿佛永远不会停歇。

我仰头凝视着那张照片，有种看着自己前生的异样感受。

祁诺从浴室里走出来，赤裸着上身，利落的短发还有些潮湿，这也是我第一次看到他没有穿上衣的模样，小小的心脏瞬间加快了速度，下意识转过头去不好意思再看。他走过来将我抱起，平躺在了床上，把我放在他的前胸，我前爪搭着他的胸膛，后爪踏着他平滑的腹肌，身体几乎随着他紧实的肌肉覆盖下的心脏在上下律动。对于这突如其来的"亲密接触"，我无所适从，四只爪子上的肉垫都被汗微微湿润，就是不敢移动半点。

这可是我们第一次的"同床共枕"，此时此刻，天知道我多想以女生岑小若的身份在这里，而不是该死的喵星人小弱。

就在我双手紧贴着祁诺胸膛满心娇羞又不知自己应不应该继续这样正大光明"揩油"的时候，祁诺突然翻过身去，半个身体笼罩在我头顶，让我瞬间面红耳赤。我等待着他继续这完成了一半的"床咚"，却没想到他只是伸手去拿过床头的那张相片，捧在手上细细地端详起来。他的眼光里，集聚着无限留恋与哀伤。他用手摩挲着我的背脊，淡淡说了一句："小若，我好想你，我好像，又找到我们的小叶子了。"

他把我举在照片前，我能感到他手掌的温度在一点点变凉。

适才还在狂跳和自作多情的心突然剧烈地疼痛起来，我歪歪斜斜爬到他结实的臂弯里，用自己有限的温度，试图给他一点温暖。直到他捧着照片的手渐渐垂下，直到我们的呼吸均匀地逐渐依偎着睡去。

这，就是我们的"第一夜"。

第二天一大早，祁妈妈就火急火燎地将我带去了家附近的宠物医院。负责检查的医生是个五十来岁的老头子，想来是工作太久的缘故，见到如此惹人怜爱的我，也只是黑着面孔，例行公事地进行着所有的体检和除虫的工序，就连将体温计放入我那如此娇嫩的屁屁里时，也一点都不懂得怜香惜玉，害我只好在心里重复骂了一百八十次"老流氓"。

检查的结果是，除了五百克的体重过低外，本喵小姐的身体其他硬件都还算健康。祁妈妈自然是很满意也很放心，在回家途中特意找到了一家宠物商店，零零总总又买了好多吃食和猫咪必备用品。看来，昨天还担忧满满的祁妈妈其实也是个绝对有猫奴潜质的人，我总算不用担心她会命令祁诺把我丢回冷冰冰的墓地去了。

回到家中，祁妈妈做的第一件事情就是将买来的猫砂盆放在房间阳台的一角，并把猫砂平平铺在猫砂盆里，然后把我往里一放。一粒粒透明的小砂子扎在脚掌上，有些刺痛，我刚想迈步逃出来，祁妈妈便将我重新放了回去，并且用很认真的口气命令道：

"小弱，从此以后便便要拉在这里面，不可以在其他地方乱来哟！"

问这世间上有谁会预测到，我岑小若有一天居然会当着自己男朋友妈妈的面如厕？

我敷衍地撅撅屁股，谁料祁妈妈并不买账，只是蹲在一旁用无比期待的眼神看着我，叫我心里好一阵发毛。

看来今天是不会轻易过关了。

我快速朝屋外瞟了一眼，确认祁诺没有过来，继而腹部用力，使劲一抻屁股，挤出一粒小小的便便，然后以闪电的速度想要逃离现场。谁知祁妈妈又执着地将我捉回原地，继续满怀期待地望着我。

我简直要羞愧而死，祁妈妈却不肯放过我。我真的很怕祁诺此刻出现，使劲反思自己到底还有哪里没有做到位，突然想到以前看过猫咪如厕的情景，相比之下我的一系列动作确实还少了一个步骤。无奈之下，我只好退回适才拉完便便的地方，学着以前看过的小猫咪的样子，用右边的后腿使劲蹬了几下猫砂，敷衍地将刚才弄脏的地方埋了起来，之后连滚带爬出了猫砂盆，剩下喜出望外的祁妈妈在原地对我的领悟力兀自赞叹不已。

听说动物们在领地安家时，往往会在周围留下粪便宣誓主权。如此看来，我刚刚用一粒便便，为自己圈下了领地，同时丢掉了整整一地的节操。

并且，以我现在的地位，就连求一卷厕纸，都是奢求。

这种丢脸的情况不会维持太久的。

我以岑小若的名义起誓。

此时的祁诺正弯腰在房间的角落摆一碟用清水浸泡软了的"精品猫粮"。继离开小叶子的庇护后，这接近两天的时间里我只喝了些许祁爸爸买来的猫牛奶，还没有吃过一顿正餐。此时猫牛奶的容器已经空了，祁诺应该是想让我好好饱餐一顿固体食物了。他放置好猫粮，将我抱到碗前，好像是要我当着他的面进食。我勉强伸出舌尖，舔了一舔那粘稠的颗粒，品尝出了一种微咸却有着浓重生肉腥臭的奇特味道。我下意识把头歪到一边，因为沾了水，那股子味道久久停在唇齿间，让人有些想呕。

"小弱，快点吃。"祁诺用命令的口吻逼迫我。

无奈之下，我只好用舌头卷起一颗"精品猫粮"，以每五秒一次的咀嚼速度应付着，刚才的饥饿感已经被这让人作呕的味道驱散得一丝不剩。

可此时最最要命的是，祁诺妈妈已经在楼下的厨房里准备晚餐了。食物的味道以超出平日至少四到五倍的浓度进入我的鼻腔，鱼香肉丝，素炒小黄瓜，还有，我最最喜欢的，红烧肉……

原来猫在饥饿的时候，是能够用鼻子分辨菜品的。原来当一只猫，嗅觉竟可以被扩大到如此之强烈的地步。

可惜了这样好的才能，今后却只能用在区分猫粮的牌子上了。

我扬起头来朝楼下餐桌的方向张望，只见祁爸爸已经在摆放菜品了。碗盘碰撞的声音让我突然想起了外公，每天为我准备饭菜的外公。

失去了我的外公，不知道身体能不能支撑下去，我真的好想回去看看他。

只可惜，祁诺家和外公家之间的距离，已经不是此刻我这个短腿生物能够完成的了。

楼下的一家三口已经就坐，我悄悄溜下楼，隐蔽在楼梯间的角落张望，适才对家人的思念已经被人类食物的诱惑彻底击溃。仗着现在娇俏迷你的身材，我蹑手蹑脚借着家具做掩护，一鼓作气进了厨房。此刻灵敏异常的嗅觉告诉我，头顶上方的台子上一定有美味的食物。我环顾四周，真是天助我也，底层橱柜的抽屉没有完全关上，一层层陈列其中的架子正好给我搭起了一副梯子。我前爪用力拉住一截"梯子"，三下两下就已登顶，比起刚出生时的腿脚，这几日已经能明显感到身体各种力量的增加。

不出所料，台子上的碗碟里盛放着数块气味撩人的红烧肉，就算此刻我的黑白视觉看不出它们光泽油腻的颜色，也能想象这几块好东西该有多美味。出事以来，已经很久没有吃过色香味俱全的饭菜了。我竖起耳朵听餐厅里的声音，确定外面的一家人还在安心晚餐，便伸出前爪固定住一块红烧肉，低头专心享用起来。

几分钟后，我迅速解决了两个大方块的红烧肉，神不知鬼不觉地爬下橱柜，沿着刚才的路线偷溜回了房间。房间里那碗"精

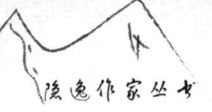

品猫粮"还在原地放着,待会儿祁诺回来要是看到这一碗满满当当的食物我一点没动,一定会担心甚至生气的。无奈之下,我只能移步到那大碗旁,忍着恶心又生吞了好几大口猫粮。

几口粘稠的猫粮彻底下肚后,我突然感觉一股红烧猫粮的气味涌上喉间,同时感到腹部一阵翻腾。我下意识往祁诺房间的卫生间跑去,突然又想到应该往猫砂盆的方向去才对,就在这么犹豫的一瞬间,我已经吐出了一大口刚才硬塞进肚里的猫粮,腹部剧烈的疼痛让我立马意识到自己正在上吐下泻。

等祁诺在楼下用餐完毕上楼来的时候,我已经毫无形象可言地四肢张开着瘫倒在楼梯口了……

12. 故人

"死后逢知己,猫生遇故人……"

自从三天前我上吐下泻到起不来床的蠢样子被祁诺从头至尾见证过后,我的心情一直处于低落状态,前几天才刚有起色的情绪就这样被这副病怏怏的"猫身"再次打倒了。三天里我几乎时时刻刻窝在祁诺的床边,想要伸手抱抱一直照顾我的他,却浑身无力到只想昏沉睡去。

到了第四天早晨,才感觉好多了。

天气很好,祁诺在床边带着巨大的耳机听音乐,时不时抬起头来看看我。阳光下他的样子让我有些恍惚,这几天来每一次和他对视,我都情不自禁地觉得自己还是岑小若。我好想和他并肩坐在一起,像在老琴房里一样,一起听一首曲子,只可惜现在的我,估计连耳机都塞不到这双外扩的猫耳朵里。

以前还听人说猫耳朵是所谓的"萌点",我现在真想把这个人拎出来爆打一顿。

053

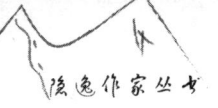

　　一楼有人按响了门铃,我听到祁妈妈开了门,我的双耳不由控制地尖耸起来,收集着来人的声响。自从变成猫娘后,各种感官的发达程度总让我有种自己是女超人的错觉。

　　一声娇滴滴的"阿姨好",让我差点从祁诺床上跳了起来,仔细再听,楼下正在询问"祁诺哥哥"的去向,那特有的、曾经被文静评价为"矫揉造作无下限"的嗓音,除了我高二(3)班第二任班长"陈圆圆",还能有谁呢?

　　祁诺妈妈在楼下唤祁诺下楼去,祁诺有些不情愿地摘下耳机站起来,迎着楼下深情的呼唤准备去招待客人。我走到楼梯口,占据有利地形观察下面的情形,果然见陈圆圆正端坐在沙发上,一身雪白的蕾丝连衣裙,一个大大的"丸子"稳稳当当盘在头顶。她身边的一位中年妇人,一身灰色套装,狭长而上扬的丹凤眼透着高傲的光芒,那股子傲娇神态让人一看便知是陈圆圆的母亲。祁妈妈和陈妈妈两位闺蜜正在热络地聊着,陈圆圆便乖巧安静地坐着,直到看到祁诺出现在客厅一角,她双眼"唰"一下子亮了,站起来叫了一声"祁诺哥哥"。

　　祁诺应了一声,在陈圆圆对面的沙发上坐了下来,看上去有些漫不经心。见到高大帅气的祁诺,陈妈妈立刻夸奖起他一表人材、成绩优异来,祁妈妈则在一旁面露忧色,说以儿子的高考成绩,是可以到首都一流大学去的,却搞不懂他为什么偏偏要留在本市。

　　这是我这些日子以来第一次听到祁诺对未来的规划。我们曾经约定好要一起考到首都最好的学校去,可是现在……也许,这个约定对他来说已经成了一个不愿实现的诅咒。

　　祁诺没有参与到大人们的议论中去,只是礼貌地听着,笑着,陈妈妈见状，话锋一转，对陈圆圆使着眼色，说："言言啊，你不是说有数学题要请教你祁诺哥哥吗？快点去吧！你们两个年轻人好好研究一下学业，肯定让你受益匪浅。"

陈圆圆一听急忙站起来，上前拉着祁诺往楼上走，边走边说："祁诺哥哥，我最近数学糟透了，你可得好好给我辅导辅导……"

见他们走上来，我急忙奔回房间去，自做镇定在床上佯装打瞌睡。只见陈圆圆拉着祁诺进房来，一眼看到在大床上的我，兴高采烈地冲上前来道："祁诺哥哥，这，是你新养的小猫？真是卡哇伊！"

卡哇伊？我真是佩服她连这么老土的词都说得出来。

还未待祁诺回答，陈圆圆早已伸手将我一把拢在怀中，我抗拒地伸出两只雪白的萌爪想要挣脱她的怀抱，但早就被她锢得死死的。算了，以我现在的吨位，想要逃脱一个巨型的陈圆圆，看来是不大可能的了。

这是我两年来第一次和陈圆圆如此接近，更可怕的是，她居然低下头来，深情地吻了我！

也不知道是旧病未愈还是真的有点恶心，我胃中翻腾，只能求救般地低唤了一声。陈圆圆可不睬这个，把我当作绒毛玩具一般翻来覆去地"撸"了一遍，边玩还不忘问我的名字。

祁诺沉默了数秒，轻轻答了一声："小弱。"

"小若？"陈圆圆一挑眉毛，迅速地扫了一眼祁诺的神情。他眼神中似有似无闪过一丝落寞，又很快恢复了礼貌客气的样子。

陈圆圆似乎很快明白了些什么，脸色虽有些不悦，但也迅速恢复了状态。她快速将我放到祁诺书桌腿边，从随身的背包里拿出一叠试卷摊在书桌上,然后立刻摆出一副求知欲渴的模样。

母命难违,祁诺只得坐到她身边等她满试卷找问题。他们二人并肩而坐的背影让我心里莫名一酸。我从未见到过祁诺和别的女孩一起的样子,平静、冷淡,一副君子之交的模样。这样的他似乎让陈圆圆想要变得更加殷勤,她竭尽全力保持的甜美娇羞的笑容,让此刻的我只想让她原地爆炸。

陈圆圆不经意地又往祁诺身边靠了靠,头顶的那颗"丸子"差点要蹭到祁诺脸上去了。我顺着椅子爬上桌去,在他们面前来回踱步,顺便瞟了一眼陈圆圆正在询问的选择题。好巧不巧,这份试卷,正是我车祸前一天为准备月考而特地练过的。此时她正指着一个概率问题问个不停,我灵机一动,弓起身体慢慢挪到试卷一旁,伸出细长的小舌头,在正确答案上舔上一舔,卷面上的正确答案旁立即留下了一道口水印子。

陈圆圆见自己的试卷被我"玷污",赶忙伸出手,似乎想要抽回那张纸。祁诺哭笑不得,伸手想要将我挪到一边,我却扎实了"马步"(猫步),死活不肯挪动。陈圆圆此时又指着一道新题,正是我最在行的函数问题,我当机立断地伸出舌头,又在那道道的正确答案上迅速做下了一道"水的印记"。

这样一来,目瞪口呆的除了完全在状况外的陈圆圆,还有与我一样知晓正解的祁诺。我悠然自得地侧躺在书桌上,歪着头用一双大眼珠子观察二人的表情。祁诺惊异之余迅速用笔在试卷上勾出了正确答案,深蓝色的墨水和浅浅的口水印子相互辉映,陈圆圆这才惊诧到把丹凤眼都瞪成了"赵薇眼"。她颤颤巍巍伸出手指,指着我怯怯地问:"祁诺哥哥,你说这只猫是不是有,超,超能力？"

我真想告诉她，本小姐有的不是超能力，只是超她的智商而已。

祁诺被这蠢蠢的问题问得不知如何作答，只能将我抱在怀里，说："瞎猫碰到死老鼠而已。"

我在他怀里抗议地叫了一声："才不是！"

喵声响亮而尖锐，祁诺突然安静下来，呆呆地看着我。

难道，他看出了我的不对劲？拜托，祁诺，快点动动脑筋想想看，这个世界上除了有会算数的大猩猩，可没有会解函数题的喵星人好吗？

楼下祁妈妈呼唤两人下楼吃水果的声音划破了二楼房间中凝结着些许悬疑的空气，陈圆圆如得大赦般把我和试卷都推到一边，拉着祁诺的胳膊边走边道："祁诺哥哥，我妈妈带了泰国最好的火龙果来，我陪你下楼尝尝。"祁诺还有些愣神，边忙着从她手里抽出自己的胳膊，边被她拖拽着带下了楼。我从书桌跳到椅子，想要顺着椅子再跳下跟上，谁知道陈圆圆居然回头瞪了我一眼，用脚后跟将我往门里带了一带，随手把落后于两人的我关在了房间里！

她这不是故意的又是什么！

就差一点点！也许就在刚才，祁诺已经意识到了些什么，这么大好的机会，居然就这样不痛不痒地过去了。

楼下热烈的聊天声传到二楼，家长们欣慰的笑，女孩叽叽喳喳的聊，还有他时不时应付她们的回答，我趴在紧紧掩着的大门上听得一清二楚。等了将近一个小时，一股困意袭来，我趴在门口睡了过去……

梦里，一只浑身雪白的小猫被困在一条四处环树的小河里，小河哗啦啦流淌，小猫试图逆流而上，却感到浑身湿透而沉重，渐渐没了力气。我突然惊醒，感到一阵难以控制的想要如厕嘘嘘的冲动。眼前的房间门死死关着，根本到不了放置猫砂盆的阳台，我往卫生间方向奔去，那面也是大门紧闭。

该死，该死，该死，我连门把的高度都够不到。

要是真的就地解决，祁妈妈估计会很生气的，而且，还有着一颗淑女心的我，死也不能弄脏祁诺的房间。

我环顾四周，看见陈圆圆平时最爱的果冻包正躺在书桌一角，包包的拉链大开着。我灵机一动，心一横，爬上书桌，之后，那就是非礼勿视，非礼勿视了……

解决了麻烦之后，心中居然有一丝幸灾乐祸的快感，我在心里骂自己太坏，嘴角却不自觉咧开了。

房门开了，陈圆圆一个人垫着脚尖走进来，我赶忙趴在书桌上装睡，偷偷看她。只见陈圆圆把试卷胡乱塞到包里，然后从胸口的衣袋里拿出一个小小的信封放在祁诺的桌上，摆了好几个位置又用手反复熨了熨信封的边角，才满意地拎起包包走出了房间。楼下主客告别的声响传来，我想去看看那封信到底是什么玩意，祁诺却已经上楼来了，而我刚好尴尬万分地站在那封信的旁边，就像是一个专属信差一般。

祁诺将我抱起来放在怀里，看到那封信，随手打开信封，一张有着许多爱心点缀的信纸在我们眼前展开。

"祁诺哥哥……知道你即将步入大学校门，我既高兴又

难过……想到在学校不能时常看到你……很不舍得……我喜欢你……请你等我一年,我一定在大学校园和你……言言。"

可恶的陈圆圆,居然如此趁人之危,我都能想象在我眼中黑白的信纸其实是怎样的粉嫩可爱。我气到一口咬住信纸,拖拽着这一纸情话气到跳脚。门外陈圆圆和陈妈妈高跟鞋声响了起来,几秒钟后,陈圆圆发现了包包里我刚才为她留下的"纪念品",尖声带着哭腔叫到:"可恶的猫,我的名牌包包……"

我在心里差点笑出声来,看来我有着先见之明的小小报复,真是做得太正确了。

祁诺站起身来,把信和信封轻轻放进了桌边的垃圾桶里。他弓着一向挺拔的脊梁,坐到床边捧过我们的那张合照,把头埋进手臂里好久。等他再抬起脸看窗外的时候,我看到了他的眼泪。

刚才还幸灾乐祸的我僵在原地,不知如何安慰他。窗外的天色在此时仿佛一瞬间暗了下来,只能看到树影婆娑景象倒映在玻璃上。

我突然感到后悔,因为我从来没有为他写过一封信。如果我写过,那此时此刻,我们也许都还有更多的东西可以怀念。

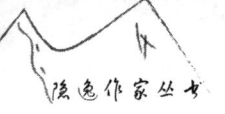

13. 日记

"其实,我和你的每个季节、每天、每分、每秒,不仅仅在纸上,更是在心里。"

与陈圆圆见面后的第二天,祁诺家又来了一位让我意想不到的访客。

一大早听到他的声音的时候,我差点从软绵绵的猫窝里弹射出来。

那个我听了快十七年的声音。

"阿姨您好,我找祁诺,我是他网球队的同学……我叫钟秦。"

我以四只短小的猫腿所能奔跑的最快速度冲到客厅,正要出门工作的祁诺妈妈正招呼钟秦坐在客厅里喝果汁。钟秦还是老样子,礼貌温顺。我唤了一声他的名字,他转过头来看到我,用手推了推高鼻梁上的细框眼镜。

"这是祁诺收养的小猫,前不久才领回来的。那个,钟秦你坐,祁诺马上就下楼了。"

"谢谢阿姨。"钟秦喝了一口果汁,定定看着我,"这只猫……还挺可爱。"

拜托,本小姐哪里只是可爱,还有一副你最熟悉的灵魂。钟秦,快点看破我的可爱,认出我是谁好吗?

"钟秦,你怎么来了?"祁诺不知道什么时候已经站在客厅里。

回想上次我们三个人的会面,还是在那片阴凉的墓地里。

"Hi,学长,我带了点东西给你。"

祁妈妈招呼完两个人喝饮料,就离开了。我站在客厅的角落,看着这两个世上除了外公外婆之外我最亲密的人,连呼吸也重了。可惜此时的我实在太渺小了,在两个大男孩面前根本没有存在感可言。

"学长,你还好吗?"钟秦看了看祁诺的样子,想必是发现他的状态并不太好。

祁诺叹口气,头低下又抬起来,淡淡苦笑了一下,那笑等于无声的回答。

"学长,是这样,张教练希望你下周去一次队里,帮我们和三中打一场友谊赛。"钟秦换了一个话题。

"我,不想回学校,"祁诺迟疑了一阵,"如果比赛是在三中的话,那就去。"

我想,我们三个人都知道其中的原因。

"好,我转告。学长,我,昨天去了小若家。"

我几乎和祁诺一同向他投去了惊诧的眼神。

"小若外公的身体彻底坏了,她父母从美国赶回来,准备带

老人家一起离开。他们这几天整理小若的……私人物品的时候,发现了一些和你有关的东西,他们让我把东西转交给你,毕竟,她的那些记忆只是属于,你们的。"

钟秦从背包里拿出一本硬壳的簿子,样式简单,里面的纸张却很旧,翻烂了的样子,我一眼认出了那就是我的日记本。

我很感谢钟秦没有用"遗物"这两个字。

我会写日记,以前没有耐心,不常写,可自从和祁诺在一起之后,几乎每天都写,有时一天写两篇。

我记得,日记的最后一篇,就是在我"去世"的那一天上午写下的。

"今天是高考的最后一天,祁诺现在应该还在考场里奋笔疾书吧。我能想象他应付自如的样子,一想到就很骄傲,真的为他骄傲。想到待会儿就能见到他,就更加骄傲了。我期待看到他胜利的样子,期待他兴奋到将我抱起来,期待我们的瑞士之行,期待我们那个共同规划好了的未来……未来,真是一个很美的词汇……"

那天写下的话,我还能背得出来,仿佛就是昨天的事。

祁诺接过日记本,手在上面摩挲着,好像收到一样价值连城的礼物。

"钟秦,谢谢你。"他由衷地感谢。

钟秦伤感地笑了。

"不用谢,至少她还能留下些什么给我们……学长,我走了,球赛的事情,你考虑考虑。你彻底离开高中前,我也很希望能再和你一起比赛一次。"

062

祁诺站起来送钟秦离开,我跟跟跄跄跟在钟秦脚边咬他的裤脚,想让他赶紧注意到我,他蹲下来摸了我的头。

"小若,很喜欢猫。我们常说,她的路子和猫一样野。"他看着我感慨道。

我用尽力气点头表示赞同,他却已经转身步出了大门。

钟秦,我的暖男闺蜜,下一次见面,又不知道是什么时候了。

祁诺关上门的那一瞬间,我已经奔到沙发上的日记边立定站好了,看到他走过来,又赶紧将半个身体趴在日记本上。

亲爱的祁诺君,我,日记,我,日记。小弱,日记,小若,日记。这中间的联系,你能解得开吗?

他坐下,捧起日记本。等等,我记得日记的某一页里,应该夹着我们都有的那张琴房里的合照。我吃力地伸出一只爪子,踮起脚尖胡乱去搅动着簿子里的活页,祁诺微微挪开身子,一张照片滑落在他的脚边。他有些吃惊地看了我一眼,拾起照片。我记得照相的那一天,是12月的第一天,也就是日记的中间部分,趁着他惊愕的时间,我又伸手去拨弄活页,不灵活的指头很难精确地翻动每一页,我只好绷起指尖,尽量快速地翻动纸张。就在祁诺出手制止我的一瞬间,日记本定格在了2016年12月1日,那个有初冬温暖阳光的下午。祁诺深深皱起了眉头,仿佛正在思索刚才发生的一切,通俗地说,那是一副微微有点"见鬼了"的表情。只可惜,这副表情和之前我做数学题时一样,只维持了几秒钟,就从他脸上消失了。

从12月1日那一页开始,祁诺陷进了我的日记里,而我陷进了失望和焦虑里。

几天的相处让我深刻地认识到,在祁诺的眼里,我现在仅是一只会做点函数题和翻翻日记本的猫咪而已(而且还是碰运气做到的),我必须尽快在他面前展露更多的本领,才能让他真正注意到,我是谁。

若是再拖延下去,我们就真的要成为生活在两个星球的人了。

14. 麦兜

"天,我居然真的要拥有传说中的'狐朋狗友'了。"

还记得很久以前,我在钟秦老爸的电脑上玩过一款很老的游戏,名字叫做"猫狗大战"。游戏里喵星人和汪星人各占一个山头,互相朝对方丢掷各种装备,喵星人一族总是很阴险狡诈,把一脸憨厚相的汪星人欺负得团团转,那时我总觉得狗狗很可怜。

而麦兜就是这样一只又憨厚又让人心疼的汪星人。

麦兜到家的那天,我正在那个盛有猫粮的碗前思索要如何下口,突然感到身后一阵急促的喘息和被人盯梢的诡异气息。我猛地一回头,眼前是一团棕黄色的乱毛,头顶是湿答答的舌尖,再抬头看,两只又黑又圆的铜铃般的大眼睛正好奇又无辜地盯着我,两只蒲扇似的耳朵耷拉着。好久没看到这样的"庞然大物"了,也不知道是不是因为体型的巨大差异,我心里大叫了一声"妈呀",下意识就撒腿往祁诺房里跑去,没想到那只大怪物竟然跟着我狂奔起来,我回头一看,原来是一只乐呵呵傻乎乎的大金毛。

祁爸爸听到楼上的动静也跑了上来，大喝一声："麦兜，不要闹！"

谁知道祁爸爸一点威严都没有，根本喝止不住这只撒了欢的金毛犬，还好此时祁诺从房里闻声走了出来，我顾不得形象，直接顺着他的裤脚往上死命地爬，竟然直接从他的脚边爬到了腰部。祁诺哭笑不得地将我拎起来放进怀里，对麦兜做了一个"不可以"的手势并说了一声："No！"

在祁诺的号令下，麦兜居然真的站住了，瞪着圆滚滚带着孩子气的大眼睛抬头望着祁诺怀里的我，咧开嘴笑一般呵呵地喘着大气。

如果我还是小若，看到麦兜这副可爱的样子，说不定会买一罐上好狗罐头好好犒赏这只萌物，可不知道为什么，此刻的我感到自己整个背脊都不受控制地挺直了，毛发都竖了起来，手指前端不知什么时候跑出了尖利的如小刺一般的小指甲，正张牙舞爪地挥动着。我的喉头发出了低沉的"嗡嗡"声，难听得我自己都吓了一大跳。显然，麦兜的现身似乎瞬间开启了我身体的"备战模式"，让我分分钟亮出了"兵器"，丝毫不受理智所控。

这貌似也是我第一次伸出指甲，我低头看自己的手（爪），感觉像是握着几柄小李飞刀一般威风凛凛。这突如其来的身体反应让我心里一惊，不自觉往祁诺肩膀上头又靠拢了些。

祁诺看我很是紧张，赶紧让祁爸爸把麦兜押送到楼下去，自己则带着我迅速闪进了房间。他边走边告诉我说"小弱，麦兜今后有很长一段时间都要住在这里，你要慢慢习惯。"

我很想告诉他其实我一直很向往养一条狗。

不知道现在我能不能算是"养了一条狗"？

可气的是，当天晚上，"我新养的狗"就强占了我的地盘。

记得那天，我在祁诺的房间里躲了好久，一直饿到无力，才踏出房门准备忍着倒胃的感觉吃上几口精品猫粮。在吃猫粮之前，我一般会到祁家的晚饭桌前去碰碰运气。在他们一家人用餐的时候，我会在餐桌一角徘徊一阵，伸头去闻当天的菜品（自从上次大病一场后就没敢再偷吃了），然后随意变幻音调叫唤几声"我饿"。我曾经见证过文静家的那只加菲猫就是这样一步一步得寸进尺到上桌吃饭的。上礼拜第一次尝试，祁爸爸就入了圈套给了我半只小鸡腿，而第二次又是一块糖醋小排。尽管祁诺一直说不应该给小动物吃高盐高糖的人类食物，但心软耳根更软的祁爸爸就是受不了我的讨食进攻。就这样，只要祁爸爸回家吃饭，我总能尝到那么点荤腥。

当然，我倔强地拒绝吃祁诺一家人直接丢在地上给我的任何食物。那种低头啃地板的姿势让人有种吃"嗟来之食"的羞辱感。前几次祁爸爸把食物放在地上让我啃，我都直接用嘴叼住食物爬到桌上，然后站在上面和他们一家面对面吃起来。一开始，祁诺一家简直对我的"怪癖"诧异到不行，几次之后，祁爸爸也摸清楚了我的喜好，每次都把食物直接放在桌上"请"我上桌一同享用，还总是饶有兴致地看我如何将一个个菜品都尝一遍。

天知道我有多想好好坐在饭桌前有尊严地吃一顿"人饭"。

谁知今天当我到达食物分享现场的时候，却看到桌脚边已经站了一只毛茸茸、舔着长舌头的麦兜。

而且，祁爸爸竟然递出了一只完整的鸡腿给它！

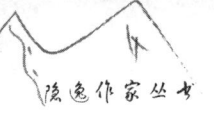

简直欺猫太甚!

看到我气势汹汹到场后,祁爸爸还想喂我点什么,却被祁妈妈狠狠瞪了一下缩回了手。祁诺起身将我押送回了猫碗旁边,叮嘱我要好好吃健康的食物。楼下麦兜啃着鸡腿欢脱的声音不断传来,我感觉自己气到胃痛,但终究还是不能说服自己去和一只狗抢肉吃。

谁知道当天晚上睡觉前,麦兜又来惹事了。

说来有些害羞,自从被祁诺"捡"回家后,我就一直被安置在他的房间里。在祁诺眼中,我只是一只普通的喵星人,因此他在房间里的状态和单独一人无异。这段时间每当祁诺"沐浴更衣"的时候,我总是逼自己躲到门外来掩盖"偷窥"男友的罪恶感,但是今天,那只看到我立马切换疯癫模式的麦兜一直守在门口,我只好一直呆在房里。祁诺夜跑回家,钻进浴室里冲凉,当然,在只有一个人的房间他并没有关上门。我无聊地在房间里踱步,不小心(我举猫爪发誓,真真是不小心)瞥见淋浴房玻璃的水雾中祁诺的人形。这一看,我的心狂跳起来,感觉这一身的猫毛简直像貂皮袄一样厚重。我内心开始谴责自己的意志不坚,但却怎么也无法移开视线,就在这万分美好的"福利"时刻,身后突然传来一阵"汪汪"声。我一回头,麦兜不知道被谁放进了房间,正占据着祁妈妈给我买来的"专属猫窝",一脸憨厚兴奋地看着我,连耷拉着的长舌头都透着占人地盘的小骄傲。

试问,谁能在被一只庞然大狗盯梢的情况下再去观赏自己另一半健美的身影?

我不知哪里来的力气,好似有几秒头脑空白,等再反应过来的时候身体已经腾在半空中，而手掌中的"利器"已经对准了麦兜的脸。身体落下的时候我大吃一惊，赶紧缩回手指，而一粒小指甲差点刺到了麦兜的眼睛。麦兜挺直站了起来，瞪着大眼睛望着我，"江江"人叫了几声。

我从未想过自己会为了一个猫窝做出如此非人的举动。

就在我不知所措是不是该伸手摸摸麦兜的头告诉它"对不起"的时候，麦兜却伸出前爪将我整个人（整只猫）揽过去，像抱一个玩具娃娃一般，将我箍在怀里，我抬头就看到它独有的金毛牌招牌微笑，而祁诺此时就站在浴室门口，下身围着一条毛巾，微笑着看着我们这一猫一狗和谐有爱的画面，分分钟要脱口而出"好甜蜜啊"的即视感。我挣扎着逃出了麦兜友谊的圈套，而它就在原地蹦跶着，分明想要吸引我过去和它继续玩耍。

面对我帅到没朋友的男友，我当然没有心思去和一只狗玩。祁诺坐上床拍了拍床沿，我"嘤"一声跳到了他身边，前半身耷拉在他的胸膛上，随之闭上眼睛用我无比灵敏的鼻子享受着那无限扩大的他独有的气息，这才感到些宁静的情绪。这些天里，每晚的互相依偎会让我有那么一瞬间，短短的一瞬间，忘记自己现在的模样。在这样冒着粉红色泡泡的气氛中，仿佛我还是我，而我们，还是我们。

岑小若此时就躺在祁诺的怀里，听着他的心跳，感受着他的皮肤，害羞又满足。就在我沉浸在这一片温馨中的时候，突然感到一阵劲风袭面而来，睁开眼，满屏都是麦兜的大脸和大喘着气的两只鼻孔。这只碍眼的狗灯泡不知什么时候也跳上了祁诺的床，拼命想要挤到我们中间。也许是因为它打破了此刻让我流连忘返的甜蜜,我不知怎地突然再一次愤怒到头脑轰鸣,眼前又是一阵模糊,等我再看得清时,已经是狗狗发出哀嚎之后了。可怜的麦兜的鼻头上有一条稍微渗血的伤口,而凶器,就是我此刻还未来得及收起来的,如同小刀子般的右爪。

"小弱!"

直到祁诺大叫我的名字,我才瞬间清醒了。麦兜此时已经缩在床角,用舌头试图去舔舐鼻头的伤口。祁诺赶紧上前安抚它,我呆在原地,根本不知道自己刚才为何会好几次做出如此过激的反应。刚才的那个瞬间,就好像思维中的一个空白点,完全不受自己的控制,我不知道自己怎么了,负罪感和困惑感让我又感到眩晕,我渐渐看不清眼前的祁诺和负伤的麦兜,迷糊了过去……

15. 群架

"这是我人生中第二次遍体鳞伤,绝处逢生。只是这一次,要感谢我可爱的朋友……"

一切很不对劲。

真的很不对劲。

只能用"诡异"二字形容。

自从我"误伤"麦兜又迅速晕倒之后,那天夜里醒来发现自己居然睡在祁诺爸妈的房间里。睁开眼看到两双朝天的脚丫,我差点没有第二次晕死过去。我鼓起勇气仰头,望过小山似的被褥,居然看到正在酣睡的祁爸祁妈的两张脸。

我叫出一声高音,随之后悔莫及。

还好,熟睡的祁家二老还没有被我的惊呼吵醒,还好这一切尴尬还有救。

我蹑手蹑脚跳下床去,一刻不停地往开了一条缝隙的卧室门外跑去,这才发现外面天都还没亮。

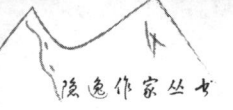

回忆刚才看祁诺爸妈的脸和卧室的陈设是如此清晰,我发现自己近期的夜视功能简直开挂。

我悄悄潜回祁诺房中,麦兜正在我的小窝旁边打盹,鼻头的伤口的血算是止住了。

可怜的小东西,我很歉疚,更多的是疑惑,因为我真的不知道自己为何会做出掌掴小动物的可怕行为。

麦兜被我的动静惊醒,耷拉着的耳朵扑腾了几下,对我眨了眨眼睛,它友好的圆眼睛里没有丝毫记恨。

我忍不住夸了一句"好狗",虽然在它听来,那只是几声稚嫩的猫叫。

有些累了,我在小窝里躺下并迅速睡去,麦兜也乖乖睡去。

直到感受到屋里升腾起的太阳的温热,我才满足地醒过来。

哦……我……的……天……

我居然又一次躺在了祁家二老的床上,而且,还是在两人的枕头中间霸气侧漏、四仰八叉地躺着。

左看右看,这简直是来自男友父母的"双重夹击",让人无法淡定。

祁诺妈妈似乎有苏醒的迹象,缓缓睁开了眼睛。我顾不得轻手轻脚,猛翻身拔腿就往卧室外狂奔,逃窜过程中后腿踩到了祁爸爸的肚子,只听到他老人家睡梦中一阵哀嚎。我不敢回头,更不敢回祁诺卧室,一路奔到阳台的猫砂盆旁,小心脏兀自砰砰直跳。

为什么一夜之间,我竟会有两次,如同神使鬼差般挪动了自己的位置而毫无知觉?为什么对夜晚自己的活动,我会没有一点

点哪怕是模糊的印象?为什么好像行为有些不受控制?

细思恐极。

从那场车祸截至今天,我几乎每天都活在新的震惊和惊吓当中,甚至来不及去思考自己下一步该做些什么。

楼下餐厅里祁诺一家开始用早餐,我从楼上往下看,一家三口其乐融融,麦兜摇着长尾巴兜兜转转。看到祁诺,我的心微微安定了一些,安慰自己说也许只是最近休息不好,营养也没跟上。看来我无论如何也要开始多吃猫粮,否则就快连脑子也不大好用了。

一定是这样的。

当天,我就吃下了一整碗猫粮,一颗也没敢剩下,祁诺甚至因为我的良好食量而吻了我。

而一切并不奏效。

第二天一早,明明夜里还和祁诺依偎在一起的我发现自己还是睡在了主卧的大床上,头还枕在了祁爸爸的大腿上。第三天一早,我横躺在祁诺妈妈的肚皮上。第四天、第五天……整整一周,我每天都在恐惧中醒来,然后一身冷汗,仓皇而逃,接着浑浑噩噩过完之后的一整天。我逐渐意识到,在这过去的几天中,夜晚的我,已经不是我。

直到第八天清晨,我被凌晨刺骨的风刮醒,发现自己居然不在那幢祁家的大别墅里的时候,才彻底认识到自己已经出现了在夜晚莫名"失忆"的奇特症状。

我身处一团湿漉漉的草丛中,看不见周围是哪里,突如其来的陌生感和恐惧让我联想到了我"出生"那天的情景。我侥幸地

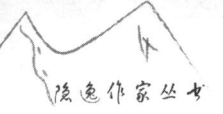

叫了一声"祁诺君",微弱的声音得不到任何回应。我只好站起来,发现自己半个身体已经露在了草丛外面。四周黑乎乎的,一面高大的墙上有一只大猫的影子,像一头形态夸张的怪兽一般。我吓了一跳,往后退了几步,那影子也随着我移动,我这才发现,那原来是我自己的影子。

这已经不知道是我第几次醒来被自己的影子吓到掉魂了。

这该死的猫娘外壳!

我鼓起勇气往更加光亮的地方走去,没有几步就迈到了一条石子路上,看到小路周围都是白墙黑顶的一幢幢风格一致的别墅,我的心才稍稍安定。

这些房子的外型颜色我还记得,看来我还在祁诺家的小区里,只要沿着路找到祁家的大门,应该就没事了。

就在我环顾四周试图判定从哪个方向开始摸索的时候,身后的草丛中突然一阵响动,先是一只浑身有斑块的大猫露出了半个身体,再接着就是两只浑身漆黑油亮的"大家伙"从草间蹿了出来。他们瞪着如炬的眼睛锁定我,朝我慢慢移动,喉咙处发出低沉的"嗯啊"声,那声音直击我的太阳穴,让我整个头骨"突突"地震颤。

我不由自主退后了几步。

从这三只大野猫锁定在我身上的眼神、声音和压低了的身体的姿势来看,他们正对我十分戒备。

僵持了几秒钟后,三只大猫其中的一只突然咧开嘴,露出尖利的牙齿,挤出了"嘶"的一声警告。

我曾经在家里的院子里看过野猫打架,正符合面前的场景,只不过，现在的我不是看热闹的小屁孩，而是即将要参与恶战的待宰羔羊。

我不敢发出任何声音，只能一毫米一毫米在不惊动三只大猫的情况下尽量后退。

就在我准备转身飞奔的时候，前方有花斑的大猫突然朝我奔过来。看到它凶神恶煞的模样，我立即转身并迈开腿，却感到臀部一阵火辣辣的疼，原来是一只尖锐的猫爪已经按住了我的尾巴。

这该死的"第三只手"，简直不值得拥有。

我痛到尖叫起来，转身张开手臂反击，想要甩开大猫的控制，就在此时，两只黑猫也凑到我跟前，张开爪子往我的脸孔袭来。

我本能地张嘴咬住那只尖爪，可控制着我尾巴的大猫又伸出爪子来挠我的耳朵。身经百战的它们一挠一个准，我感到右半边耳朵有种撕裂般的疼，痛苦地又叫了一声，忽然身体失去平衡倒了下去，继而头部、背部又受到了几下抓挠。我突然想起，动物的腹部是最最脆弱的，若是让敌人伤了腹部和内脏，那就真的要一命呜呼了。

在三个敌人的围攻下，我只能用尽全力闪躲和避让，并尽量让自己保持腹部朝地。我慌张又绝望地一次次叫着"救命"，可脱口而出的只是一声声惨烈又绝望的如同婴儿啼哭般的猫叫。

笼罩地面的黑一点点褪去，清晨的阳光一点一点爬上来，我清晰地看到地面上有斑斑点点的血渍。

再次回忆，这场恶战持续了仅十分钟左右的时候，而当时我却感到自己已经足足奋战了好几个钟头。我筋疲力竭，反抗的频率也越来越低。就在这时，三只野猫同时伸出爪子对准了我的眼睛，我闭上双眼，心里只默念了两个字：

"完了。"

我几乎能感到三只野猫的指尖已经触碰到我的瞳孔和腹部，正准备束手就擒，不远处忽然传来一阵急促的犬吠。那声音极其威严震慑，就如同盖世英雄降世。我才微微睁眼，就看到一只体型健壮的大金毛朝我这里奔了过来，脖子上还拖着一条明显被挣脱了的狗链。

那一瞬间，我感觉麦兜就像天兵天将一样靠谱。

正将我玩于股掌之中的三只野猫看到不远处来了这样一只庞然大物，不敢恋战，以最快的速度钻进草丛里没了踪影。大金毛站在我身边，压低身子朝着四周一声一声吠着，不知是在示威还是警告。我听到身后祁诺叫着"麦兜别跑"的声音慢慢接近，松了一口气，趁着还没有疼晕过去，对身边的乖狗狗道了一声："麦兜，好样的。"

麦兜圆乎乎的眼睛温和地看着我，像是在安慰一个受伤的老朋友。

听到祁诺走近了惊呼我的名字，我才放心地瘫软在血迹点点的石子路上。

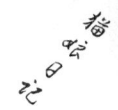

16. 猫性

"猫儿怕冷，猫儿嗜睡，猫儿在被人抚摸的时候会发出表示'本喵甚是满足'的特殊声音……"

听说那天，祁家并没有人发现我离开了家里，一大早醒来的他只道我又躲藏在房间的某个角落打盹，便照常出门遛狗，好在麦兜在途中突然听到不远处的异动，奋力挣脱了绳子，这才领着祁诺救下了被围攻的我。

祁妈妈仔细盘查后发现那天夜里正对着别墅大门的厨房窗没有关牢，断定我是从那里"潜逃出屋"的。

祁爸爸痛心疾首地斥责我"野心太大"，而祁诺只是抱我在怀里，不断用碘酒为我头部和背部的伤口消炎。

可我真的不知道自己那天夜里是如何走出这间房子的。那些本该有的记忆，大片大片全是空白。

无论如何，为了防止自己再次无意识地做出任何危险的行为，从那天开始，我只能每天夜里将自己关在祁诺的房间里，若是他哪天晚上忘记关上房门，我便等到他睡去，再自己悄悄去用身体推门关上。好几次我在被一群野猫围攻的噩梦里惊醒过来，直到看到床上熟睡的祁诺和关得严丝合缝的房门，才又能睡去。

可就在这之后的几个月里，我越来越强烈地意识到自己的身体和心理正在快速发生着一系列不可思议的改变。

初冬降临，记得车祸发生到被祁诺以"小弱"的名义带回家，那些都还是夏末时候的事情。随着时间的推移和气温的下降，我开始在白天变得越来越困倦，甚至发展到了嗜睡的程度，经常只要眼皮一搭上就在梦里遨游个大半天。祁诺若是在家，我还能跟在他的脚边，陪他读书，陪他发呆，陪他一起看床头我们两个人的照片和我的日记。可自从九月以后，祁诺便去读大学了，只剩下我和麦兜一猫一狗每天在家无精打采地消磨这毫无意义的时间。

暑假期间，也就是我刚到祁诺家不久，祁诺便收到了大学录取通知书，是他心心念念的法律专业。那天，祁家两位大人都很高兴，张罗着去本地最好的日本餐厅庆祝。祁诺的情绪倒是没有太大起伏，只是推脱说肠胃不适，不想出门。就在祁爸爸祁妈妈转战自家厨房准备大餐的时候，他回到了房间坐在地上不说话。那封躺在书桌上的信纸白得刺眼，我知道，我眼中黑白的"录取通知书"五个大字，其实是喜庆欢乐的大红色。我想起我们曾经勾着手指说过，除了做我高中的学长，他将来一定也会成为我大学的学长。我们甚至幼稚地幻想过我入学的第一天，他会怎样帅气地站在我们的大学校门口迎接我。我站在那封录取通知书前面回忆着这些，回头一看，祁诺正捧着我们的合照若有所思。我知道，

他一定也想起了那天我们期待着未来的傻瓜模样，只是这一次，他没有把照片放在胸前，而是轻轻扣在了桌上。

也好，在这样高兴的时刻，短暂地不要想起从前，也好。

开学以后，祁诺每周有四五天的时间都在学校，只有周末或平时偶尔才会回家来住。他不在家的时候，我时常在清晨就感到困意来袭，总是不知不觉就睡过去好几个小时。有时，麦兜会陪在我身边，我便象征性地带着他在房间里跑上几圈，权当遛狗，而有时，我在家里百无聊赖地散步，散到某个房间或是温暖的角落，或看到软绵绵的靠垫，突然就会有一股强烈的疲倦感让我想要躺下美美地睡一觉。

只有祁诺回家住的那几天，我才会让自己打起精神，和他好好腻在一起。

相反于白天，不论祁诺在或不在的夜晚，我开始变得警醒。也许是因为之前出现过的间歇性的"深夜失忆症"，我在夜晚惊醒的次数越来越多。有时，房间里外微弱的一丁点声音，都能让我神经质地紧绷起来，生怕自己又无意识地移动到了某个未知的地方。我猜，也许这夜晚频发的"神经衰弱"才是导致我白天无力和嗜睡的罪魁祸首。

天气迅速变凉，我的毛发虽然比刚来时又厚实了不少，但还是冷得瑟瑟发抖。那是一种每个毛孔都有丝丝冷风渗入的冰冷感，特别是我的手掌和脚掌，每天直接接触着冰冷的木质地板，随时都是透心的凉。我开始怀念自己满衣橱的大衣和羽绒服，却无奈如今只能每天穿着一件"永久牌"猫毛毛衣。温度特别低的日子里，我很想喝上一杯热水或是热茶，却每天只能窝在角落里就着

079

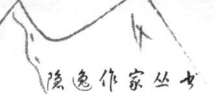

一碟冷冰冰的水啃那毫无温度的万年不变的猫粮。记得那天祁爸爸泡了一杯上好的普洱,在客厅里读《二十四史》,那醇香浓烈带着热腾腾湿气的茶水味直接把我从二楼吸引了下去。我发现自己已经很久很久没有喝过一口茶了,其实何止是茶,我已经太久没有享用过奶茶拿铁热可可还有鸡汤鱼汤排骨汤这些热乎的好东西了。闻到那甘醇的茶叶在热水浸泡下散发出的味道,我不自觉地跃上搁置着茶杯的小茶几,想要把身体朝热腾腾的茶杯靠过去一点。祁爸爸此刻正在书海里"闭关修炼",我趁他不备,把小脸埋进茶杯里,深深地舔了一口。

热乎的茶水顺着喉咙到肚子里,又暖又香,我忍不住又接连舔了好几口,感觉整个身体都暖和了起来。

一抬头,祁爸爸正惊奇又好笑地看着我。

我瞬间石化,盯着祁爸爸等待他老人家责备我毁了一杯好茶,可没想到祁爸爸一把把我抱起来,还夸我是一只简直不要太有品味的猫咪。

从那时候开始,只要祁爸爸喝茶看书,我便都在他身边当他的"小书童"。他看得入迷,我便把脸扎进他的茶杯里喝几口好茶,直到后来,只要祁爸爸对祁妈妈喊一声"老婆,给我来杯茶",我便会早早恭候在客厅的小茶几上,而祁爸爸对我的行为也见怪不怪,甚至是完全纵容了,祁诺好几次都调侃祁爸爸就是一个合格的"猫奴",就连麦兜,都没有这种和他一起"品茶"的高级待遇。

其实,每次偷偷喝的那几口茶,除了能让我暖一点,也能让我在一瞬间,找回一种"做人"的尊严感。

除了白天嗜睡、夜间警醒还有极端怕冷，这段时间我身体发生的变化中最微妙的，就是对味道的敏感。这些天里，只要祁妈妈出门前喷过香水再来接近我，那种本该宜人优雅的味道，就会像放大了数十倍一般涌入我的鼻腔内。那浓烈令人窒息的香味会让我很倒胃口到想要马上撒腿撤离。周末晚上洗漱完毕，祁诺都会抱我在怀里，可他口腔中散发出的牙膏或漱口水的清凉香味，简直能把我的大脑瞬间"冰冻"住，让我无法在那一瞬间继续停留在他的怀抱里。若是家里来了喷洒过六神花露水的客人，那我一定从二楼就能闻到那股子酸爽的味道。

　　最最怕人的是，记得祁诺第一次从学校回家的那个周末，我高兴坏了，赖在他的身边死活不肯挪步。他将我抱起，让我在他腿上打盹，我自然而然蜷缩起身体，感觉他的手轻抚我的脊背。一次、两次、三次……我心中涌起一种又痒又舒服的异样感觉，脸上一热，只道是自己又不小心把自己当成正在和男朋友相偎相依的女孩岑小若了。祁诺很是宠爱地低头吻了吻我的额头，我心里一暖，不知为何不受控制地抬起头伸出舌头舔起了祁诺的手掌和下巴。作为"猫主子"的祁诺被我的有爱的"回吻"方式逗得哈哈大笑，但我只想赶紧收回那自己该死的不受控制的舌头。就在同时，我忽然听到一阵极为细小，之后逐渐放大的，如同武林高手所用的腹语，又像藏族人"呼麦"一般的"呼噜"声在周身环绕，双手不知怎的，一张一合不自控地开始上下踩踏。我瞪大眼珠，含着只收回一半的小舌头，赶紧找寻这怪声的来源，可越是去注意找，越分明感觉那声音好像是从我身下发出的。一呼一吸间，那声音似乎也随着我的呼吸起伏、加速，居然是从我肚子里由内而外发出来的。

我一惊之下,从祁诺腿上直接跌落到冰凉的地板上。祁诺看着我伸着一截舌头瞪大眼珠惊慌失措的模样笑得更开心了,伸手想要抱我起来,可当他的手掌抚摸我周身的时候,那诡异的"呼噜"声又一次伴着我的呼吸一同响了起来,而我的手掌也不自觉又上下律动了起来。我赶紧再次逃脱到离祁诺三米远的地方,不敢再让他"近身"了。

简直见了鬼了。

从那以后,我有好一段时间没有敢再让祁诺抚摸我的毛发,只是紧紧跟着他,在他要触碰我的时候,就赶紧逃开,只是害怕那诡异的怪声再次在我肚中徘徊。

越来越多的"本能反应",在那些日子里涌现出来,让我不知所措,却无法控制。就在我的身体不停变化的同时,我几乎整个"人"陷入了一种蒙圈的状态中,每天都浑浑噩噩,费劲思考着到底是该被动接受这些突如其来的感觉,还是要想办法摆脱它们。

不知不觉,祁诺在大学里的第一个寒假到来了,不论如何,至少在接下来的一个多月中,我能每天看到他,陪伴他了。祁诺,真的变成了我"人生"中唯一的安慰。

虽然每周都能见面,但在他拎着行李回家的当天,祁妈妈还是做了好多可口的饭菜,而我,也早就守在门口,和麦兜一起乐呵呵地等祁诺回家。餐桌上,一家人其乐融融,我就在他脚边,端详他比高中时期稍稍成熟了一些的脸庞。祁爸爸突然提出让祁诺欣赏一下他们近期用新买的摄像机拍摄的我和麦兜的有趣视频。太久没有亲近，我跳上祁诺的膝头，心里微微一动，寻思着什么时候被祁家爸妈拍过视频。祁爸爸此时已经兴冲冲打开了电视连接好了设备，屏幕上麦兜在小花园里欢脱地追逐着一只扑腾着翅膀的小飞蛾，我心里暗笑着这种猫猫狗狗的无聊游戏，却瞥见视频中突然蹦跶出一只全身雪白的小猫咪，也伸展着一副萌爪扑腾着那只拼命挥着短翅想要逃离魔掌的飞蛾，仔细看，那小猫眉间有一撮淡淡的非白色的毛发，形成了一个三角形的小记号。

我浑身如被雷电击中一般无法移动，屏幕上小猫小狗玩耍的欢乐样子一派和谐美好，可祁家一家三口此刻其乐融融的笑声简直比恐怖片里的背景音乐还要可怕，因为，此刻屏幕上正在上演的这一幕，从未在我的意识中存在过。我从不记得，自己在任何时候，会愚蠢地和麦兜一起在湿漉漉的草地里去追赶一只令人厌恶的飞蛾。

怎么可能，岑小若最怕的动物之一，就是怪异的飞蛾了。

不知是谁快进了屏幕上的画面，那只该死的小猫，正在楼梯口用前爪拨弄一个被揉成一团的纸团。它伸出爪子一推，纸团发出"簌簌"的声音，滚出去一点距离，小猫好像突然被这声响刺激得十分激动，往前蹦跶了一步，又伸手去拨弄纸团，随后开始疯狂地，如同满场踢皮球般在房间里撒起欢来。画面再次切换，小猫正全神贯注死死盯着祁家客厅的金鱼缸里几条来回游动的鱼，鱼往左一点，它的头就如同牵线木偶一般偏向左边一点，鱼往右，它的视线就跟着鱼挪动，鱼游得快些，它就伸出手掌，"啪"一声，击打在鱼缸上，乐此不疲……

同样，这些画面也从未在我的记忆中出现过。就在此时，我

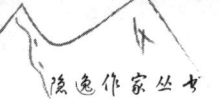

感觉那如同腹语般的"呼噜"声,又一次从我的腹腔响起,在我体内流转,我才发现,祁诺的手掌不知什么时候已经在抚摸我的头颈和后背了。

一种阴森的恐惧感让我整个身体都僵直了,屏幕上的这些点滴,从未发生过,却又那么真实地被记录了下来,而这如同魔鬼喘息一般的"呼噜"声,还是再一次出现了。我的大脑迅速运转,那一个个失去记忆的夜晚,一个个在奇怪地点再次醒来的白天,一大段大段记忆中的空白和盲点还有这些奇怪的身体反应,好似都不属于我,却又和我紧密相关。

祁妈妈骄傲地和祁诺聊着,她的声音断断续续:

"你不在家的时候,小弱晚上都和我和你爸睡,因为最近天凉,只有我们的房间开了暖气,它常常半夜就跑来了,钻进被窝抱住我们的腿取暖,只留一个小脑袋在外面,可爱极了,你说它是不是鬼机灵?"

是呀,猫儿怕冷,猫儿嗜睡,猫儿在被人抚摸的时候会发出表示"本喵甚是满足"的特殊声音,猫儿是夜行性动物!

难道说,在那些完全无意识的时间里,我正在一点一点,在我自己都毫不知情的情况下,变成一只真正的猫!

这只不知从何而来的小猫的灵魂,正在一口又一口,肆无忌惮地蚕食着本该属于岑小若的灵魂,一点又一滴,正在霸占她的身体、回忆,还有心智。

这一切的一切,汇成一种"猫性",如黑夜中追逐着人走动的阴影一般挥之不去。

而就在此时,祁诺突然提出了一个犹如晴天霹雳一般的重磅决定,足以让我忽略眼前的一切问题。

他的原话是:

"爸妈,是时候该带小弱去绝育了。"

17. 绝育

"无论是怎样一副身体,我都想保全。不是为了自己,而是为了那一丁点,再次出现在你面前的可能。"

那个可怕的词汇,已经在我脑海里来回滚动了一万次,让我无暇再细细去思考昨天晚上出现在屏幕上的画面和最近我那些非人的行为举止,虽然我几乎可以肯定,我的大脑,我的意识,我的整个人,都在被某种奇特的力量所吞噬。它正在让我在毫无感知的情况下,一点一点被动物的本能操纵和改变,但此刻,我还不能想出一个万全的应对方法。

这些都可以暂且搁置,因为后天,我就会躺在冰冷的手术室里,等着医生划开我的腹部,让我变成一只不男不女、不公不母的"绝育猫"。

苍天,我已经经历了从人类到猫娘的痛苦过程,难道如今连这个"娘"字也要保全不住了?祁诺啊祁诺,你怎么能这样对你的女朋友我。

作为一个曾经称霸一中的学霸,我怎能不知道动物"绝育"的含义。还记得陈言言曾经在生物课上用娇滴滴的口吻带着玩笑意味地问过新来的生物老师关于"爱情荷尔蒙"的一系列科学问题,还惹得班上的男生一阵起哄。这样联想开来,绝育带来的身体荷尔蒙的一系列变化,可能会渐渐让我失去与异性相吸的能力,如果这样,那我会不会慢慢丢失对祁诺的感觉和爱慕之情?会不会再也不能对他感受到心跳、心动、心痛的感觉?这必然会让我丢掉了生命中唯一的寄托和期盼。

思来想去,我只能告诉自己,现在的处境很不利,我必须先跑为妙,走为上计,而且刻不容缓!

祁诺已经熟睡,我跳上床头,睡梦中的他,手里还紧握着我们的合照。我"离开"他那么久了,他却没有停止怀念我,我看着他温柔的睡脸,一如既往地感到心痛。

"暂别了,祁诺君,在想好该如何应对之前,我不能让自己的身体受到一丁点伤害,这是为了我自己,也为了,我们……"

我甚至不知道自己要去哪里,只知道自己必须现在就离开去做一只"落跑猫娘"。

全家人都在熟睡,我悄悄踱步到祁诺卧室门口,用身体推开虚掩的房门,小心翼翼下楼去,在一楼四处寻找逃脱的通道。客厅里,餐厅里,门窗紧锁。我四处仔细查看,忽然想到不久前被那群野猫"暴揍"的那天晚上,我应该是从厨房的那扇面朝院落的窗户离开的。想到这里,我跳上厨房的台面,微微踮起后脚,便看到那扇窗户。仔细研究下,我发现这扇窗户的锁扣确实有些许松动，上次应该就是因为这样，才导致窗户没有关牢固，于是，我尝试着一下一下有规律地跳起来，每跳一次，就用前爪拨弄一下锁扣，就这样，让它一点一点松动开来，每拨动锁扣一点，窗户的缝隙就开得大了一些。

就在此时，整个厨房灯光大亮。

我一回头，便看到一身棉袄睡衣的祁爸爸举着空空的茶杯站在原地，身旁还站着瞪着一双圆滚滚眼珠，歪着头一副蠢萌模样的麦兜。他们一人一狗，呆呆在原地看着我。

我一时不知如何是好，只好立即躺下，在原地打了几个滚，好转移他们的注意力，不让他们看到此时已经快解锁的窗户。

祁爸爸对着装疯卖傻的我摇摇头，在厨房续上了水杯里的水，顺便把我抱下台面直接放在了厨房外面，自言自语道："你这只鬼精灵最近真是越来越闹腾了，看来是时候去绝个育了。"

说着，他顺手锁上了厨房的大门，径直走上了楼梯，还不忘垂下身子叮嘱呆站在厨房门口的我：

"小弱，快点睡觉，不要胡闹。"

胡闹？胡闹！我看你们一家子都在胡闹！

我气到直跺脚。

眼看着紧闭的厨房门阻隔了我唯一的逃命通道，我预感到这一次我是真的死，定，了。

你上过刑场吗？

我坐在猫笼子里，笼子在车里。

除了麦兜，祁家老小全体出动。在车上，祁诺妈妈时不时从前座转头安慰我："小弱啊，没事的，疼一疼就过去了。"

祁爸爸边开车，边让祁妈妈不要吓我。

我根本听不进祁家二老在说些什么，只晓得一遍又一遍，可怜兮兮地祈求坐在我身边的祁诺：

"不要，不要，祁诺君，不要……"

祁诺把一只手指放进笼子里，安抚地摸摸我的额头，我牢牢抓住他的手，想给他发送心电感应。

只可惜，宠物医院离家真的不远。

浓重的消毒水混合动物体味的气味钻进了猫笼里，我知道我们终于还是到了。我就如一个即将上刑场的囚犯，被一步一步押送进了那个可怕的地方。我的心开始剧烈跳动，喉咙干涩到疼痛，就连四肢，都如同筛糠一般不听使唤地抖动着，这副样子，真的是要多怂就有多怂。

女护士的一双大手将毫无反抗能力的我从笼子里拽出来拖到了手术室前方检验台上，祁诺一家人在一旁监督护士对我进行手术前的全身检查。与屋外的大厅不同，这一间房子里有一股强烈的血腥气味，我甚至可以清楚地听到，手术室旁边几只刚刚做完手术的不知是什么品种的动物低沉又虚弱的喘息声。检验台冰冷又坚硬，我感到一阵刺骨且令人寒心的凉。

女护士在我身上一阵摩挲，例行检查了一系列指标后，甩出一张类似单据的东西让祁诺签字。祁诺担忧地看看我，小心翼翼询问了护士一些手术上的技术问题，此刻的我耳鸣到有如数辆火车在耳边轰鸣而过，根本已经听不到他们之间的对话，只见祁诺斟酌几分钟后寥寥几笔，宣判了我的极刑。

护士将我送到手术台上，一个医生装扮的女兽医来到台前，准备为我麻醉。她们一副身经百战却毫无表情的模样，对此刻还在奋力挣扎的我根本视而不见。我看着祁诺转身走出手术室，绝望地叫了一声他的名字，当然，没有回应。

我看着那扇门合上，看着那根细长的针管，一点点充盈起来，而那握着针管的双手，也离我越来越近。我知道，只要那根针接触到我的身体，那一切就都结束了。

祁诺君，我可能再也不能爱你了。岑小若，可能再也不能毫发无伤地出现在你面前了。如果有一天我变回了以前的样子，我不知道自己还能不能做你的那个"女"孩。

闭眼吧，反正一觉醒来，什么都改变了。我突然觉得，自己根本就不应该继续苟活在这个世界上。

就在我准备闭上眼睛接受命运的一瞬间，余光瞥见一个手拿器材闪身而进的小护士。就在那扇大门开启了一点缝隙而四周的人都在忙碌的几秒钟，我不知哪里来的力量，奋力从手术台上一跃而起，用上一个跨越长距离的弹跳，在门合上的一瞬间，飞身跳出了手术室。我听到身后的医生一声惊叫，也不敢回头，迅速在门外候诊室的人流中来回穿梭。几个带着贵宾狗前来问诊的日本太太大声用母语呼喊起来，她们的狗狗也凑热闹一般纷纷尖声嚎叫。前台的收银小妹从一旁准备扑倒我，我却已经侧身从地面跳上了收银台，踢翻了台子上一只写着"招财进宝"的招财猫，看准了前方一扇大开的窗户，纵身一跳。

来的时候，我甚至都没注意这家宠物医院到底在几楼。

飞出窗外的那一刻，我闭上双眼，感到四肢自然而然地伸展开来。我心想，如果待会儿着地的那一瞬间，就是死亡，那我也认了。

18. 流浪

"当我迈开双腿走在人头攒动的街道，吃着路人舍弃的食物，栖息在肮脏冰冷的墙角，我发现自己越来越想你了……"

平稳落地，简直完美到不可思议。我不得不承认这副猫咪的皮囊的确是具有高人一等的避震和高空降落功能的，也幸好，这家宠物医院仅有两层楼那么高。

落地后我稍作了几秒的停顿，不敢耽搁，撒腿就往对面的街道跑去。这是一条行人不多的小街，我闷头一阵狂奔，直到到达了人群熙熙攘攘的主街，才敢停下来喘口气，平复一下惊魂未定的心情。

这是我半年来第一次重新站上这城市繁华的街道，一切情景恍如隔世。高楼、车流、街边赶路不停歇的人们，一切既熟悉又无比陌生。抬头望去，我面前的办公大楼高耸入云，身边的车流发出的噪音，让我的耳膜都为之震动。直视前方的时候，我甚至看不到人们的身体和脸，只能在他们的脚边小心穿梭。在这条对我来说所有景致都被放大了的街道上，大家都在匆忙赶路，除了爱动物的孩子和几个年轻女孩儿，并没有太多人对我报以过多的注意。我索性渐渐放慢步调，匀速在人流中前进，心中升起一丝死里逃生的欣慰，混杂着久违的雀跃。

　　我曾经无数次和朋友们，和文静、钟秦、祁诺在这样的街边自在闲逛。奶茶铺的诱人招牌、时髦服装店里引人入胜的香水味、西餐厅里飘出的牛排肉香，还有书店里宁静安逸的气氛……我真的好久没有听到、看到和品尝到了。那个年轻的元气女孩岑小若，最喜欢这些新奇好玩的东西了。无聊的时候，她最喜欢到这条街上新建的那家商场里去看一场电影，可乐爆米花搭配一盒软糖，是雷打不动的"老三样"。

　　我看着面前的大厦，仿佛只要走进面前的商场大门，自己就可以再次进入那个属于"曾经"的花花世界中去。

　　我迈开腿，想走到我面前长长铺开的台阶上去，可恨的是，那巨大无比的玻璃感应门根本没有感应到我的存在，竟然纹丝不动。我这才从刚才的大白日梦中清醒过来，心情又随之低落起来。

　　回忆那天，我在这座城市中一条街道连着一条街道，不知疲惫地闷头行走。我不知道自己要去哪里，或是今后还能不能回到祁诺的家，于是，我只能不停地走，走到身体发热，脚掌上的肉垫微微磨破了皮，直到恍惚间抬头，才发现道路两旁的路灯都已经亮了。

　　太阳西下，整个城市气温骤降，人们身披大衣和厚厚的外套，行迹匆匆。因为手术一天未能进食，又暴走了一个下午，此时我的肚子早已经空空如也。不知道祁诺现在是否在发疯一样地找我？可我还不能回去，我好怕他会再一次将我送回那冰冷的手术台。

走得太累了，我在一家小巷内的小吃店墙角处蜷成一团，稍作休息，顺便思考下一步的方向。店里小笼包、锅贴和拉面的香味一阵阵飘出来，勾起我腹中的馋虫，我尽量屏住呼吸，想要尽快换个地方站立，却听到巷子的更深处传来好似无线电波带有杂音的一连串句子：

"滋滋（电波杂音）……这里……食物……爽歪歪……滋滋滋滋……"

另一个低沉的声音同时响起：

"废话……不要……滋滋，赶紧……吃够够……"

这段对话断断续续传到我的耳中，在我脑中回荡。我初以为是有人在收听广播，但这样的对话戛然而止，墙角内随后只有窸窸窣窣的塑料袋摩擦的声音。

真是大晚上见了鬼了，刚才那是什么古怪的电台？我好奇心起，蹑手蹑脚走进巷子里，里面空无一人，哪里有什么收音机或是听广播的人？

可那对话又出现在我的耳边，而且分明离我很近：

"滋滋，有点馊，还能吃……"

"滋滋，垫垫肚子，胖胖……一会儿……就来。"

映入我眼帘的，是不远处两只骨瘦如柴浑身脏兮兮到毛发都黏在一起的野猫，它们正低头啃食一个被人丢弃的饭盒中的残羹冷饭。除了它们，巷子里并没有任何一个人类。那么，我刚才听到的对话，难道是从它们口中发出的？我闪身躲在墙角不敢出声，

心砰砰砰地跳跃起来，同时又听到它们的对话。

"这几天……太冷了……街上人也少，饭也少……"

"滋滋……可不是……不知道胖胖……收获怎么样……"

对话中的声音尖锐但微弱，的确类似电台不稳定时候从收音机里发出的声音。

我努力拼凑着它们的对话，但之后便只能听到猫儿狼吞虎咽的声音，而就在此时，一个更近更洪亮更低沉的声音在我耳畔清晰地响起：

"呦，小鬼，你是新来的？"

正全神贯注偷听别人对话的我被这中气十足的声音吓得跳起了一米高，转身一看，一只巨胖的、头和背部有着均匀花纹的大猫就站在离我两米开外的巷子口看着我。它圆滚滚的头，圆滚滚的身体，四肢被身上的肉压得十分短小，就连两只眼睛也被脸上的肉挤兑成了两个小小的倒三角形，不过它虽然双眼如豆，却目光如炬，正直勾勾地盯着我。

好一尊猫界的"弥勒佛"！

我依旧不敢相信刚才是面前的胖猫在说话，可四周真的没有任何一个人类的存在。不知什么时候，巷子里的两只瘦猫也闻声出现在我面前，我看清了它们是一大一小两只，其中身体较长的那只转头对胖猫叫了一声"胖胖"，我这才发现，它连嘴巴都没动，只是注视着胖猫而已。

那只最瘦小的猫咪也将脸对着我，两只眼睛看着我，同时我听到了那如同电波般的声音，却比刚才距离远时清晰了很多。

"滋滋……你好干净啊，你是街猫吗？"

三只猫儿同时面向我，我一时不知该如何是好，但却不晓得如何和它们交流，也只能干瞪着眼睛看着它们。

"妈妈，它是哑巴吗？"瘦小的猫儿转头"问"细长的猫咪。

胖猫突然走近我，伸头在我身体四周嗅了几下，边闻边打转。我感到很不自在，来不及躲开，也不敢躲开，生怕上次被"暴揍"的事件再次重演。

"唔……人类的味道……狗的味道，还有，消毒水的味道……你，去过医院？"

"你知道医院？"我忍不住张嘴问出了这个问题，虽然脱口而出的还是几声单调的喵呜声。

"唔……话说的不大溜……看来是人类抚养长大的小鬼。小鬼，你试着不要张嘴，把要说的话放在脑海中想一遍，认真地想一遍……"

我立马按照它教的方法，闭上嘴巴，只把要说的话在脑中回想。

"你……知道医院？"

头部上方突然有一种微弱的电流穿过的异样感受，我又认真地，把刚才的话放慢速度"想"了一遍。

三只猫儿定定地看着我，胖猫的声音传到了我的耳中："当然，医院不就是人类让我们去受苦受难的地方吗？"

我差点惊喜地叫出声来，我面前的这只猫，它，它听懂我说的话了！

我的隐藏技能居然就这样被解锁了？

要是我能早些掌握这项"猫语"技能，说不定在遇到祁诺小区的那几只野猫的时候,就可以和它们"尬聊"一下,也能免除之前的皮肉之苦了。

"唔,既然你是人类的猫,又怎么会自己在这里呢?"胖猫严肃着它的胖脸问道。

"我……"我不知道怎么和它解释,毕竟我的情况实在不是一只流浪猫能完全理解的。

"我……不高兴去医院,就跑出来了。"

"哈哈,人类的猫,在我们的世界,是活不下去的。看你小小年纪,涉世未深,没有几天就要饿死的哦。"

"胖胖,我们找到人类的盒饭,可以分给它一些。"小瘦猫忍不住插嘴,还没等我接话,它的猫妈妈就"嘘"了自己的孩子一声,随即使劲将它往巷子里推,边走边厉声道:"傻孩子,我们自己都吃不饱,你难道忘记了你那几个在冷风里冻死的兄弟姐妹了吗?"

小瘦猫听了这话,眼神中浮现出一丝恐惧,不敢再"插话"。

我还没来得及解释自己真的不需要它们的那些个残羹冷炙,两只瘦猫的身影已经没在巷子深处了。

胖猫还在原地深沉地打量着我:"小鬼,看你的身板,估计熬不过这几天,不过嘛,你很有潜力。"

潜力?一只猫居然能用那么复杂的词汇。如果我能变回岑小若,一定要把它抓回去,送它到动物研究所好好看看这货的脑部结构。

"什么潜力?"我忍不住问它,就在此时,胖猫头顶被肥肉覆盖的一对小耳朵突然竖了起来。

"有人,速来支援。"它对我晃了晃脑袋,然后碎步朝街道口路灯照亮的花坛边跑去。我不知它葫芦里卖的什么药,好奇地跟了过去,就在此时,街头出现了一对二十岁出头的情侣,男孩用大衣裹住女孩,两人并肩走着,手中都拿着几个食品袋子。

看起来像一对双双把家还的情侣。

还没等我反应过来,胖猫已经先一步走到路中央,在两个人快要到达花坛的时候突然倒下身子,娇滴滴地唤了一声"喵呜",然后可怜巴巴地扬起肉嘟嘟的大脸,努力睁大眼睛,充满感情地望着情侣中的那个女孩。

女孩听到猫叫,果然兴冲冲地跑到花坛边,一边招呼男朋友也过去看。

"亲爱的,多可爱的胖猫啊,你来看,它真乖。"女孩伸手去抚摸胖胖的头和背脊,那只无节操的胖胖,居然又卖萌似的叫了两声,翻了个身,丝毫不反抗反而更加谄媚。

"亲爱的,太可爱了,它肯定饿了,你快拿点吃的,我来喂它。"

男孩有些不情愿,原地跺着脚,说太冷了,让女孩赶紧走。

就在女孩迟疑的时候,胖胖转头对我快速说了一声:"小鬼,快来。"

我当然不知道胖胖要我支援些什么,只好从暗处走到离他们近一点的地方去,弱弱地叫了一声表示"本喵已上线"。

女孩看到我,双眼立马放光,尖叫了一声,快步朝我狂奔而来。她伸手将我也抱到花坛边,摸我的头,嘴里一个劲儿念着:"亲爱的,你看这只,简直太萌了,它好小好小呢。"

要是换作岑小若，听到哪个女生这样说话，早就在心里和眼神上鄙视她十万遍了，可如今，我只能配合胖胖一唱一和，演戏演到底，学着它刚才的样子，也侧身躺了下去，瞪大眼睛只管瞧女孩的脸。

"小鬼，注意眼神要真诚，再真诚些，不要满脸写着'赶紧来喂老子'，要做到'萌中带饿，饿中有萌'。很好，接下来跟我学……"

胖胖边指导我边爬起来走到女孩脚边来回打转，同时用身体不断蹭她的脚，我依样画葫芦，跟随胖猫的脚步走起了队形。

在我俩的甜蜜攻势下，女孩彻底沦陷了。她从男朋友手里夺过一只食品袋，从里面拿出一盒小笼包，打开放在我和胖胖面前。男生急了，说那是我们两个人的晚饭啊姑奶奶。

女孩此时只顾着目不转睛地看着狼吞虎咽的胖胖和在一旁观望的我，男生实在看不下去了，上来拉了依依不舍的女孩离开。

"小鬼，快跟。"胖胖用尾巴扫了一下我的脸，跑上去跟着女孩走，我不明其意，只能跟上他们的脚步。我们两个跟了女孩两三米的距离，女孩实在受不了了，居然将一整袋食物都给了我们，然后拖着那个一脸蒙圈的男朋友说："亲爱的我们去买别的吃的。"

看两个人走远了，胖胖伸出舌头舔舔嘴唇，将饭盒往我面前推了一推。

"看，我就说你有潜力！刚刚这一大招叫作'一路跟一路吃'，从来就没失手过。人类的饭对我来说，就是那么容易。你多吃点，这么大方的人类，也不多见，一般爱心泛滥的人类，最多也就给

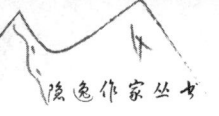

我们一些剩饭火腿肠或是猫粮狗粮,今天这个白袋子包肉,闻起来还不错。"

白袋子包肉?它应该说的是小笼包。

我刚想拒绝,就闻到了久违的面香和肉香。一整天颗粒未进的我,早就饿得两腿打颤了,再何况,试问我已经多久没有吃过热乎乎的小笼包了?

算了,猫在囧途中,哪能不低头?

我低头,和胖胖在花坛边享用起包子。到了这副田地,什么不碰嗟来之食的道理,我已经管不了那么多了。我用牙齿咬开了小笼包子薄薄的皮儿,吮吸出里面香喷的汤汁,直到吸得精光,才开始连皮带肉地吃起来,一个、两个、三个,直到把肚皮吃得滚圆。

"快瞧瞧你吃东西那古怪的样子,"胖胖嫌弃地看了我一眼,"除了肉,那白色的袋子,有什么好吃的,要说美味,那当属肥瘦相间的牛排和油滋滋的鹅肝……哎哎哎,你先别吃光,留几个让瘦瘦它们过来尝尝鲜,它们平日都吃那些馊掉的食物,实在是品味太差,也就只能靠我卖乖觅食来改善伙食了。真是猫胖担子重,谁让我是这地界的老大哥呢?"

听着面前这只话痨胖猫讲出的话,我不禁在脑子里大笑了三声,心想原来喵星人的内心世界如此丰富,竟然还知道牛排和鹅肝。吃饱了,精神也振作了一些,我随即又想到一个严重的问题:

"胖胖,你一般晚上睡哪里?"

胖胖把脸转向街道旁停靠的几辆车子:"喏,这些大家伙的前面,后面,那些大圆圈里面,都是可以睡觉的,特别是刚停下来的,里面可暖和了。不过你要小心,这些大家伙有时候会突然动起来,把我们吃进去,再吐出来。小瘦瘦的亲爹,就是睡在里面,结果天亮的时候被吃进去了。"

我知道它说的吃猫的东西指的是车子的发动机,冷天的时候猫儿一旦钻进去睡觉,很容易被开动的车子绞死。

"要是没有这些大家伙呢?"我又问。

"要是没有它们,我们就躲在地上发光的大圆圈里(我的理解为地面上的射灯),或者大房子的边边角角。我还知道一个绝对豪华的地方,今天太晚了应该关门了,明天,我带你去享受享受,瘦瘦它们太胆小,都不敢跟我去。"

我苦笑,真不知道这只聪明又搞笑的胖猫口中所谓的"豪华地方"到底是哪里。只是现在已经渐渐夜深,气温又降了几度,看来我今天也只能和它们一起,睡在那些会吃猫的"大家伙"里面了。

寒冷的夜风阵阵,周围的行人越来越少,我和胖胖一同在街角坐等新停下的可以让我们栖身的车子。我根据胖胖的指示将四条腿埋在肚子下面,将自己坐在地上蜷成一个圆球,再用尾巴包裹住漏风的缝隙。这样的姿势据胖胖说是喵星人维持体温的最佳方法,而我只觉得我俩此刻一定看上去像一对圆嘟嘟毛茸茸的"猫汤圆"(我是糯米的,它是糙米的)。我想起祁诺,去年的冬天,放学很晚的夜里,我们都会一起在这样的小巷子里吃两碗热腾腾的汤圆,要出店门的时候,我撒娇说冷,他就会脱下大衣包裹住我,然后送我回家。每次到我家楼下的时候,他都冻得鼻子通红。我让他下次多带衣服,他却淡淡地说:"不用,我喜欢这样。"

去年的冬天,像是一个世纪以前的事情了。

就在我陷入回忆的时候,一辆写着"张记串串"的小货车停在了巷口,两个男人走下来并猛地关上了车门。

"终于来喽,暖和的大家伙,今晚一定要好好睡一觉。"胖胖边说边大摇大摆地往那辆货车的车底走去。

我正迟疑着要不要跟着它过去,突然从车子后面闪出两个人影,正是刚才下车的两个男人,我还没弄清楚他们为何要躲在车子后面,就看到一张大网从天而降,正好罩在了车子跟前胖胖的身体上。

胖胖大叫一声,上蹿下跳,却被那张大网盖了个严实。

忙着收网的一个男人瞧见墙角的我,大声问身边的另一个人"老板,那只要不要?"

那个满脸油腻的"老板"一声冷笑:"这么肥的一只,真是难得。那只瘦不拉几的,要来还不够客人塞牙缝。"

曾经看过的讲述黑心烧烤摊主可恶行径的帖子立刻浮现在我脑海里,此时小货车上的"张记串串"四个字,瞬间变得狰狞可怖起来。

眼看两人就要把胖胖连猫带网一起搬走,我顾不得自己的安危,飞奔到其中一人的面前,在他裸露的脚踝上狠狠咬了一口,同时伸出爪子,让指甲嵌进他的肉里。那男人吃痛,甩开网兜,一抬脚把我甩出三米远,而胖胖就在这几秒钟空隙的时间里,连猫带网地撒腿就逃。

我整个身体落在坚实冰冷的水泥地上,眼冒金星,顾不上疼痛,跟准胖胖逃跑的方向一阵狂奔……

19. 归家

"我们的每一次重逢,都是那么不可思议,却又好似命中注定。"

我紧跟着前头极速奔跑的大网穿过了好几条街区,感觉脚底生风,越跑越快。道路两旁的建筑快速闪过,我感觉越来越熟悉,直到前方气喘吁吁的胖胖慢下了脚步,我才发现,我们已经进入了一中的地界范围内。

胖胖终于停下来,用肉嘟嘟的四肢拨弄着网兜想要挣脱,我示意它冷静,咬住网兜的一角,指导它慢慢爬出来。

胖胖一点一点地从网兜里钻出来,气愤地骂骂咧咧,说下次一定也要让那两个莫名其妙的坏人尝一尝网兜的滋味儿,骂完了,它很真挚地对我表达了感谢。

"小鬼头,你走运了,这里离我和你说的那个地方很近。"

胖胖迈开步子,一副"跟我走"的架势。

其实,这里才是我最最熟悉的地盘,可我暂不说破,只是跟

隐逸作家丛书

着胖胖穿过了一条小巷，紧接着绕过了一个小公园和一条窄街，而它停住的地方，却瞬间让我眼泪破功。

面前是一间店铺，不大的店面里，五台抓娃娃机器各自闪着五颜六色绚烂的光，店门虽然已经关闭，但几台巨大的机器，却依旧充满着童趣和生气。我仿佛已经听到男孩和女孩笑闹、嬉戏的声音，男孩摩拳擦掌，随之全神贯注，女孩在一旁紧张地观望，然后惊喜地接过男孩手中的毛绒玩偶，激动地吻了男孩的脸颊。

那些属于记忆的画面，冒着梦幻的泡泡。

"等天亮的时候，这里就会开门，到时候我带你进去好好睡一觉。"

原来，这里就是胖猫口中的"豪华"基地。

无家可归六神无主的我，只能选择相信面前的这只胖猫。

大概早晨七八点钟的时候，果然有人来打开了抓娃娃机房的大门就离开了。我很清楚这里一贯采取的是无人看管的"自助式"运营模式，顾客只要在店里的机器里换取代币，就可以自行玩乐了。

胖胖神气活现地领着我走进店里去，慷慨地让我随便"选一个"。

"选一个？"我不解地问他。

"喏，你看我。"胖胖将头伸进娃娃机器下方的通道，"你只要顺着这里爬上去，就能进到上面的空间里去。里面的那些不会动的玩意儿可软和了，不要怕，它们不会攻击你的。"

我不禁笑出声来，这里还真是一个很特别的自助式"豪华酒店"。笑归笑，折腾了一夜的我实在是身心俱疲。目前已经没有任何更好的选择了,我将身子蜷进墙角一台娃娃机狭小的通道里,再踮起脚尖微微往上用力一挣,居然真的半个身体钻进了娃娃机的大空间里,后脚再一发力,我便成功"入住"了一间"娃娃机豪华套房"。

相比室外,娃娃机里确实是一个温暖的所在,灯光的照射让整个空间温度升高,身边全是毛绒绒的小猫小狗小兔小熊叠加在一起,软绵绵的。这样封闭又隐蔽的环境让我稍稍安心了一些。

见我成功了,胖胖开始伸头往我对面的机器钻去,边使劲边嘱咐我,要是有人来了,就躲到这堆软乎乎的"怪东西"的下面,保证没有人找得到。

我眼看它费力将半个身体塞进通道里,却突然不动了,隔着娃娃机的玻璃,我能清楚地看到胖胖已经被牢牢地卡在了娃娃机里。

胖胖扭动了几下屁股,却发现自己无论如何也穿不过朝上的通道,只好又使上好大力气拔出身体,尴尬地甩甩脑袋上的毛。

"奇怪,之前来的时候,明明可以进去的……"

我心里好笑,这只体型严重超标的胖猫,看来这一段时间又增肥不少。

胖胖冲我摆摆尾巴,大摇大摆走到几台娃娃机的后头,舒展地趴下去,仿佛对那个位置也甚为满意。

看胖胖安顿好了自己,我也让自己在一堆毛绒玩具里再往下沉了一沉,不知不觉中耷上了双眼,迷迷糊糊睡去……

这一觉,仿佛格外绵长。这个与世隔绝的地方,让在外暴走流浪了一天一夜的我找到了暂时的安全感。

那天,我在这个大机器里昏睡了一个白天,又一个夜晚。梦中,我好像重新经历了和祁诺两个人在这里的每一个欢乐时刻。因为是假期的关系,来往的行人并不多,也没有太多人光顾,其间有过两个初中生模样的女孩进来小试了几次身手,最后被从娃娃机背后走出来的"真猫娃娃"胖胖用它"一躺二叫三跟踪"的讨食大法成功俘获了少女心,还特意出去买了吃食来喂猫。记忆中,那天还有一个三口之家启动了我这台娃娃机的大铁爪,可惜那位爸爸技术太逊,最后我于心不忍,特地用身体将一只小娃娃挤出了通道,让他们一家皆大欢喜。

其余的时间,我和胖胖都各自安静地蜷缩在自己的山头,呼呼大睡,等再次清醒过来的时候,已经又是一个傍晚了。

胖胖躲在机器背后侧躺着伸了伸懒腰,换了个姿势,悠闲地和我有一句没一句地搭话。

"小鬼头,快说说我找的地方怎么样?"胖胖丝毫不掩饰语气中的洋洋得意。

我在心里说了一声"赞",忽然想到了祁诺的房间和他的大床,感叹道:"不过,这里比起我的房间,还差一些。"

胖胖不以为然地哼了一声,接着问我:"那你今后有什么打算?还打算回到人类身边吗?"

我忽然觉得猫儿的交流方式也真是方便,不用多说,一切全靠"意念"就能轻松传达。

可面对胖胖的问题,我一时语塞,真的不知道如何和一只胖猫谈我的"人生规划"。很显然，我已经没有任何规划自己人生的可能了。

"看你那么喜欢人类，和你一起住的人类对你应该不错吧？"胖胖边说边用前爪沾着唾液揉脸，再伸长了舌头舔拭后背，开始了一天的洗漱时间。

我从来都没有这样用口水"洗"过自己，也一直觉得猫咪的这种洁面方式实在有些可笑（有种越洗越脏的效果），但还是认真回答了胖胖的问题：

"他，对我很好，我很爱他。"

"爱？"听我这么一说，胖胖赶紧抖了抖浑身的毛，像是要抖掉一身的鸡皮疙瘩，"你真肉麻，另外，我们喵星人可从来不说'主人'，那是没气节的狗才会用的词。我们，都只叫他们'某某的人类'，在我眼中，人类和我们可是绝对平等的，他们只是喜欢用好吃的食物和软绵绵的床来换取我们的撒娇卖萌而已嘛。"

我哑然失笑，想起了网上流传的猫咪从来只会觉得人类是"大猫"的一项研究。听胖胖的说法，我们其实连"大猫"都算不上，最多算是它们的"室友"而已。原来喵星人都拥有这么强大的逻辑，这一次我还真是"涨姿势"了。

"想想从前，我的人类，一开始对我也是很不错的，可自从她和一个男人在一起后，肚子变得越来越大，再后来就干脆把我给赶到别的人类家里去了。我一直猜，他们一定是嫌弃我吃得太多了。"胖胖仰着脑袋感叹道。

听罢，我才晓得原来胖胖曾经也是一只家猫，怪不得它撒娇卖萌讨人欢心的本领一流。根据它的描述，那位前"室友"应该

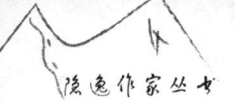

是怀孕后决定放弃养宠物,才将它遗弃的。

"哎……"陷入到无限回忆中的胖胖一声长叹,"想当初,我还像我们邻居那只笨狗一样奔走了一天一夜,好不容易再次回了家,可谁知他们一家人看到我,二话不说又把我送回去了。从那以后,我就不相信人类了,也不高兴和他们一起住了,再后来,我就干脆上街流浪,凭自己的本事讨生活。"

真是一只街猫的辛酸史。我从心底鄙视那些遗弃小动物的人,但同时又有点钦佩这只喵星人的乐观和气节。

"那,你现在还挂念你的,你的人类吗?"我忍不住采访起了这只有故事的猫。

"挂念?那也是人类的话。我们喵星的世界里,爱没有那么多的表情和动作。拥抱、亲吻、腻歪,那些都是假的,我们喵星人每天那么忙,哪有时间像笨狗一样粘着人类。"胖胖的倒三角眼里满是洒脱和渴望自由的神态,"只要心里装着对方,那就够了。对我们喵星人来说,爱只是生活中的一部分,自由,那才是最重要的。"

"那胖胖你,喜欢外面的生活吗?"

"说不上喜欢,以前在人类家里的时候,吃喝不愁,虽然憋闷,但总是舒服的。出来以后,我凭着一身本领也活得像模像样,就是天冷的时候,总是会怀念人类家里那些个会发热的厉害玩意儿。比如那种听说很贱的盘子(我猜它要说的是电脑键盘),还有一种挂在墙边的一片一片的大扇子,天冷要是趴在上面,别提有多舒服了。"

唔,原来它最怀念的是电暖器。

108

"话虽这样说，但趁着年轻，我还想在外头的世界游荡游荡，不过猫生短暂，猫生不易，等我老了，跑不动了，还是有可能想要回到人类的家里去的……"胖胖又感叹一翻，正准备站起身来，突然压低身子，对我"嘘"了一声，轻声说有人来了。

我赶忙潜伏到一堆玩具中，并且暗中观察来者何人。

透过上方的毛绒绒的玩具叠放的空隙，我隐约看到一个瘦高的身影，正往我所在的机器中投放代币，他低头审视玩具的瞬间，我看到一个棱角分明的下颌，应该是个年轻的男人。我生怕被发现，赶紧往机器里面又躲了躲，就在此时，我头顶上方的大铁手被开启，大机器中奏起了欢乐的音乐，整个机体流光溢彩。只见那只大铁手在我的上方游走了几下，突然准确无误地降落到我上方的那只轻松熊娃娃，将它一举拎起，往出口的方向移动。

我躲避的位置，应该是个鲜有人会触碰的死角，却没想到这个玩家，居然恰好选到了我头顶的那只最大的轻松熊。

少了掩护的我瞬间暴露无疑，情急之下，我想我只要僵住不动，也许能有百分之一的可能被当作一只真的娃娃玩具吧。僵持了一分钟后，我忍不住抬头观望，就在我硬着头皮抬头的瞬间，接触到了充满惊讶的一双眼眸，还有那张无论什么时候看见都会触动我心绪的脸。

天哪，我面前那个与我只隔着一层玻璃的人，居然是祁诺！没有任何一次，我会比此刻更加笃信命运二字。

我们对视的那几秒，缓慢而不可思议。祁诺的表情有些混乱，大概是觉得自己一定是出现了幻觉。看他发愣，我赶忙站立起来，从抓娃娃机的出口跳了下去，顺着通道来到取娃娃的开口处，探出脑袋，对他眨了眨眼睛，并用尽力气喵了一声。

再次看到他，我根本就已经暂时忘记了自己出走的理由。

祁诺这才确信自己没有看错，赶紧单膝跪地，小心翼翼地将我从娃娃机的出口捧了出来，轻唤了一声："小弱？"

是的，祁诺君，是我，我是被你抓到的公仔小弱。

得到了我的回应，祁诺的脸上洋溢起了失而复得的微笑，继而变成大笑，笑声温暖得如同那一刻街道上洒过的几缕夕阳的光。我张开手脚抱住了他的臂膀，想象着此时如果我还是女孩岑小若，那这场重逢的浪漫指数岂不是要爆表？

祁诺把脸埋在我的背上，鼻腔里呼出的热气让我的身体暖洋洋的，说："小弱，走，我们回家，你放心，我们不去医院了，再也不去了。"

祁诺将我抱起来护在胸口，我看着他真诚又疲惫的脸，觉得自己根本无法拒绝。

直到躲在娃娃机后面的胖胖焦急地询问了好几遍"什么情况"，我这才想起还有这位小朋友的存在。我挣扎了几下让祁诺放我下地，看到胖胖已经从娃娃机后面探出了圆圆的脑袋。

"胖胖，我的人类来了。"我走到它跟前，看着它充满不解的眼睛。

"什么？你的那个人类来了？真是见了鬼了，他怎么知道我们在这里？"

我也无法解答，有时候，缘分就是那么无解。

"胖胖，你要和我们一起回家吗？他很心软，只要你撒撒娇，也许他就能带你回去。"

胖胖来回摆了摆尾巴尖儿,向我走近了几步,围着我转了两圈,鼻尖扭动着。

"好了,小鬼,我记住了你的味道,你可以走了。记得我和你说的,猫生短暂,不要被人类所谓的爱羁绊,胖爷我还有很多事情要去做呢。"

我心里涌上不舍的情绪,如果我是小若,肯定会把眼前这只胖胖的大猫收去好好养着,但此刻,它不是一只宠物,而是我在"喵星"上的第一个朋友。

我不再勉强它,只是郑重地叮咛了它几句:

"胖胖,你要记住,那些会动的大家伙千万不要去睡,它们万一开动了,会要了你的命。遇到抓你的坏人,一定要跑得快些,他们会把你做成肉串拿去卖钱。少吃油腻和重口味的剩饭剩菜,它们对你的身体有害。还有,千万不要到有好多大家伙的公路上去(高速公路),那里太危险,喵星人一旦上去了就很难再下来了……我很希望,以后还能再见到你。"

胖胖在原地摇晃着尾巴,好奇地问我:"小鬼,你怎么会懂得那么多?"

我没有回答它的问题,只是学着它先前的样子,来回摆动了几下尾巴,深吸了几口它的味道并牢牢记在心里。我总不能告诉胖胖,姐姐我有看社会新闻的习惯吧。

夜深了,祁诺将我包裹在他的大衣里,带我离开了这个充满奇幻经历的"猫旅馆"。胖胖在我们身后,目送着我离开,一个潇洒的转身,又投身到了它爱的那个充满自由气息的花花世界里去了。

20. 救赎

"我想让你知道我是谁,不管我此刻的行为在你们看来有多么愚蠢,不为别的,只为我知道,你有多爱我。"

离开了抓娃娃机店,祁诺并没有直接带我回家,而是将我带到他停在路边的车子里。

他将我轻柔地放进宠物箱里,把箱子安置在了副驾驶座,随后启动了车子。车子发动的一瞬间,我突然有些慌乱,怀疑他会不会又要送我去做那该死的绝育手术,直到车子渐渐驶离了市区,我才彻底松了一口气。

一个钟头后,车子停在了一个我半年前曾经来过的地方。

墓地。

那块"安葬"着岑小若的墓地。

我的心开始狂跳,我不知道祁诺为什么突然要带我来这里,也不知道他是不是知道了什么。他一手提着宠物箱,一手抓着刚才抓到的大绒毛娃娃,一步一步,把我第二次带到了岑小若的墓碑前。

那座毫无温度的墓碑并无变化，倒是旁边的几棵小树看上去似乎长高了不少，碑前的花朵也似不久前才更换过。我透过宠物箱的缝隙再次看到了那张笑靥如花的脸，那笑容狠狠地扎了我的心。

祁诺将我放在墓碑前方，蹲下来，从背包里拿出两瓶矿泉水，小心翼翼地倒在墓碑上，然后又拿出一块小方巾，轻轻擦拭碑上的尘土。清洗过后，他用手抚摸墓碑上的照片，他的手指划过照片的时候，动作小心且轻柔。

"这几天还好吗？"他问墓碑上的女孩，将那只大绒毛娃娃放在她面前。

"看看我今天给你抓到了什么？喜欢吗？"

女孩没有回答，只是看着他继续微笑。

他将我捧到她跟前，双手微微颤抖。

"你看，我前天才和你说小弱失踪了，没想到今天我去给你抓娃娃的时候，居然在店里找到了它。它第一次出现的时候，也是在这里，我总觉得它是你送给我的。昨天梦里，你告诉我不要再做伤害小弱的事情，我知道了，只要它好好的，我不会再带它去令它害怕的地方了。只是，我好想你，好像除了给你抓娃娃，我现在什么也不能为你做了……什么也不能了……"

男孩流泪了，女孩还在微笑。

多么残忍的对比。

四周响起了电流般的"滋滋"声，就像前几天遇见瘦瘦和胖胖的时候一样。天色完全黑了，女孩的脸和男孩的身型变得越来

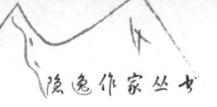

越模糊,我隐约看到前方的墓碑后面流动着几条带着长尾巴的影子,也能听到它们的对话。

"啧啧,这个人又来了,还带来了一只小崽子。"

"可不是吗,这个人真奇怪,别人都是很长时间才来一次,他却好像老是喜欢来这儿,每次还带一些奇奇怪怪的东西,不能吃也不能玩。"

"就是,他每次都不带好吃的,只带一些不能动的毛茸茸的家伙,真没劲。"

这些"同类"的声音渐渐飘远了,但它们的对话,却字字敲击着我的心。

原来是这样。

在祁诺家的这些日子里,我见证过他对我的思念,也以为他正在一点一滴好起来,可没有想到的是,在旁人面前越来越正常开朗的他,几乎没有停止过对岑小若的思念和哀悼。

我思索着,在过去的时间里,我是否太过沉迷于努力适应以一只猫娘的身份存在在这个世界上,却忽略了他的感受。不论我现在是什么样子,至少我的世界里还有他,可是,对祁诺来讲,岑小若早已与他阴阳相隔了。

从今天开始,我必须要尽快回到人类的世界中去,不光是为了自己,也为了还给祁诺一个他最最思念的人。

究竟该怎么做,我要好好想想。

重新回到祁诺家中,我收获了前所未有的热烈欢迎。祁爸爸和祁妈妈轮流狠狠地拥抱了我,而麦兜则是欢腾地在我身上留下了数十道口水印子。从他们的交谈中，我了解到了这几天里他们一家是怎么疯狂地满世界找我的。听说，祁诺在宠物医院当场发了飙，还放话说若是找不到我，一定会让院方付出代价。

我真遗憾自己没有亲眼见到他男人到爆的那一面。

关于手术的事情，在祁诺的坚持下一家人都没有再提了。可是，就在我回归祁家的第一天夜晚，那恼人的带着"猫性"的"喵星人灵魂"果然又如期而至，丝毫没有给我任何喘息的机会。那晚，本来早已睡在祁诺枕边的我，再一次清醒过来的时候居然正在黑灯瞎火的一楼客厅里狂奔。岑小若的意识恢复的那一刻，我正跳跃着飞过祁爸爸喝茶看报的小桌，清醒过来的一瞬间，我一个跟跄，绊倒了小桌子，头撞到了沙发腿，火辣辣地疼，还好二楼的大家没有被吵醒，只有麦兜在不远处冲我汪了好几声。

第二天晚上，我照样在半夜里清醒过来，发现自己的双手正在不停地剐蹭祁诺妈妈最爱的布艺沙发。我尖利的指甲正上下摧毁着沙发的靠背，在上面划出一道道浅痕和绽开的线头。第三天夜里，我醒在一地花盆的碎片中，并在第二天受到了祁爸爸严厉的批评。而让我不能忍的是，回家第四天的夜里，我突然认识到自己正在低头享用二楼卫生间马桶里的水，介于清醒和混沌之间的我，居然还感到唇齿间一阵甘甜的滋味，等彻底醒来后，我整整反胃了一个白天……第五天凌晨，清醒过后我发现自己正在祁诺房间的一角频频干呕，喉咙口如同被堵住一般又痛又痒，腹腔内一阵翻江倒海后，一个柔软的如同人类手指一样的异物从我口中吐出，我吓得魂飞魄散，花了好久才辨认出原来我吐出的是一团贮存在胃里很久的，被我不知道什么时候舔舐进肚的猫毛。清

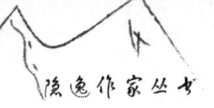

醒的过程中,我从来没有舔自己身体的习惯,那这团恶心之至的猫毛,又是什么时候跑到我的肚中去的呢?直到第六天夜晚我骤然发现自己正四脚朝天头向下不停舔舐自己的"菊花",前一天的谜团才迎刃而解。

最糟糕恼人的一次是,第七天凌晨我醒来时,居然感受到一阵急切的尿意,而那时的我,正在餐厅的墙角边肆意挥洒着。第二天一早我这野蛮的行为立即引起了祁妈妈的注意,从而勾起了新一轮是否要送小弱去绝育的家庭争论。

我把自己关在祁诺的衣柜里,仔细回想从变成小弱至今,特别是最近一周内发生的一系列变化。令我疑惑的是,和胖胖在外流浪的那几天,我似乎并没有失去理智和人类思维的表现,可是,为什么一回到祁诺的家里,那只可恶的喵星人灵魂,就一直试图强行侵占我的大脑和身体?

那仿佛是一种不能外推的力量,正在拼命将岑小若的痕迹从这只喵星人的身体里,还有祁诺的身边,尽快抹掉。

回到祁诺家的第二周,我的"症状"已经发展到就算在白天也会不知不觉地肆意"睡去"。为了知道自己"病情"的发展,我开始在清醒的时候记录每天能够以岑小若的意识思考和活动的时间。一开始是每天六个小时;第三周的时候,时间已经缩短到了四个小时;一个月后,我每天只有一两个小时能够以岑小若的思维自主生活了。这种思维侵蚀的力量,简直快到不留余地,我感到自己每天都活在无边的恐惧里,却无能为力。

2017年的除夕夜,我躺在祁诺房间的飘窗前,看着家家户户亮起的暖灯,感到思维极其混沌。灯光越来越模糊,周围的声

音混杂成一股子噪声，越来越难分辨。我知道，我很快又要失去自己的意识了，而今天，岑小若的意识只存在了一刻钟的时间。

我怕，那种被魔鬼尾随在后的怕，丝毫不亚于大半年前那场车祸和重生给我带来的恐惧。

我很困，脑袋愈发沉重，我知道，再过几分钟，我就会精神抖擞地站起来，作为一只真正的喵星人，在这个节庆的日子里到处撒欢。

这是我们第一个在同一屋檐下的春节，可惜却要这样度过。

就在我眼皮快要合上的瞬间，我无意瞥见祁诺墙上粘贴着的化学元素周期表：H（氢）、He（氦）、Li（锂）、Be（铍）、B（硼）、C（碳）、N（氮）、O（氧）、F（氟）、Ne（氖）……这些文字自然而然地出现在我的脑海中，我不由自主地想起了化学老师曾经让我们背过的那个傻乎乎的小口诀：

我是氢，我最轻，火箭靠我运卫星；

我是氦，我无赖，得失电子我最菜；

我是锂，密度低，遇水遇酸把泡起；

我是铍，耍赖皮，虽是金属难电离……

接下来是什么呢？我问自己。

对了。

我是硼，有点红，论起电子我很穷；

我是碳，反应慢，既能成链又成环；

我是氮，我阻燃，加氢可以合成氨；

我是氧，不用想，离开我就憋得慌……

真有趣，不是吗？

117

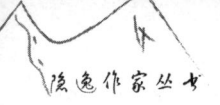

　　氢氦锂铍硼碳氮氧氟氖钠……想当年，我可一直是全三班化学第一名的保持者，也代表学校参加过市里的化学知识竞赛，可这些知识从今以后难道真的就再无用武之地了吗？

　　这样胡思乱想着，我隐约感觉自己没有那么困倦了。这是一种奇特的感觉：脑中的阴霾好似散开了一部分，变得清醒明朗起来。我脑中不知不觉开始思考几年来化学老师讲过无数遍的化学反应公式，一条一条，在脑海中滚动：

　　一氧化碳在氧气中燃烧：$2CO+O_2 \rightarrow 2CO_2$

　　甲烷在空气中燃烧：$CH_4+2O_2 \rightarrow CO_2+2H_2O$

　　酒精在空气中燃烧：$C_2H_5OH+3O_2 \rightarrow 2CO_2+3H_2O$

　　我感觉又好了一些。

　　祁诺的书桌上放着一份英文日报，我不管不顾跳上书桌，快速扫读第一页的头条新闻：

　　The morning of June 24,2016, was over shadowed by theresult of the out come of the Brexit referendum in the UK. The British people voted by an arrow margin of 52% to 48% to leave the EU…

　　Over shadow，失去光辉；out come，结果；referendum，我好像背过这个词，到底是什么意思来着……

　　我把报纸上的每个英文单词认真地读着，头脑越发清醒了，简直像念诵了某种神奇的咒语一般。我闭上双眼，开始大段大段不断背诵报纸上的内容，直到滚瓜烂熟。

　　抬头看钟，一个小时过去了，那种灵魂被侵蚀的感觉完全没有了，只剩下清醒的头脑和有秩的思维。

　　这到底是怎么一回事？难道说，我只要不停地读书、回想各种岑小若曾经学习过的东西，就能暂时抑制住自我意识的消散？

或者说，知识就是力量？知识能改变命运？

这是属于陈言言这种班干部"马屁精"的话，曾经的我是打死也没脸说出口的，可我好像确实找到了一种奇特的驱赶"猫性"来救赎自己的方法。

巨大的烟花在窗外的天空中一簇而上，"砰"一声散开，那声音对我来讲简直震耳欲聋。我听到楼下一家人互道新年快乐的声音，也看到窗外星星点点的粉色还有金色的花火在天空瞬间开花，然后缓缓坠落。我眼前的世界突然间变得明丽万分，就如同黑白的电视屏幕突然回归彩色，黑白的山水画突然有了色彩，我居然开始看到周围的一切开始逐渐上了颜色。

祁诺房间里的陈设，那张放在他床头的照片，也终于有了颜色。

那种惊喜的心情，只能用"喜大普奔"四个字才足以形容。

烟花？烟、花！

我不敢怠慢，生怕眼前的新年惊喜会稍纵即逝。

身后的门被人打开，我转过头去，看到那个我此刻最想拥抱和分享喜悦的人。他黑色的短发、大红色的毛衣和深蓝色牛仔裤，还有笑起来洁白的牙齿。那副我爱的笑容，仿佛都拥有了美丽的颜色。

我奔向门口的那个人，搂住他的脚踝深情地说了一声："亲爱的祁诺君，新年好……"

21. 明示

"我们曾经在纸上写过好多次对方的名字，一笔一画那么轻易，那么自然。可是现在，我多么想再为你写一次自己的名字。"

除夕夜的整晚，我的脑中都在不停做着"初高中重点知识大复习"。我背诵了四年内学过的所有古诗文，从《赤壁》到《过零丁洋》，从《爱莲说》到《出师表》……只要是我能想到的，就在脑中使劲回忆，像复读机一样来回播放。大年初一，我开始"重点复习"英语语法和口诀，从名词动词的变化形式到各种从句的运用模式。大年初二，物理，从直线运动到并联串联。就连我最讨厌的地理知识，也在心里滚动播放到整个春节结束。

其间，那种晕眩失去意识的感觉还是会偶尔突然袭击，伴随着视力的模糊和有色视觉的衰退。渐渐地摸索了一阵子后，我只要一有异样的感觉，就会立即找个地方专心致志地进行"知识梳理"。到了后来几周，我开始一次又一次地进行曾经惊艳过所有老师和同窗的圆周率背诵，居然也颇有成效。

看来，至少我找到了一种暂时压制住我身体内"猫性"的方法，但就算这样，我仍然一刻都不敢放松，生怕那种被操控的感觉会随时返回来。与此同时，我开始周密地计划为自己证明真身的方法。仔细想来，神话故事里的白娘子、狐狸精都可以通过修炼幻化成人形，然后享受作为人类与动物的双重便利，相比之下，我的情形实在是比这些"前辈们"糟糕了多倍。作为一只萌萌哒的可爱"猫娘"，我的道行比起她们这几位业界大佬，也简直是低微得可怜。

　　我不能讲话，于是尝试用纸笔直接写下"我是小若"这样的话，可我发现，我这双肉嘟嘟、软绵绵的小手，根本连桌上的笔都捡不起来，更别说握住它写字了。之后，我也尝试过在祁诺用电脑的时候趁机在用键盘敲击我要说的话，可因为手指笨拙，除了屏幕上留下了一连串乱码外，有一次还差点失手毁掉了祁诺正在完成的论文文档。从那以后，祁诺基本不让我靠近他的笔记本电脑，或总是在我接近的时候以迅雷不及掩耳之速合上屏幕，不给我一丁点"捣乱"的机会。

　　于是，我决定尝试用周围唾手可得的一切拼凑出祁诺能辨认的符号，而我最先想到的是我每天都在使用的猫砂。那一次，我来到猫砂盆前，跳进去，用后脚刨出了一小堆颗粒状的石头猫砂。我在猫砂盆旁的大理石地板上用前爪按住一粒猫砂，再将沙砾用指头尖儿推送到相应的位置。这是一项反复的工程，一开始有好几次，我才拼好"我"字的那上头的一撇，转身再收集更多猫砂的时候，尾巴便将拼凑好的图形一扫而散。于是，我小心再小心，蹑手蹑脚地一颗一颗拼凑着，并且全程努力收控好自己的小尾巴，好不容易即将完成一个"我"字。

没想到，突然从天而降一把大扫帚，"哗啦"一下子搅散了我刚完成的"通讯密码"。正在进行全家大扫除的祁妈妈在我身后不断挥着扫帚，将满地的沙砾扫尽，还责备我不应该乱玩猫砂。

我怒吼一声表示严正抗议，祁妈妈居然二话不说架住我的两条前腿将我晃里晃荡地请出了她的打扫区域。

我没有放弃，祁诺妈妈出门逛街的那个下午，我再一次尝试用猫砂拼凑字符，可就在我辛辛苦苦完成了"是"字的前半身的时候，麦兜不知从哪里兴冲冲朝我奔过来，不顾我的阻拦，欢快的前腿直接踹散了我的大作，末了还没心没肺地对我呵呵傻笑。

我气急败坏龇牙咧嘴地赶走麦兜，耐着性子重新还原刚才被打乱的一切，可就在一切即将还原的时刻，我头顶晾晒着的祁爸爸的衬衫，突然从天而降，不偏不倚，正好落在我的字符上，瞬间让一切付诸东流。

我非常怀疑自己的"猫品"是否是负数。

更丧的是，祁妈妈在观察到我新养成的"兴趣"后，索性将颗粒状的猫砂换成了极小的细沙，算是彻底断了我的念想。

于是，我开始转战用颗粒状的猫粮拼凑字符，并决定省略"我是"二字。仔细想来，武侠小说里被害死的倒霉蛋们总是喜欢啰哩啰嗦地写下"杀我者乃某某某"这样的句子，我曾经嘲笑他们简直蠢哭观众，若是省省力气直接写下对方的名字，也不至于直到咽气的那一刻还传递不出寥寥几个字的关键信息。

我想，"小若"两个字不管怎样简陋，都应该在祁诺心中点上一簇疑惑的小火苗。

我万万没料到，同样巧合又不近情理的事情还是发生了。那天，我用手将猫粮拨出碗外，在地板上一字一字拼凑自己的名字，可每次在"小"字刚刚完成的时候，祁妈妈或是祁爸爸总会如突击检查一般出现在我身后，将我抱起来，脚上的拖鞋不经意间踹散了地上的猫粮，且还义正严辞地教训我越来越调皮，只知道玩食物却不好好吃饭。

实施计划一次次遇阻，我只能用鼻尖一路将装猫粮的小碗推送到祁诺的房间里，准备在他的地盘进行计划。如果打开房门的一瞬间看到"小若"两个字的祁诺还不能明白些什么，那他也真真是"智商捉急"了。

没有祁家二老的打扰，我很快用碗里的猫粮拼凑好了那两个至关重要的字符，那两个字虽然歪歪扭扭，但对祁诺来说绝对可以辨认。我在房间里守着，准备随时在有别人进入祁诺房间的时候挡在我的名字面前。一分一秒，我听着时钟一点点敲击，等待祁诺回家，上楼，然后看到我的杰作。

下午五点半，楼下的大门有了响动，我猜是出门打球的祁诺终于回家了。我的心跳开始加剧，脑补的满满都是即将迎来的真相大白的惊喜瞬间还有他抱着我喜极而泣的画面，可就在我听到祁诺迈开腿准备上楼的时候，客厅里的祁爸爸叫住了他，说要讨论一篇关于法律的文章。

我心知这对父子一旦讨论起学术问题来，往往能耗上好几个钟头。

我很不安，我不知道接下来什么时候会发生难以预测的事情将我的心血毁于一旦。所以，我一定要祁诺一刻都不能耽误地看

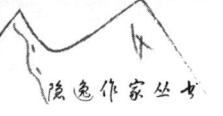

到我的大作。

我走出房门,径直下楼,摇摆着尾巴,嗲声嗲气地呼喊了一声祁诺的名字:"喵,喵,祁诺君,喵喵喵……"

祁诺歪着身子正在看祁爸爸手中的文章,爷俩儿正热火朝天地讨论着某条法律条文的语言漏洞,压根没有注意到我。为了引起他的注意力,我用身体在他的裤脚来回摩擦,用头去摩挲他的脚踝,同时一声接一声叫唤不停。这一招"蹭人"的法子,想来还是那只古灵精怪的胖胖传授给我的呢。

"大招"并没有奏效,祁诺冲我敷衍地笑笑,摸了摸我的头,丝毫没有要理会我的意思。

我焦急不已,情急之下只好张开嘴去咬他的裤脚,用尽全身的力气将他往外拖拽。当然,我的力气不足以撼动他的一条腿,只是微微分散了他的一丁点注意力,祁诺还是没有太大的反应。

我急了,张开嘴狠狠哼了一声,没想到呛到了一口气,随之剧烈地咳嗽起来。我尖利的咳嗽声传到自己的耳朵里,有些类似呕吐的声音,祁家父子这才从激烈的讨论中回过神来,放下手里的学问来关注我究竟怎么了。

机不可待,我狠狠咬住祁诺的裤脚,往楼梯的方向拖。他经不住我的疯狂拖拽,跟着我走了几步,我趁机跑到楼梯一半的地方,喵喵叫着让他跟上。

祁诺无奈地回头看了一眼祁爸爸,虽然不清楚我葫芦里卖的什么药,但终于还是决定先跟我上楼了。

我一鼓作气跑到房间门口,对着那半开的木门大声呼喊。

开,祁诺君,快点打开这扇门,你不会后悔的。

祁诺不解又好笑地慢慢推开房门，边低头看我，边往房间里走，我们的目光几乎同时投射到了书桌前那片空荡的地板上。

我的满怀欣喜，他的满心疑惑，都在那一瞬间挫成灰烬。

那只巨大的金毛狗，正摇晃着鸡毛掸子一般的尾巴，津津有味地啃食着地板上散开的一粒一粒的猫粮，我甚至清楚听到了它口腔里那嘎嘣脆的声音。

那两个我尽心准备的大字，早就被它吃得鸡零狗碎。

拜托，麦兜大神，那可是猫粮啊，请问你作为一只狗的气节呢？

祁诺蹲下来检视了一下，恍然大悟的表情，转身对我说：

"小弱，不就是麦兜偷吃了你的猫粮嘛，你也用不着那么大反应吧？"

麦兜老实巴交地叫唤了两声，仿佛在附和，完全看不出我已经处在暴走状态了。

"不过小弱，你是不是又开始乱玩食物了？这可不太好。"祁诺还在义正严辞地和我说教。

好好好，你长得帅，说什么都对，我是猫，做什么都不对！

当天晚上，祁家一家就我最近常乱玩食物的表现进行了反省，认为是我已经厌恶了猫粮这种单一的食材，于是当下出门为我采购了各式各样的肉罐头，祁妈妈甚至买来了生肉，说看网上有专家说，给动物吃些生肉对身体特别好。

而接下来的一段时间，我的饮食被彻底更换。那些软塌塌的肉糜当然不能再用来拼字，而那些生肉，我当然也是死都不会去碰。

夜里，我完成了一天中例行的知识回想和圆周率的背诵，开始思索接下来的对策。

猫砂、猫粮，这些平日能接触到的东西好像都失败了，那如果，我是说如果，我能用一些不能被替换的，别人拿也拿不走的东西作为材料拼凑我的信息，是不是会有胜算一些？

只可惜祁妈妈平时太爱收纳，几乎什么东西都收拾在我看不见摸不着的犄角旮旯里，我环视四周，不放过任何一样东西。

祁诺的房间甚为简洁，我的双眼扫过他桌上的书籍、纸币、电脑还有沙发旁边的网球拍，好像没有什么可以利用的。

等等……

沙发上他的羊绒大衣躺在那里，深蓝色的大衣上，星星点点有一根根白色的短毛。

对了，猫毛，我的毛！取之不尽，用之不竭，绝对的可再生资源。传说中孙大圣忍痛拔毛变分身，今便有我岑小若拔光白毛证真身！

我当机立断，决定在祁诺睡下后就开始行动。我在他枕边的床头柜上站着，用力哆嗦了几下，几根雪白的毛发落在深黑色的台面上，格外醒目。我继续伸出前爪，开始不断摩挲身上和头顶处的毛发，不一会儿，桌上就有了好几十根猫毛。很好，祁家二老已经睡下了，而麦兜今天被我故意关在了祁诺的房间外，排除了他们几位非本游戏玩家的干扰，成败在此一举！

轻飘飘的猫毛真的很难掌控，我的手指又笨拙得要命，总是不小心把那些细软的毛发拨弄得不知所踪。我灵机一动，先用舌头舔过桌面，再把一根一根猫毛用手移动到那个位置，按照笔划

排列好,直到天色依稀透亮了起来,我才完成了自己的名字。

我的名字和我,就在祁诺的枕边,他只要一转身醒来,就能看到。

天又亮了一个色度,阳光镀金一般投射到房间的各个角落。我看着床头清晰的字迹和旁边沉睡的祁诺,有些耐不住性子,跳上他的枕头,在他脖颈处轻轻呼气,他微微转身,却没醒。我不甘心,直接一屁股坐上了他的头顶,喵喵喵地叫他。

这一次,他彻底醒了。

祁诺用一个男友的大力拥抱将我从头顶抱下来搁在怀里,懒洋洋地用一双睡眼看着我,我心里激动万分,期待着他转头的那一刻。只见他将头埋在我的肚皮上,随即把头偏向我精心准备的桌面的方向,然后……

狠狠地打了一个喷嚏!

那声震耳欲聋的喷嚏,就像在我头顶打了一个闷雷。

台面上的猫毛被吹得漫天飞舞,随即散在桌上、床上和地板上,七零八落,如同我那碎了一地的心。

我像傻子一样立在原地,目送毫不知情的祁诺起身摇摇晃晃走进了洗手间。我再也忍不住了,飞速把自己关进了他的衣柜,大哭了一场。

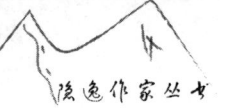

22. 暗示

> "很多时候，人总在理性和感性的交织下徘徊不定，一来一回间，却早已错过了很多事情的真面目……"

大哭一场后，我重振精神，用同样的方法尝试了第一次、第二次、第三次。每一次，我在祁诺床头拼凑整夜的大作不是被祁诺掀起的被子一扇而散，就是被忘记关的窗户外面吹进来的妖风抹得一干二净。我甚至还潜伏到厨房去偷来烧菜的胡椒和垃圾桶里的菜渣子，试图为祁诺拼出我想要告诉他的信息，结果，每次都还没有完成一半，就被祁妈妈无情地赶了出来，还从此被禁止踏入厨房重地。冥冥之中，不论我如何费尽心思，总是有各种机缘巧合，让这个家里的成员在弹指不经意间轻松破坏掉我所有的努力。

明示，好像不奏效，那么，我是否应该及时改变策略？

我想到了以前陪外公看的谍战片中，智勇双全的间谍大佬们总是能够巧妙利用广播或是暗号作为交流信息的方式。随着这个

思路,我想到了至今保留每日看报好习惯的祁爸爸,当然,还有那些他每天都仔细研读的报纸。对,可以尝试从报纸下手。

定下计划后,我潜伏在客厅等候祁爸爸读完新鲜出炉的报纸,趁他上楼以后,用尖尖的指甲划破报纸上的字,一个一个,找出自己想说的字,然后用爪子留下记号(破洞)。但我发现,在密密麻麻都是字眼的报纸上拼凑出一句完整的话或是我自己的名字,也是不大容易,于是,我决定将自己的"暗号"化繁为简。

"我""是""人",这几个字在报纸中是最最常见的,于是,我在一页一页的报纸上找到这几个字,一个一个,将它们用指甲捅破。我肯定,如果有人再看到这些报纸,必定会发现其中的蹊跷。

整整一个礼拜,我每天持续在报纸上留下记号,只可惜,祁爸爸好像并没有重读旧报纸的习惯,而每次新的报纸一到,他也总是雷打不动地第一时间读完,中途不给我留下做记号的任何机会。还好这些报纸都成堆放在客厅的一个大箱子里,我相信,等我积攒几份"暗号报纸"后,就可以把它们送到祁诺面前。到时候,这些堆积起来的,一字一字的证据,一定会让他备受启发。

万万没想到的是,祁妈妈偏偏在这几天里出门遛麦兜的时候闪了腰,祁家只好应急请来了一个钟点工阿姨。那个自称陈阿姨的钟点工第一天到家便风风火火地在房间里忙碌起来,还将我和麦兜都暂时请到小院子里候着,等她放我们进去的时候,我第一时间奔向了客厅。

到处窗明几净,一点点多余的杂物都没有,那整整一箱子的《城市晚报》,早已不见踪影。

我的"暗号",我的"机密情报",居然就这么没了。

129

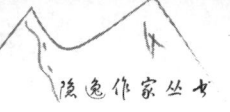

祁家二老对陈阿姨的首战表示十分满意,陈阿姨一边炫耀自己的独一无二的收纳才能,一边向东家汇报工作。

"那些个旧杂志和报纸,我以后每天会收拾起来,积好了就拿到外面去卖掉。先生太太,这个家交给我,你们放心。"

祁妈妈两眼放光,有一种从此解脱了的欢愉,而我的心中早就已经奔过了千军万马。

自从那天以后,我的心情跌到了谷底。回忆这段时间来的努力,我不知道到底哪里出了差错,但那种奇怪的,冥冥中总有人在破坏我行动的感觉,再一次让我感到甚是不安。

整整一个寒假中唯一让我高兴起来的消息,就是祁诺在离家返校前提出的,要带我去宠物店洗澡的建议了。

这一年里,从湿黏的夏天到冷峻的冬天,我几乎从未好好清洗过自己。这一身雪白的毛发,在经历过重生、围殴、逃跑、流浪和各种"非人"的境遇后,也早就已经藏污纳垢了。更别说自从变成了猫娘,我连一卷厕纸都没有用完。若不是求生欲战胜了洁癖,我想我是真心撑不到今天的。

我真的很想念那种将身体浸泡在浴缸中,让热水漫过肩颈的感觉,不知道祁诺会不会陪我一起,若是能够一起的话……

我知道自己是个不折不扣的花痴猫娘。现在的我,就连洗澡都没有多余的衣服可脱,我甚至都不知道自己现在这个样子,到底是算穿着衣服还是没穿衣服!

在祁妈妈的建议下,祁诺决定将给我洗澡的重任交给专业的宠物店。带我一同到店的时候,前台一个年轻娇小说话还带着志玲姐姐娃娃音的女生接待了我们,听说我是第一次洗澡,她居然

* 130 *

还亲热地安慰祁诺不要替我紧张,说猫咪怕水是正常的,这里的护理人员都很有经验等等。祁诺一边说我很乖,一边把我交接给那个女生,自己就站在门前看着。同时,一个矮胖的女工作人员抱着一只凶神恶煞的加菲猫出来,交给门外的一位中年大婶,一面脱下手套一面说这只猫太怕水,差点把她抓出几道血痕。加菲猫死死瞪了她一眼,我听到它低低说了一句"愚蠢的人类,你敢淹死老子",差点没笑出声来。

宠物洗澡区的大澡盆里早就换好了干净的水,那位矮胖的女员工将我抱起来,小心翼翼地先把我的后脚沾了沾水盆里的水,估计是想循序渐进生怕再次发生抓挠事故。身体接触到水面的时候,那温热的液体瞬间暖和了我的四肢,我迫不及待挣扎出她的双手,一整个儿跳进了澡盆子里,溅起了些许水花。

真是人间仙境啊。干净温暖的水穿过厚重的毛发,浸泡着我的每一个毛孔,舒展着我的每一个细胞。我闭着眼睛享受着这久违的温暖,自然而然翻过了身体,仰卧在澡盆里,连手指头都懒得动一下。

为我服务的胖女孩看到我的模样,就像看到了鬼一样眼睛眨都不眨,过了一会儿才咋咋呼呼出去叫来了几个同伴。几个女孩啧啧称奇,同时上下其手,为我全身抹满香波来回揉搓,我感觉自己毛发上的污垢正在一点一点流走。

好久没有做 Spa 了,这种感觉让我飘飘欲仙。我抬起手臂,感受洗澡水流过指尖的舒适感,面前的几个工作人员纷纷围观,其中一个女孩掏出手机,开始照相和录视频,还吵着要发微信朋友圈。

若不是身份限制,我真想把这几个大惊小怪没见过世面的呱噪的女孩都赶出浴室去,然后对她们大吼一声"休得打扰本宫沐浴"!

沐浴完毕,几个女孩将我带到烘干处,叽叽喳喳说猫儿最怕吹风机的声音,不知道这一只会不会例外。我看她们愚蠢的样子,径直走到吹风机下面,抬起头等待着。

强大的热风吹过我的全身,吹顺了我的每一根毛发,让我全身蓬松顺滑。我感觉自己就像是洗发水广告里秀发迎风起舞的女主一样有范儿得不得了,一睁眼却在镜子里看到一只周身雪白的小猫娘,还有周围频频举起手机的围观人员。

少见多怪,少见多怪,要是有一天我突然张嘴说话,或是脱下猫皮变身美少女一枚,岂不是要吓死你们这些凡人?

透过围观的人,我瞟了一眼门外,看到前台的那个"小志玲"正把她那张小脸凑到祁诺的身边,饶有兴致地和他搭讪。祁诺低头玩着手机,有一句没一句地应着,不时抬头看我这里的情况。

我怒了,一下子从吹风机底下钻了出来,喵喵叫着让几个女孩赶紧把我抬出去。

直到工作人员将我交还到祁诺的手里,我才惊觉这久违的水疗享受已经告一段落,心里居然失落起来。

"帅哥,你家的这只小猫真是不同一般,洗澡简直就像贵妃沐浴一样,你确定它是一只猫吗?"为我洗澡的女孩半开玩笑地问道。

"哦?是吗?"祁诺也有些吃惊。

这是大半年来,第一次有人提出我是不是一只猫的问题来。

不论那是不是一句玩笑,这确实是破天荒的头一次,而这一切就是因为我没有像一般的猫一样怕水和抗拒洗澡?

如果这一件小事就能让人产生疑惑,那如果我做出第二件、第三件、第N件完全脱离猫儿正常行为的事情,会不会让祁诺质疑我的身份?只要我在祁诺的心中一点一滴种下疑惑的种子,会不会有一天让他的疑惑颠覆他的正常认知?也许只有那样,我才能让他重新认识我的存在。

这也许是唯一的途径了,我真是爱死了这个猫澡堂子了。

祁诺返校注册的前一天晚上收拾了简单的行李。我看他往包里放着换洗衣物、课本,还有洗漱用品,默默站在床头柜上,等他直起腰来,"啪"一声,把我们的合照打倒在台面上,提醒他要照例带走。

祁诺愣了一下,伸出手去,将照片细心包在一条围巾里,放进了行李箱。

我跳到另一头的书桌上,桌子的第一个抽屉半开着,里面是我的日记本。我把爪子伸进抽屉来回拨弄,发出声响,祁诺走过来勒令我不要顽皮,低头看见那本日记。

我期待他能够打开,他却伸手抚摸了一下封面,关上了抽屉。

我赶忙奔到他的立在书桌边的网球拍面前,用身体撞了一下,球拍倒地,再次发出声响。祁诺上前来,把球拍和行李箱放在了一起。

这已经是我在这两个礼拜里每天必做的"暗示工作"了。每

天早上，我会如例行公事一般，站在岑小若的照片旁等他注意，然后在书桌边强烈要求他打开岑小若的日记。只要祁诺出门，或者表达出想要做某事的意愿时，我总是争取恰到好处地站在他所需要的物品边上，争做他肚里的"蛔虫猫"。他要洗澡，我就站在毛巾边上立正；他要坐下看书，我就在他的书本旁坐定；他换衣服去练球，我就在球拍上跳跃；他看最爱的球星费德勒比赛，我就在偶像每一次得分的时候站在电话旁用手掌击打电话（借此表示疯狂"打call"），他偶尔下楼去弹琴，我就在钢琴上和他一同陶醉。

想一想，这种行为多少有点瘆人，但我真的顾不得那么多了。虽然现在我每天能够保持清醒的时间越来越长，可我真的不能断定这种"好转"会不会一直持续下去。

等等，说到练琴，我突然有了新的思路。

祁诺这个假期练琴很频繁，一是高考后他有了足够的时间，二是最近学校似乎需要他为校庆演出进行伴奏。还记得我出事前，他曾经无数次和我一起演奏过我们最爱的曲子 *First love*，《初恋》。就如同我们都是彼此的初恋一样。

那忧愁绵长的曲调，这些天一直在我脑中回转，我甚至好几次梦到我们在充满阳光的一中琴房一起弹琴时候的模样，只是那首曲子，我再也没听祁诺弹过了。

收拾好第二天需要的行装，祁诺果然照例下楼继续练琴了。我飞速奔到书房的钢琴边，踩着琴凳跳上了琴盖，祁诺正好走了进来。

"小弱，你怎么回事，这几天那么黏人？"

祁诺边说边将我"移开",打开了琴盖,将十指覆盖在黑白相间的琴键上,轻轻叹了一口气。

祁诺君,你是不是想到了某个人?

他似乎有一瞬间的恍神,又迅速调整精神弹奏了一曲《卡农》。我看着琴键上他迅速走动着的修长而有力的手指,心里预想了一遍自己的计划。

祁诺一曲弹毕,我忽然跳上他的膝盖,伸出努力蜷缩成一团的右爪,在琴键的高音区敲下一个"do"的音。琴键的重量比我想象中要重,我的第一次尝试根本没有让它发出声音,于是,我挥起手臂再落下,将全身的力气集中在手上,终于在琴键上发出了第一个音节。趁着祁诺没有制止,我快速在中音区又敲击出了"si、la、sol"三个音节,虽然速度缓慢,但居然都发声成功了。

我转头去看祁诺,他的表情有些好笑,眉头却微微拧了起来。我趁热打铁,又狠狠地敲了"re"和"mi",完成我们那首曲子的第一个小节。

当我敲出最后那个音的时候,祁诺的脸色变了。

他不再笑,只是盯着琴键,用右手重复了一遍我刚才的音节,然后沉默了半分钟的时间。

他抬了抬膝盖,握住我的爪子放在琴键上,命令我:"小弱,再试一次,像刚才那样。"

我心中狂喜,赶紧伸手在琴键上又敲击了"do、si、la、sol、re"几个音,最后一个音节,我准备用"sol"来结尾,就是曲子的第二小节了。这样一来,我不信祁诺不会被吓到怀疑人生。

我把爪子往最后一个音符的方向移动,那一瞬间,我听到自

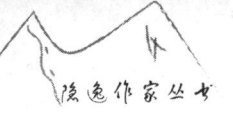

己的心跳,还有我身后祁诺的呼吸声。就在这最最关键的时刻,安静的书房里电话铃声大作,尖锐的声音让祁诺身体一惊,我一个趔趄,直接从祁诺的膝盖上跌在了地面上。

琴凳距离地面的高度不高,我并不觉得疼痛,但却突然感到视力极度模糊。眼前的色彩变得暗淡、再暗淡,慢慢回归黑白……糟糕,我预感到自己正在失去人类的意识,心里一遍一遍叫着"不要、不要",却已经动弹不得。

"少量的二氧化碳与氢氧化钠生成碳酸钠和水,过量的二氧化碳与氢氧化钠生成碳酸氢钠,方程式分别为:$2NaOH+CO_2=Na_2CO_3+H_2O$……"

"完整的圆周率应该是3.14159265358979323846264338 3279……"

朦胧中,我一直在脑中不断重复着我的"知识魔咒",睁开眼,世界从恍惚的黑白渐变成了彩色。

还好,一切都回来了。黑亮的大斯坦威钢琴就在我面前,琴凳上,祁诺却不在了。我回想刚才,那样千钧一发的时刻,我居然没有把握住!

就差那么一点点,那么一丁点,谜底就有可能被揭开……

书房外传来祁妈妈和祁爸爸的交谈声,我竖起耳朵听。

"老祁,你知道我刚才回家的时候祁诺在干什么吗?他把小弱放在钢琴前面,逼着小弱快点弹琴。我看到的时候吓了一跳,还以为他走火入魔了呢。"

祁爸爸呵呵笑着说大概儿子是童心未泯。

"一只猫哪里晓得怎么弹琴,跳到琴键上乱踩一通,把祁诺

气得要命,现在可好,出门跑步去了……"

祁爸爸还是呵呵回应着,说祁诺从小有探究精神,还说以前看电视里也有猫狗弹琴唱歌的画面呢,说不定咱们小弱真的可以。

"我觉得,祁诺就是整个假期在家里闷坏了。老祁,你觉不觉得儿子自从高考过后就变了,说不上是哪里,就是不喜欢出门和同学一块玩儿了,还有他床头照片里的女孩,也从来不和我们说起。"

他们二人有一句没一句地闲聊着,祁爸爸安慰祁妈妈,说小年轻的感情大人不用过问,谈情说爱不是什么大事,后面的话,我没有心思再听了。

想是祁诺离开书房的时候心烦意乱忘记合上琴盖,我跳到凳子上,用刚才的方法敲击同样的音符,第一小节,完美复制。可是,当我弹到第二小节的最后两个音符的时候,突然又感到视觉模糊,头晕眼花,整个身体摇摇欲坠。立马趴下休息一阵后,我又尝试了数次,可每次都是一样的反应,总是支撑不到第二小节弹完。

这一切和之前经历的简直一模一样。冥冥中好像有种力量在时刻阻隔我越过和祁诺之间的那条线,不肯让我给他明确的线索。我参不透这一切的原因,更不知如何是好。

那天晚上,祁诺一直到十点才回到家。上楼后他洗漱睡觉,我并没有在他脸上发现任何异常。看来,我白天大费周章的暗示是失败的,充其量也就是让他觉得我只是凑巧弹出了几个相似的音符或者有了一种发现我原来不是神猫的挫败感而已。

以琴传信这件事看来是行不通,可是我绝对不能放弃尝试。

第二天,祁诺带着简单的行李去了学校,开启了他大学生涯

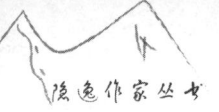

的第二个学期。而我,只能继续被困在这幢大房子里,每天苦思着寻找解决我目前处境的新的突破口。祁诺不在家的日子里,我开始将攻势扩展到祁家二老身上。我从前经常去文静家串门,她的家里就有一只玳瑁色的老猫。还记得老猫最怕的就是各式各样的家电,特别是轰隆隆的吸尘器。于是,只要祁妈妈打扫卫生的时候,我就跟在她身后,然后冒着失聪的危险跳上那个声音足以震破我耳膜的大吸尘器上头,表示我丝毫不惧怕。祁爸爸每天看新闻的时候,我就在他身边一起看,遇到什么"社区送温暖""失散家人再团聚"之类喜闻乐见的新闻,我就频频翻肚皮,表示欢心,若是遇到重大事故、企业倒闭之类的坏事,我就一声声不顾形象地哀嚎,表示自己的伤心欲绝。我还有一项"绝技",便是每天只要祁爸爸懒懒坐到电视机前,我就会伸手去按遥控器上的红色开关,让电视机恰到好处地启动,而只要看累了的祁爸爸打个哈欠,我便跳到桌上去按掉开关,服务不要太完美。

另外,平日只要祁家二老带麦兜出门溜达,我便抢先一步站在门口用爪子挠门嗓子哀嚎表示"求带"。几次下来,已经成为资深猫奴的祁爸爸经不住我的软磨硬泡,在网上淘了一套"遛猫"绳,说要尝试着将我也带出门去。祁妈妈笑祁爸爸遛猫的行为太过古怪,祁爸爸却不以为然,认为"咱家小弱也想出门见见世面又有何不可?"于是,我终于有了每天和麦兜一同出门溜达一圈的宝贵机会。为了报答祁爸爸的理解之恩及证明自己拥有的非一般的纪律性,每次祁爸爸"遛"我的时候,我总是正步走在他脚边,绝对不被沿路的花花草草莺莺燕燕所吸引。几次过后,祁爸爸每天被我们一猫一狗两大护卫包围散步的行为已然成了小区一景,引来了邻里的驻足观看，而人们越是这样，我便越是乖巧，严格做到"只要祁爸不迈腿，我也绝对不伸脚"，害得祁爸爸每次都感叹那套用来束缚我的遛猫绳真真是白买了。

这样持续了好几个月，祁家二老和祁诺都觉得我快要成精了。

而我的杀手锏，更是吓了所有人一跳，那便是：

使用抽水马桶！

在祁诺的房间自带的卫生间里张开四条腿练习过无数次如何在马桶上保持平衡后，我终于抓住机会，在祁妈妈面前第一次展示了我的"绝技"。我甚至在跳下马桶后直立起身体，用前臂挂住冲水阀，往下用力一掰，完成了最后的冲水步骤，我至今难以用言语描绘祁妈妈当时看到那一幕时候的眼神。

祁妈妈大声呼喊来了祁爸爸，两个人哄着让我再来一次。我如行云流水般又示范了一套"冲水马桶的正确使用方式"，惹得二老连连惊呼，拿出手机一阵狂拍，嚷着一定要让祁诺开开眼界。

幸运的是，在做这些举动的时候，我并没有受到任何奇怪力量的阻挠，也许，我的这些行为本身不算犯规，也没有超过猫咪的能力极限。掌握到要领，我便一天天变着法子做着那些稍微有些出格却绝不夸张的行为，我总觉得，胜利就快要来了。

我还在等，等一个契机，一个完美的机会。

祁诺开学后回家小住的一个周末下午，和父母在客厅里讨论起了全家出游的计划，我在一旁竖起耳朵听着。

"祁诺，快想想看去哪里好。想想这两年里你居然连高中毕业旅行都没有去参加。你这孩子真的是太宅了。"祁妈妈一边在手机上不断刷着驴友的帖子一边批评祁诺。

"是呀,等你小子交了女朋友,就没有时间陪我们两个了,得抓紧,得抓紧……"祁爸爸品着刚泡好的龙井茶,心情大好。

听到"女朋友"三个字,我心里微微泛酸,慢慢踱步到室内,那一头的祁诺有些沉默,似乎还在做决定。

看着他的样子,我想到了那场我们从来没有机会完成的毕业旅行计划。

那个目的地,瑞士!

我脑中灵光一闪,一个绝妙的计策爬上心头。我蹦上客厅一角摆放着的一只超大的地球仪,用鼻尖抵住球体让它旋转。

欧洲,欧洲,欧洲在哪里?瑞士,那个我们曾经一起企盼过的目的地,在哪里呢?

是了,瑞士,瑞士,在德国和奥地利中间的瑞士。

我翻转着地球仪,踮起脚来,把一只手掌整个覆盖住那片不大的土地上,一只手撑着地面保持平衡,对着坐在院子里的祁诺疯狂吼叫起来。

听到我声嘶力竭的叫喊,祁诺起身来看我,一进客厅就撞见我正姿势清奇地倚着地球仪求关注。他走近,弯下腰来慢慢拨开我手掌覆盖着的部分,出现在他面前的,是我要让他去的那个地方。

这一次,他彻底惊住了。

他呆呆看着我的手掌,还有我使劲指示着的那个地名,一动不动。

老天,我的机会终于来了。

23. 结果

"毕竟,在这个世界上还有会导盲的狗,会和孩子交流的海豚,还有会做算术题的大猩猩,就是这样而已……"

祁诺呆呆站在地球仪的面前,仿佛整个人都被魔法定住了。我瞪大眼睛看着他,期待着他能像童话里英勇的王子一样,用一个吻让我周身的诅咒尽失,立刻从这场噩梦中醒来。

可他什么都没有做。

他只是站在那里。

突然,他一把抱起我,在祁家二老不解的注视下,迅速奔回了二楼的房间。

他慌乱地关上门,在书桌的抽屉里胡乱翻找着,最终拿出了一盒已经有些干涸的很久未用过的颜料。他将我抱到颜料前,认真而期待地注视着我,说:

"小弱,选一个,选一个你喜欢的。"

我心中狂喜,伸出手去,一把按住颜料盒中淡黄的颜色。

岑小若喜欢淡淡的、温暖的黄色，我们应该都了解。

他将我的手挪开，让我再试一次。

黄色，依然。

祁诺不屈不挠，又将我的手移开，坚持让我再选一次。

就在我将手再次伸出去的时候，眼前的颜料突然失去了它们应有的颜色，变成了统一的黑色。我在心中大呼"不好"，还想坚持着去碰之前淡黄色颜料所在的位置，却感觉手脚不听使唤地颤抖起来，头如同被人重击后产生了难忍的剧痛。

我的呼吸急促，眼神涣散，隐约看到祁诺飞快拿过床头我们的合照，指着照片里的人不断问我些什么，我想要听清他的问题，更想要回答，但很快，整个身体就再一次被那只猫的灵魂彻底吞噬了。

直到事后我才回忆起，那天，是我回到祁诺家满一年的日子，也是岑小若死去的第二个年头。一年中，那是唯一一次，祁诺真正质疑了我的真实身份，但我，还是让他，也让自己失望了。

和童话不同，公主没有逃脱诅咒，而那个英勇的王子，根本还不知道公主的存在。

那一次，我用了整整三天才恢复了人类意识。清醒过来的时候，我正在被麦兜追得满屋子狂奔，岑小若意识回归的一瞬间，我一下子站住了身子，身后追得起劲的麦兜一下子没有刹住车，整只狗狠狠撞在了门框上，当即疼得汪汪直叫。我念叨着那些让我能尽快彻底醒过来的公式口诀，顾不上安慰它。待我眼前的世界回归了本来的色彩，我撂下麦兜一股脑奔到祁诺的房间里，第一时间想看看他在哪里。

房间里空空如也，书桌上的电子日历显示现在距离上个他在家的周末已经过了三天，祁诺早就已经回学校去了。

我心如死灰地爬上他的床，闻着那熟悉的味道，只能绝望地叹气。

无论我怎么前仆后继，都敌不过命运本来的力量。我思前想后已然明了，我的一切暗示明示，都已经超出了这副猫娘的皮囊赐予我的权利。我没有权利，让祁诺和我周围的人类，对我产生另一种认识。

周末，祁诺照例回到家里，陪父母吃饭，照料我和麦兜。我不知道自己在他测试我的那天的最后关键时刻做了些什么，但从他和平日毫无差别的态度来看，我确信自己那时只是做了一些"一只猫本该做的事情"。

我不知道自己还能再做些什么，只能说服自己，不要急，再等等。

但其实，我已经不知道自己还能等待些什么。都说什么"人艰不拆"，我看，我作为一只猫的艰辛，才是真正的"不拆"也罢。

而更让人没想到的是，我偏偏在这个时候意外地在网上一炮而红。

事情的源头，是祁爸爸近来极为热衷在朋友圈频频发布我的一系列经典视频，其中不乏我使用马桶、喝茶、散步、"热评"新闻以及开关电视等超凡的举动。一开始，朋友们觉得有趣，便开始相互转发祁爸爸的视频，也不知是谁，竟然在认出我后同时上传了我上次在宠物店洗澡的视频。在这样一个网红蛇精脸盛行的年代，我简直成了网红界的一股清流，网民们开始称呼我为"别

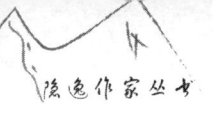

人家的猫""快成精的猫",还有"神奇萌猫",就连一同出镜过的麦兜,也都连带着上了各种热搜,热搜名为"天才猫和二货狗"。

从祁诺一家的交谈中,我知道自己甚至已经火到了韩国、日本和东南亚了,而祁家的同事朋友也都纷纷提出求"撸猫"和"吸猫"的要求,还好都被祁诺一家以"我家猫主子高冷""怕生"等理由婉拒了。祁爸爸的社交网络账号更是每天都有各种媒体联络,要求祁家发布更多的我的日常视频。一个月后,祁诺一位经营网络媒体的师姐找到了他,再三拜托祁诺允许她上门采访,祁诺当然不好拒绝。

祁爸爸对这些突如其来的有趣关注简直喜闻乐见,在采访前一天更是童心大起,特地给我买来了一套超人和一套奥特曼的宠物衣,仿佛丝毫没有在乎我"猫娘"的身份。祁妈妈则夫唱妇随地精心为我挑选了一个带铃铛的小项圈。曾经穿了十七年衣服的我,如今居然全身感觉被禁锢得十分不利索,连走路都滑稽得顺拐了,而那条稍稍一动就叮当作响的项圈,更是惹得麦兜随时都格外兴奋得大声咆哮,害得我在家连大气都不敢喘。还好祁诺及时回家,才哭笑不得毅然决然地将我从这一堆浮夸的行头中解救了出来。

采访当天,祁家二老热情接待了师姐一行。作为当事猫的我,自然成了第一主角被摄像大哥满屋子追着跑,而麦兜就发疯一般追着摄像大哥满屋子跑。

"请问祁老先生,你们家的猫咪小弱是怎么来到这个大家庭的?"

144

师姐认真做着笔记，祁爸爸认真回答每一个问题。

"这个小弱嘛，是我儿子带回家的流浪猫。"

"祁师弟真是很有爱心，怪不得在我们学校那么受欢迎。"

祁爸爸谦虚礼貌地笑笑，继续回答着师姐的问题。我被那个扛着摄像机乱拍的猥琐男追得烦了，干脆一股脑钻到了祁诺爸妈的床底下，任凭他威逼利诱，反正就是不高兴出去了。

客厅里的采访其乐融融，祁诺在一旁礼貌地陪同师姐采访。

"祁师弟，既然小弱是你的宠物，那作为它的主人，你是什么时候发现它和其他的小动物的不同之处呢？"

这个问题一下子抓住了我的心，我屏息凝神，竖起耳朵听楼下他的回答。

"我想……"祁诺沉吟了一会儿，"大家都有些大惊小怪了，小弱也许只是比其他的猫猫狗狗聪明一些，这并不是什么太稀奇的事情。毕竟，在这个世界上还有会导盲的狗，会和孩子交流的海豚，还有会做算术题的大猩猩，就是这样而已……"

会导盲的狗，会和孩子交流的海豚，还有会做算术题的大猩猩！

原来，我一年多来的种种，从来不足以打破在你眼里，我和这世界上的小猫、小狗、小鱼、大猩猩毫无区别的事实。

我觉得自己真是太可笑了。

可祁诺君，我不怪你。这一切对于任何一个有着正常思维的人，都是无法打破的现实。

可是，我还是贪婪地奢望，我们之间会有哪怕一点点心有灵犀的默契，能打破世俗认知的默契。

不，我怎能怪你，只怪命。

师姐的采访过后，我彻底消沉了。我放弃了所有明示暗示的秘密活动，唯一保留的习惯，便是在闲暇时刻，在祁爸爸的旧报纸上抠掉那几个频繁出现的字。无所谓，反正这些报纸永远不会有人看到，对我来说，这个习惯只是一种发泄罢了。

祁诺变得异常忙碌，时常就连周末都不在家，就算在家也是频繁地接听电话和上网。他用电脑的时候我总会爬到他的腿上，感受他的体温，也常常睡着。我想，也许作为现在一只猫娘最大的好处，就是可以随时随地不必避讳与他亲近了。有一次我醒来，正好看到他在填写某外文网站的表格，迷糊中我看到表格上方有一个显眼的校徽标志，我刚想仔细看明白，祁诺就关掉了网站，下楼吃饭了。

我心生出些许担忧，却说不上是什么，我想，也许我只是太过沮丧了。之后的事实证明，我的危机意识总是很准确，只是那时我还不知道，我"猫生"中最大的变故已经在一步步地发生了。

春天到来，万物生长，我的身体比出生的时候高大了整整两倍，已然是一只成年猫娘的模样。我开始适应猫粮生硬的味道和接受祁诺暂时还不能真正认出我的事实。只要他还在我身边，我便觉得这辈子还有希望，只要能守着他，我总认为自己还有和他一辈子在一起的机会。

春逝夏至，暑气升腾，祁家二老决定到这座城市周边的深山中去避暑，只留下了就算暑假也从早忙到晚的祁诺还有我和麦兜。

一年里，麦兜变得比初次见面的时候稍稍沉稳了一丁点，虽然大部分时候，它还是那只最逗比的狗狗。

暑假开始后，祁诺参加了他入大学后的第一次高中同学聚会。我看到他的微信界面有和钟秦的聊天记录，便知道钟秦也会作为网球队的一员去参加聚会。钟秦、文静，还有一中的同学们，真的是太久没有见面了。仔细算算，他们都应该已经完成高考，准备迎接人生最美好的篇章了。设想如果我还是我，此刻也应该正在满心欢喜地享受这人生中的最美时光吧。

我有满肚子的委屈，好想和我的朋友们诉说，我真的很想求祁诺把我也一起带去，但我也知道，没有任何一个男人会带自己的宠物猫去参加同学聚会的。况且，就算祁诺把我带去，我能拥有的也只是被在场的女同学轮流撸一遍的命运。

那天，我一直在客厅里等候祁诺。晚上 10 点 30 分，我听到了院子外头越来越近的说话声，一个声音是祁诺的，而另一个声音也是我无比熟悉的。

钟秦。

我大步奔到门边，感到身后的尾巴在不自觉地随着激动的心跳立了起来。门开了，两个我生命中最重要的男孩出现在我眼前。祁诺有些站立不稳，我闻到浓重的酒精的味道，而钟秦则一边扶着他，一边在走廊里换鞋子。我站在他的脚边，仰望我的老朋友。一年了，他瘦了，该是学习很辛苦的关系。他微卷的头发剪成了干净利落的寸头，比之前秀气的模样多了一份恰到好处的男子气概。他身上也有丁点酒味，但看上去还很精神。

"钟秦，钟秦，是我，是我，你好不好？你们都好不好？"我忍不住和他攀谈起来。

他没回答我,只是看着我笑笑,麦兜此时也迎上来,舔他的裤脚,他伸手有爱地拍了拍麦兜和我的头。

祁诺一个人进了卫生间里好一阵才出来,他额头上还有点点水珠,但看起来清醒了一些。

"学长,你家里没人?"钟秦环顾空荡荡的房间。

"我爸妈去度假了,下周才回。你坐一坐,刚才吃饭的时候人太多,我都没好好回答你学校申请的问题。"

祁诺从冰箱里拿出两瓶冰红茶,递了一杯给钟秦。他们两人在客厅面对面坐下,我站在他们中间。钟秦从口袋里掏出一盒包装精致的巧克力,放在桌上,含笑看还是有丁点醉意的祁诺。

钟秦,你,你这是想干什么?这,这可是我男朋友。这么久不见,你可不要跑偏了……

祁诺不解地看着桌上的东西,钟秦这才笑嘻嘻地解释:"学长,这是刚才我们女子网球队的队长叫我给你的。她看我送你回来,就嘱咐我一定要找机会给你,我不好拒绝,东西你自便。"

我松了口气,心里仔细回想那个女队长究竟是何方神圣,居然还打听到了祁诺最喜欢的是黑巧克力。我看到祁诺把巧克力推出去好远,还笑着摇了摇头,让钟秦赶紧说回正题。

钟秦也不开玩笑了,和祁诺两个人移坐到院子里透气,同时虚心请教起祁诺关于大学和专业选择的建议。晚风吹拂,天空星星点点,我最好的朋友和最爱的男生都在我的身边,让我感到了一丁点久违的幸福感。从他们的对话中,我了解了钟秦在这次高考中获得了相当不错的全年级第一的成绩,并且正在认真选择适合的工程学院。钟秦的爸爸,就是一名很棒的工程师。我真心为

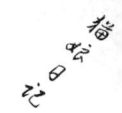

他高兴，祁诺也在由衷地恭喜他。

"我想，要是小若在，这个状元的头衔一定是她的。"

钟秦突然间提到我，我和祁诺都抬头看他。

祁诺沉默了一会儿，低头温柔地笑了。

"是啊，她当然能。"

空气突然安静了。

"学长，你，还在难过吗？"

祁诺脸上的微笑变成了苦笑，他轻轻摇摇头，情绪也许因为酒精的影响有些许激动："你是她的发小，最好的朋友，我每次看到你就会想到她。钟秦，你可以去看看，我的床头现在还放着她的照片，我几乎每天都想，每个月都会去墓地看她。你看到了，我家就住在一中旁边，我会经常经过我们以前去过的地方，看到她的影子，听到她的声音，想到她在某个地方说过的某句话。这一年，就算你们都没察觉，但我真的觉得自己快疯了，没有人知道我是怎么撑下来的。"

祁诺的话大大超出了我和钟秦的预期，这次轮到我们两个目不转睛地看着他了。

"钟秦，这些话我也只能和你说了，我……上个礼拜去看过心理医生。"

"心理医生？"钟秦看上去和我一样吃惊。

"我觉得我开始出现幻觉了。"祁诺苦恼地盯着地面，然后缓缓地把眼光转向我的方向，"我开始出现一种奇怪的感觉，我觉得，小若没有死，她就在，呵呵，就在它的身体里。"

他的手指顺势指向我的方位。

149

我瞬间石化在了原地。

"那,那只猫?"钟秦简直一脸懵。

"可笑吧?我最近越来越有一种感觉,觉得小若在通过我的猫告诉我一些信息。具体的我说不出来,但总觉得这只猫有些聪明得过头。你说,我是不是已经疯了?"

钟秦没有着急回答问题,这种话换作谁都不知道该怎么接。

"这只小弱,它总是刻意提醒我关于她的事情。另外,我觉得它甚至知道很多我们之间秘密的事情,我甚至……为了这个猜想做过测试。"

"测试?"钟秦忍不住发问了。

祁诺皱着眉苦笑:"我让它选择过最喜欢的颜色。你知道的,小若最喜欢的淡黄色,它两次都选对了,第三次却没有。我给它看我们的照片,让它指出谁是小若,我还在纸上写下几个名字,里面有'岑小若',让它选择过,但之后它就不听话了,扑上来撕碎了那张纸。"

听到这里,我简直想狠狠扇自己几个耳光,就地把自己打到灵魂出窍。

"既然你测试过了却没有结果,不就证明了一切都是臆想而已吗?"

"是,本应该是这样,但不管那次的结果怎样,那种感觉却越来越强烈。我抱着猫,看到它的眼睛,就好像在看小若。医生说,这是精神分裂症的前期症状,是我受到了很大的打击后产生的幻觉。他给了我一本本子,让我每天记录自己的这些幻觉。我觉得自己真的是要完了,但可怕的是,我既讨厌自己的这种疯狂的想法，内心深处又希望它是真的。"

我的心跳达到了从未有过的每分钟的最高值，我激动到想哭又感动到想笑。我跳下沙发，冲到祁诺的脚边打转，一次一次用身体摩擦他的小腿，用他听不懂的语言告诉他："祁诺君，你的感觉都是对的，你可以相信它，一定要相信……"

"学长，你不要想太多，我们都不要想太多，也许再等一段时间你就会走出来呢？"

祁诺的手紧紧握着塑料瓶子，那被他用力捏过的瓶体甚至已经有些变形，"不可能的，我觉得我已经要被这些想法弄疯了！只要我还在这里，还在这个地方就不可能忘记，所以……我有一个重大的决定，你是第一个知道的人。我，我决定出国了。"

我零点一秒前还在狂跳的心忽然间慢了好几拍。

"出国？"钟秦也感到难以置信，"难道，你不打算完成这里的学业了？"

"严格来说，是出国继续完成学业。George town 法学院，你应该听过。我们系的一个老教授，也是我爸的老朋友把我推荐给了他那边认识的教授，一切都在准备中，去了是要重修一些课程，但是个难得的机会。"

"你决定了？"

"是的，就在昨天。爸妈那边准备等他们回来就说，他们很尊重我，不会反对的。"

"什么时候走？"

"很快，要赶在九月开学之前，还有很多生活上的事情需要安顿。"

"应该会常回来的吧?"

祁诺从口袋里掏出皮夹,从最深处的夹层拿出一张照片。我凑上前看,照片中我穿着一中校服抱着还未当妈妈的小叶子。我从来不知道祁诺将这张照片放在了皮夹里。他深深看着照片,眼中全是疼惜和不舍,突然站起来,把照片拍在桌上,没有再放回去。

"她走了,我也该走了,在我彻底疯掉之前。"他苦笑一声,"我打算给自己两到三年时间,暂时离家远一点,这样就不用想那么多。"

我呆呆傻傻站在原地,被这突如其来的噩耗砸得晕头转向。一阵风吹来,我的照片从院子的小桌子上被吹落到不远处的地上,祁诺和钟秦都沉默着各自想心事,谁都无暇注意到。

我如同身处云里雾里,但残存的些许智慧告诉我,如果此刻我捡起照片送到祁诺面前,也许会是个好时机。想到这里,我快速奔到照片前,手太笨拙使不上劲,干脆用带刺的舌头去撩照片,再试着用牙齿去衔住那张薄薄的纸,越着急越难成功,努力了好几次才"捡"起了那张照片。就在我胜利在望准备冲向祁诺的时候,余光正好望见客厅里发生的一幕:

我们的那只憨憨傻傻浑身金黄的大麦兜,不知道什么时候用满口的大牙齿咬破了那位什么女网球队长送来的巧克力,正在津津有味地张口去啃。天啊,猫狗不能吃巧克力的常识难道这只傻狗不知道吗?它难道没有看过狗狗吃完巧克力吐成狗的视频吗?请问它是智障吗?

我嘴里咬着照片,左边是背对着我只有不到一米距离的祁诺,而右边是客厅里正在自嗨着进行自杀行为的麦兜。经验告诉我,机会对我来说，只能发生在转瞬。我转向祁诺，迈出一步，心里一沉吟，想起了麦兜的可爱和平日里对我的无限友好，心里暗道一声"该死"，丢下照片转身往客厅里冲过去。我用我完美的弹跳力一蹴而上，将自己整只猫的身体盖在了那袋该死的黑巧克力上面。正在全身心享用夜间甜点的麦兜被我这只从天而降的"猫炸弹"吓得不轻，一个踉跄歪斜在了桌边，我赶紧趁势用身体把一袋子的巧克力推到沙发底下，然后堵在缝口，不让麦兜伸爪子去捞。

还好，我赶到得十分及时，麦兜还没来得及吃下第二口"毒药"。

我气喘吁吁，像个守门员一样守着藏有巧克力的沙发。

钟秦不知什么时候已经站在客厅里，正巧看到了这一幕。他愣了几秒，才想起叫祁诺进屋来检查麦兜，顺手把那袋沙发下面的巧克力丢到了垃圾桶里。在伸手去掏巧克力的时候，钟秦深深地快速地看了我一眼，神情就像在研究一道难解的奥林匹克数学题。两个大男生随即围着麦兜强行掰开它的嘴检查它到底吃下了多少，同时决定还是马上带它去医院比较保险。

看到麦兜这头的巧克力危机已然解决，我赶紧掉头跑到院子里去找刚才丢下的照片，却发现院子的地上空空如也，连一片树叶都没有。

24. 分离

"这漫漫猫生中，我设想过无数次我们的重逢，却从未认真准备过分离。"

两个大男孩带着麦兜匆匆离开了家，整个大房子瞬间安静了下来。我看着他们关上的那扇门，替麦兜松了一口气，却随即想起了适才他们二人的谈话，还有祁诺亲口说出的那个决定。那个对我来说如同惊天大噩耗的决定。

我有种不真实的感觉，仿佛做梦一般，但刚才祁诺的话却清楚地记在我的大脑里：他还在疯狂思念着我，他怀疑过，彷徨过，他差一点就能知道我还活着！可他却选择了放弃。

是的，他要走了。我知道他累了，可他，我还挣扎在这世界上的唯一理由，很快就要离开了。我的心仿佛被谁挖掉了一整块，空荡荡漏着风，一呼一吸间都是空洞的疼。

这一次，我不得不向命运屈服。我也累了，两到三年的分离，我不敢想象，这对我来说，将会是多么度日如年的一段时光。

一个月后，祁诺从家里出发，奔赴美国。回想这一个月，我成了一只没有脾性的猫，除了他伸手抱我的时候，我还能依恋地挨在他身边汲取那最后的温暖，其他的日子就是睡觉或是发呆。他离开的那晚，上楼来抱了我。我张开双臂尽可能地环住他，同时感到心如死灰。我甚至没有下楼去送，只是站在二楼他房间的窗前，看着他提着两只厚重的行李箱，走在父母前面，有些不舍但步伐坚定地离开了我的视线。

也许是从那天开始，我习惯躲在窗前等他。

一等就是三年。

没有了祁诺的大房子总是好安静，连麦兜也变得安静。这三年里，我回归了一只猫最本真的生活，早睡晚起，闲暇时躲在阳台晒阳光，连味如嚼蜡的猫粮也每天两顿吃下。在他走的前几个月，我甚至放弃了每天的"脑力活动"，尽情放纵自己沉浸在一只猫的世界里浑浑噩噩。

三年后的今天，我之所以还保持着岑小若的思维，之所以还能敲击下这些文字，其中的功劳，都要归给我的一个老朋友。

我想没有人会猜得到这个老朋友是谁，就连我，都没有想过还会再一次遇见他，更没有想到，他会成为我接下来生命中的一个重要人物。

哦，不对，应该是"它"才对。

故事还是要回到祁诺离开后的最初几个月。那天，我正躺在阳台边的地毯上，阳光隔着玻璃门照在我身上。我昏昏欲睡，照常感受到视力在慢慢变淡，思维也逐渐消散，就在我眼皮耷下准备好要"人猫模式切换"的几秒钟里，突然听到门外有人在拍打

玻璃门,同时感受到了"滋滋"的电流声穿过我的头颅。经验告诉我,周围一定有别的喵星人存在。我猛地惊醒过来,抬头看到透明的门外站着一只胖大的橘猫,圆圆的身体和脑袋,探着倒三角形的小眼睛正直勾勾地往里看。

它的嘴角居然是咧开的,像是在对我笑。

"胖胖!"我惊声叫了起来,喵呜声引得楼上的麦兜都冲了下来,对着门口那只萌物连连配合我吼叫了好几次。

"胖胖,胖胖,真的是你?"这是我第一次看见带颜色的它,干干净净,很鲜艳可爱的样子。

"小鬼头,这话应该我说吧。怪不得我最近总在附近侦察到熟悉的味道,原来这里是你的地盘。"

我引着胖胖来到一扇半开着的窗户边,探出脑袋去,和它说话:"这里是我的家没错,重点是你怎么会在这里?"

胖胖把头偏向隔壁的院子,神秘地笑着:"小鬼头,我怎么就不能在这?喏,胖爷我现在就住在那,我是和我的人类一起搬过来的。"

"你的人类?怎么回事?"我惊奇这个猫界洪七公,居然也会屈服于一个主人?况且我曾听祁妈妈说过,隔壁的那幢洋楼已经空了好几年没有人居住了。

"小鬼,我们喵星人也有老的一天,也总是要找个归宿。话说那次你和你那个人类走了以后,我就又游荡到了一个新的地点。那里有好多年轻人,好多楼,还有树。我往那里一住,好家伙,那些小年轻总爱成群结队来给我送食物,每天好几拨,害我每天都撑得要死,后来看那地方还安稳,我就安营扎寨了。"

我猜，胖胖说的新地点应该是某所学校，赶紧让它继续说。

"再后来，夏天，那么多年轻人不知为什么一下子都走了，接着有一天来了好几个坏人拿着大网来捉我们，捉完就放进一个笼子里拉走，还好我机灵，一直躲在大楼里，等他们走了就逃出来了……

"……再后来，我就游荡到一条街上，实在太累就找了一个大家伙躲在下面睡着了，可谁知道那该死的大家伙一下子动了起来，我逃出来的时候尾巴被压在大圆盘下面，痛得我死去活来……"

回忆到这惨痛的经历，胖胖倒吸了一口凉气，转过身去，圆滚的身体后面只有半截短小的尾巴，尖尖处略微不规则，愈合前应该是一个很大的伤口。

我心里一紧，猫的尾巴，我所说的"第三只手"，我都不敢想象胖胖当时该有多痛。

胖胖还是没有听我的警告，居然又贪暖和睡到车子底下去了。

"多亏胖爷我命大，在快死在街上的时候遇到了我现在的人类，她救了我，让我的尾巴不痛了，还带我回家。我们在老房子住了一会儿，就搬到这里来了……对了小鬼，我这两天看到这个房子有两个老老的人类，上次带走你的那个年轻人呢？"

没想到这只猫居然有如此惊人的记忆，居然还能记得祁诺。听它说到祁诺，我刚才还高涨的情绪有些低落下去了。

"他，走了，去很远的地方了。"我只能讪讪地说。

不远处院子的围墙上出现了一只玳瑁色大猫的身影，朝着胖胖和我的方向轻声说了一声："胖胖，人类回来了，罐头，快回。"

157

　　胖胖听罢赶紧欢呼着蹦下了窗户,边往隔壁的围墙处跑,边回头对我说:"小鬼,我过几天再来找你哟,我家的喵星人可多了,你要记得来玩哦。"

　　我还没来得及回话,那团橘色的庞大身躯就已经消失在隔壁的院子里了。我简直不敢相信,这只我原以为只有一面之缘的大猫,竟然变成了我的邻居。

　　就在胖胖离开后的不一会儿,祁家大门的门铃响了起来,祁爸爸从二楼跑下来开门。我往门口看,那里站立着一个陌生的老太太,利落的短发已然花白,一身素净的麻布裙子,轮廓优雅慈祥,但她利落的气场却给人一种此人年轻时必是女中精英的第一感觉。她手里端着一盆看起来饱满又香甜的橘子,礼貌地自我介绍:

　　"您好,我是刚刚搬到您隔壁的邻居,我姓金。"老太太伸出手和祁爸爸握了握,把那一篮子橘子递到祁爸爸手中,说是自己以前的院子种的,正好摘来给左邻右舍分享。

　　祁爸爸赶紧道谢,请老太太进来坐。老太太婉拒了,说新家还有待打理,等忙完了再来叨扰。我听着她的话,知道她一定就是胖胖的主人,便踱到门口伸头去看,老太太也正好看到探出半截脑袋的我,"哟"地一声,走过来抱起我,笑得很温柔。

　　"原来您也养猫啊,我也喜欢猫,家里就有好几只呢。这只猫,唔……"她很仔细地端详了我的脸,像是要看进我的眼睛里,边看边赞叹说:"……很特别。"

　　祁爸爸忙炫耀了一翻我走红网络的种种神迹,金老太太听罢又认真看了我一眼,我莫名感觉那眼神里有很多我看不懂的意味。

"有这样一只爱猫,你们一家的生活一定也多了许多趣味吧,对了,我养猫养得久了,以后你们要是出门需要找人照顾猫咪,尽管来找我。"

祁爸爸连忙道谢和恭祝对方乔迁之喜,老太太寒暄了几句就回家了,离开的时候还特意转身看了我一眼,和我很郑重地道了一声"再会"。我觉得有些奇怪,自从成为猫娘以来,还没有人如此尊重地对我说过再会,看来,胖胖的这位主人确实很爱猫。

当天晚上,祁妈妈回家来还特意提到了那位金老太太,说听物业讲这位老太太是个退休了的大学教授,而隔壁的房子是她住在日本的儿子好几年前就买来让老人住的,不知为什么老太太最近才搬了进来。

"哦?还是同行?"祁爸爸边看报边回应。

"是呀,好像是……什么……日本文学的教授。老伴儿倒是早走了,据说也是个学者。"

祁爸爸一边笑着说现在的物业真是无所不知,一边催祁妈妈给祁诺拨视频电话。

听到祁诺的名字,我赶紧竖起耳朵。好久了,我的祁诺君,每周只能在电话屏幕上看到他的脸。从他和父母的交谈中,我知道他的生活很忙碌也很充实,他学习、打工、打球,到美国的各个城市旅游。祁爸爸和祁妈妈在去年暑假去看他一阵子,而我,和麦兜一起,被寄养到了朋友家中。

电话那头响起了祁诺的声音:"爸、妈,我刚起床,小弱好不好?麦兜好不好?我都好,正帮着导师做课题,最近比较忙……"

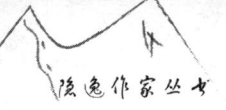

　　祁诺爸妈把手机对着我的脸，让祁诺看我，祁诺在那头喊我的名字。我对着他"喵"了几声，看到他瘦了一点，但很精神……他还在叫我的名字，我转身上了二楼，听到他在楼下说我傲娇。

　　祁诺君，如果我可以，我也想告诉你，我想你，快回来，注意身体，不要熬夜。可是作为一只没了主人的猫娘，我只能用傲娇掩饰心中的悲凉和思念，因为，不论我做什么，除了让我自己更加对现实失去信心，都已经不会再有任何意义了。

25. 猫婆

"小若小朋友、小若同学、岑小若小姐,那些曾经习以为常的称呼如今已经残忍地变成了我的历史,仿佛一种禁忌,没有人还愿意再说……"

自从上次隔壁的金老太太和我道别后,我没有想过自己会那么快和她再次见面。仔细想想,她第一次的那句"再会"居然那么快就成真了。

事情发生得很突然。和祁诺通过视频电话的第二周,祁妈妈就在单位接到了一通越洋电话,居然是那位推荐祁诺去美国读书的中国老教授打来的。原来,老教授最近正好去美国旅游,顺便去看祁诺,发现这位高徒居然左腿打着石膏拄着拐杖,一问之下祁诺才坦白自己是在和同学去滑雪的时候不小心摔了一跤,导致髌骨骨折,已经用石膏固定了快两周了。祁诺怕父母着急一直没有说明,也就是说,上次视频的时候,他就已经受伤了。老教授很是担心祁诺的生活,这才决定还是告知祁家二老。

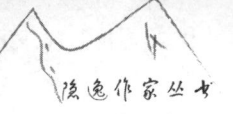

祁诺妈妈一听，二话不说，接通视频把祁诺狠狠骂了一顿，然后回家和祁爸爸商量要立即动身去美国陪祁诺一段时间。祁诺爸爸当即订了第二天的机票，然后二老就开始发愁我和麦兜的安排。祁妈妈试图联系了上次替他们照顾我和麦兜的朋友，可对方表示这次只能接受麦兜，因为家里来了怕猫怕得不行的老人。

于是，我落单了。祁家二老又联系了几家人家，可居然没有人同意"代养"，情急之下，祁爸爸一拍脑袋想到了隔壁的金老太太，当机立断就去敲了隔壁的门，而我在当天晚上就被一锅端到了隔壁胖胖的家里。

金老太太家的小院可以说是别有洞天，四周有高高的树围住，里面却藤蔓环绕，就算是在冬天，也有一种郁郁葱葱的感觉。院子的各个地方长满了类似绿草，但比绿草要挺拔和略微粗一些的植物，我闻了闻那味道，有淡淡的特别香味，整个人居然有点飘飘然的感觉，应该是猫草无疑。

老太太的小别墅从外部看和其他人家无异，但进了大门才发现，里头的装修简直像一座迷你的古堡。复古的棕木地板、雕花的墙砖、中世纪风格的画，还有摆件，还有大盆大盆的茂密植物，整个一楼和二楼的房间顶部，都安装了可以让猫儿爬上爬下的木架子，如同一个天桥世界。

最让人叹为观止的是，老太太房子里的猫，绝对不少于二十只。它们大大小小，长毛短毛、黑白黄棕各类品种，自由地在这个空间里穿梭、嬉戏、生长。房间的地板、桌椅、电视机、储物柜都成了这些喵星人的地盘，这里其实就是一个与世隔绝的"猫的王国"。祁爸爸和祁妈妈惊得下巴都要掉下来了，谁都没想到

老太太口中的"喜欢养猫"指的是这种境界。我曾经看过国外的影片里把喜欢养大群猫咪的独居老太称为"cat lady",心里觉得这个老太太应该叫"猫婆"正恰当。

金老太太还是仪态端庄慈眉善目的样子,她热情地接过了祁妈妈为我收拾的简单"行囊",将我抱在怀中,抚摸我的背脊安抚我初来乍到的紧张情绪。她的身上,有一种很好闻的、带着青草味道的香味,我从来没有闻过这么特别的香水。

"放心吧,小弱在我这里会很愉快的。我这里,可都是它的同类呢。"不知道我是不是多心了,她在说"同类"二字的时候,特别强调了一下。

祁爸爸和祁妈妈连连向老太太道谢,又不舍地嘱咐了几句我的喜好,这才双双离开了。老太太的房间里此刻只剩下她一个人类和二十几只喵星人。她将我放到地板上,地面热乎乎的,应该是特地开了地暖的缘故,看来这位猫婆对她的这些个喵星人真的是疼爱有加。

祁家二老离开后,猫婆轻声细语地让我自己到处看看,便一头扎进厨房忙活了。我拘谨地站在原地四处张望,不一会儿,猫婆从厨房里拿出了一个造型漂亮的英式茶杯,里头搁了一袋红茶,然后对我招了招手。

请问她这是要请我上桌喝茶的节奏吗?

我瞬间怀疑自己是否穿越了,忍不住低头看看自己毛茸茸的细长身体,还是一副猫娘的外壳。猫婆还在招手让我上桌喝点热茶,我不知她葫芦里卖的什么药,也不害怕,直接跳上桌大口大口喝起了那杯上等的红茶,不忘用余光瞟着她的身影,观察她到

底要做什么。

就在我细心品茶的时候,胖胖圆滚的身姿从二楼一路奔到了厨房,语气里带着兴奋:

"小鬼小鬼,你怎么在我家?你的人类也抛弃你了吗?"

我瞪了它一眼,用它能理解的话解释了一下目前的状况。

胖胖也跳上桌来,嫌弃地看了一眼茶水,问我:"为什么喜欢喝这么难喝的水?"

我一时语塞,抬头发现猫婆已经不在这间房子里了。周围的几只大猫见胖胖和我建立了交流,也一个挨一个拥上来用鼻子嗅我的周身,一只不友好的跛脚的白猫,还发狠地对我嚎了一声,让我"小心一点"。

"短腿,你一边儿玩去,不要骚扰这位小朋友。"胖胖很有威严地警告了白猫一声,让我不要理会,介绍说白猫是受过人类的虐待留下了残废,对陌生的一切都很敏感。

白猫显然很怕胖胖,鼻子里蛮横地哼了一声就走开了。

过了没多久,猫婆的大房子里就有至少五六只友好的喵星人上来和我打招呼,喵呜喵呜地让我把这里当自己家,当然,这里的大多数喵星人还是独来独往,看到我的时候高高抬着头,最多对我投来审视的眼神,像看一个外来者。看来,像胖胖这样友好的猫咪很是难得。

"这些喵星人,都是你的人类收养的吗?"我环顾四周颇为壮观的喵星人大军好奇地问。

"当然,我的人类可是人类中最善良的。这里的喵星人,都是她挨个从外面救回来的,有的生病,有的快饿死,有的和我一

样受伤,只有那一位,我们都不知道是从哪里来的,它住在这里的时间最久,算是这里的老大哥了。"

我顺着胖胖指的方向往客厅里看去,宽敞的客厅里那扇最大的落地窗户前,猫婆正坐在一把摇椅上,盖着一条毛毯,闭着眼睛一摇一摇。她膝盖上趴着一只深灰色的埃及猫,棕黄色的眼球,看上去很老,老到身上的毛都已经稀疏了,眼神也已经混沌了。猫婆一边打瞌睡,手背还在老猫的身体上来回摩挲。

"它真老啊!"我感叹。

"是啊,它是我们这里最老的了,也不知道还能活多久。"胖胖陪我感叹。

就在此时,猫婆身上的老猫突然睁开已经闭上的睡眼看着我,我才发现它这时候的眼睛是琥珀色的。它看我的那一眼,让我联想到了第一次见到猫婆时她看我的那一眼,那种意味深长的眼神简直如出一撤。

我不禁打了个激灵,心里止不住发毛。总觉着这幢房子里里外外透着神秘的气息,这里的主人和那只老掉牙的灰猫,也同样有些神秘。

当天晚餐时间,更加令人匪夷所思的事情发生了。当猫婆整幢房子里大大小小的喵星人都在二楼享用猫粮的时候,她把我单独安排在了一楼的餐厅里。我站在桌角前,看她端上来三份精致的牛排、三份奶油蘑菇汤、还有三份蔬菜沙拉。老太太坐下,将那只深灰色的老猫放在一把椅子上,然后对着另一头的椅子指了指,然后低头看着我说了一声:"请坐吧。"

我往自己身后看了一看,千真万确是没有别人的,她居然是

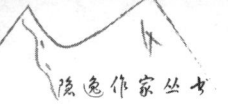

在和我说话!

猫婆对我鼓励地笑了笑,又重复了一次:"请坐吧,小弱。"

我真的怀疑自己的耳朵或者是脑子坏掉了,又或者,猫婆才是病得不轻的那个人。

更令人难以置信的是,站立在椅子上的那只灰色埃及老猫,居然开始大口喝起了面前的奶油蘑菇汤,然后伸头去啃了几口沙拉里的蔬菜叶子,并且咀嚼得津津有味。我不知所措,但还是大着胆子跳上了猫婆让我坐的那把椅子,她对我鼓励地笑笑,自顾自吃了起来。

面前的牛排发出极其诱人的香味,回想起上一次吃牛排,也是很久远的事情了。虽然周身的气氛十分诡异,但美食当前,先吃再说一向是我的处事风格。想到这里,我也毫不客气地啃起了面前的牛排,发现猫婆居然一粒一粒早就将牛排切得正合猫口,而且外熟里嫩,味道还不赖。我豁出去了,大口大口吃了起来,熟肉的香和蔬菜的甜,真的是久违的终极享受。等我填饱了肚子,收起了舌头,看到身旁的灰猫突然停止不吃了,然后跳下了桌子,开始吧唧吧唧吃起了厨房里的一碟猫粮。

有没有搞错,居然还有这种混搭的吃法!

猫婆看着突然离席的灰猫,眼神有些落寞,轻轻叹了口气,继续一口一口喝汤,也没有过多关注我的举动,就好似我根本不存在一样。我吃饱了,想要溜,但却还是忍不住等在椅子上,想看看这奇怪的老太太还想做些什么。

就在此时,胖胖拖着庞大的身躯溜达到了厨房,它抬起鼻子使劲嗅,我赶紧招呼它上桌来品尝美食。胖胖慢悠悠地跳上桌来,我本以为它会狼吞虎咽消灭了这一桌好菜，可谁知它围着灰猫剩下的菜品一阵审视，一副很不屑的模样，慢吞吞地打了一个哈欠，把头转向我说：

"小鬼，我的人类什么都好，就是这做菜的手艺还是欠佳。你看这盘肉，太熟，太熟，简直熟透了，我看你还是期待期待甜点吧。"

说完，它一撅屁股跳下餐桌离开了，我偷看猫婆的表情，一切正常。回想刚才胖胖一副美食鉴赏家的模样，我兀自觉得好笑，一只猫怎么还会懂得挑剔牛排的生熟，还说得头头是道？不过是因为猫喜爱生食，怪不得它会说什么"太熟了""熟透了"之类的傻话。

令我没想到的是，猫婆还真的为我准备了更大的"饭后甜点"。收拾好桌上的刀叉晚盘后，猫婆抱起我走上二楼，在走廊深处打开一间房门，里面是一间小而精致的卧室，干净精致的被褥，洁白的窗帘，书桌衣柜一应俱全，床头甚至还放着一小盆鲜活的粉嫩的小花。

猫婆将我放在房间软绵绵的地毯上，摸了摸我的头，随后说了一声"休息吧"就掩上门离开了。我听到她下楼的脚步声，也听到开了一条缝的门外聚集的几只探头探脑的喵星人的谈话声。

"里面那只小鬼是谁？怎么也和老头子一样奇奇怪怪的，不和我们一起吃罐头？"

"我看它也是个怪胎，别理它，今天晚上应该还有罐头肉，咱们先去睡一觉消化一下。"

胖胖穿过门口"吃瓜"的猫众，摇摇摆摆走进了房间，环顾

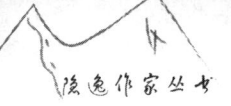

四周，反问我道："小鬼，今天有人运来了好几个纸箱子，睡起来可舒服了，下面都要打起来了，你守在这么大的冷冰冰的大房间做什么？"

我哭笑不得，又不能和胖胖解释我真的没有它们那种奇特的纸箱情节，只好推脱说我一会儿就到。

待门里门外好奇的喵星人都走了，我才四处检查了这间不要太舒服的房间。我发现，这里面并没有任何喵星人的用品，水在书桌的茶杯里，卫生间里只有马桶没有猫砂盆，软软的床好像也是刚刚洗过晒过给客人享受的，就连正对着床的电视机也正播放着最新的电视连续剧。我看了看衣橱镜子里自己的模样，真真切切还是一只周身雪白眉头带杂毛的猫娘。如果这一切不是我出现了幻觉，那就是我的这位邻居阿婆，这位刚刚在楼下请两只猫吃了一顿大餐的猫婆，精神上真的出现问题了。

不过，我心里还是暗搓搓地喜欢着这种贵宾级的待遇，觉得能被猫婆这样优待几天，也真能让我从猫娘的生活中稍微找到一点做人的甜头。我带着饱餐一顿后的满足，跳上柔软干净的床，强迫自己忘掉各种纷扰的情绪，埋头睡了一个奢华的好觉。

就这样，我在猫婆家的寄宿生活整整持续了一个月。每天，猫婆会给我送来早餐，有时是豆浆配油条，有时是小米粥配包子，有时是吐司配牛奶。中饭和晚饭，就如同第一天一样，有我、灰猫还有猫婆"三位"在餐桌上进行。每次猫婆做了西餐，胖胖都会上前来发表几句不痛不痒的嫌弃，然后闪到一边自行玩乐。吃完饭，猫婆也从来不过问我在她的房子里做些什么，就如同我是一个充满人身自由的房客一般。白天，我在自己的房间里看电视、睡觉、发呆、回忆，默默担心在异国身体受伤的祁诺，盘算着他的康复进度，偶尔也和胖胖在房子里走动走动，但从不参与它们之间的打打闹闹和抢纸箱子的活动。夜里，当整个屋子的喵星人都在暖气前的猫窝里蜷缩着或是在纸箱子里东倒西歪打呼噜时，我便躺在柔软的床上，闭上眼睛，老是有种自己还是一个人的错觉，也常常带着这种错觉醒来。猫婆给我的待遇，真的让我差点都忘记了自己和那些四处游走嬉戏的喵星人其实没有任何差别。

猫婆从不和我多说话，让我觉得自己是个隐形的客人，相反，她对待其他的喵星人，就和一般"猫奴"或是"铲屎官"无异了。她会低下腰抱它们，抚摸它们的脖颈，梳理它们的毛发，为它们准备罐头和猫砂，也会和它们说些幼稚的话。对于那只老到快走不动的灰猫，猫婆则是和它形影不离，除了出门买东西，她每天都抱着灰猫，让它待在自己身边，夜里则让它睡在自己的床边，就连卧室里也放着灰猫专属的猫砂盆。据我观察，那只灰猫甚是奇怪，它有时会百依百顺地和猫婆在一起，吃人类的食物，安静地跟着猫婆看书看报看电视晒太阳，但有时，它会突然挣扎着离开她的怀抱，或是和上次那样，丢弃美味的食物去狂啃猫粮和猫罐头，让人摸不到头绪。

另外，猫婆似乎很爱在房子的各个地方摆放照片。大别墅的每个空间里，都能在墙面上或是桌面上看到她和一个男人的照片。青年的，中年的，老年的，两个恩爱的人总是手牵着手，对着镜头笑。我猜，那个男人，应该是猫婆去世的老伴，那个祁妈妈所说的大学教授。

综上所述，一个老伴去世的、养着一屋子猫的老太太，虽然

我很享受她给我的超级 VIP 待遇,但总觉得她身上有很多让人十分费解的地方。这点点滴滴加起来,让整个房子也都透着越来越多的"不对劲"。

在猫婆家借住期间,还发生了一件让我百思不得其解的事情。那天早晨,我很明确地听到了有人在按隔壁祁诺家的门铃,随之有了大声敲门的响动。猫婆正在院里清扫杂草,我听到她和那人对话,那个男孩的声音一响起,我便知道他是钟秦,赶紧跑到门口张望。猫婆问他找谁,他先回答说找祁诺,但应该知道祁诺人在国外,又改口说找祁家二老。猫婆告诉她祁家两位大人都不在家,有事可以代为联络,钟秦便说不必,刚要走,又折回来询问猫婆祁诺家那只猫的下落。

明确来说,他问的是"请问您,祁诺的猫,小弱,现在在哪里?"

我赶紧自动现身,跑到院子里冲着他叫他的名字。

不管何时何地,能见到我最爱的发小,都让我好激动。

钟秦看到我,问猫婆能不能抱抱我,看看我的情况。猫婆只当他也是个猫迷,爽快答应了,并把他请进院子来。钟秦慢慢走近我,看我的眼光很认真,认真到让我觉得很不寻常。他轻柔地托着我的四肢把我抱起来,看了看我的脸和眼睛,嘴巴张了又闭,像是想要说点什么却没有开口,紧接着就把我交给猫婆说告辞了。

这小子有点莫名其妙。

没想到的是第二天早晨,钟秦又来敲门,还送来了两大袋猫粮和一个很漂亮很精致的三层猫房子,说是经过宠物店随手买的。临走的时候,他又很认真抱了我,并嘱咐猫婆好好照顾祁学长的爱猫。

他有些奇怪,我从来不知道他有那么喜欢猫,更不知道他为什么会到祁诺家来看一个压根不在家的人。我只能猜测祁诺可能最近嘱咐过钟秦来帮忙照顾他"在外漂泊"的一对宠物,可再怎么想,我都觉得钟秦这两天的举动很没头没脑。

"这个男孩子,有些不一样。"猫婆手里提着钟秦送来的物资,在大门口看着他慢慢走远的背影,那两包猫粮和那幢"精品豪宅",也自然而然被放置在了我的房间。

几天后,我听到猫婆正在电话里说明我的情况,猜到该是祁诺爸爸妈妈从美国打来的,我跑过去,想要问祁诺的康复情况,却苦于说不出话,只能干着急。

神奇的是,猫婆好像立刻懂我的意图似的,很快问了一句:"祁诺恢复得还不错吧?"

随后,她重复了电话那头的回复,像是刻意说给我听一般:"太好了,恢复得快就最好了。年轻人身体强壮,复原能力也强,相信很快又能跑跑跳跳了。"

听到这里,我大大舒了一口气,感觉这几天的担心都放下了,就在我转身准备回自己房间舒展心情的时候,身后的猫婆挂断了电话,对我说了一声:"小弱,帮我把走廊里红色的拖鞋叼来。"

若不是她叫了我的名字,我都不敢相信她在叫我。自从成为猫娘以来,还从来没有人使唤过我做任何事情,我身后的猫婆不知道哪来的信心,居然把我当成了狗来使唤。

念在她这段时间对我很不错的份上,我决定也服务她一次。我踱步到走廊处,在门口摆放的四双不同颜色的拖鞋里找到了大红色的那双，衔住一只在嘴巴里跑到她客厅放下，又衔了另一只送到她跟前，忽闪着我的大萌眼想看她究竟要干什么。

猫婆看了一眼那双大红的拖鞋，随后用目光锁住我，那种神秘和探究的眼神让我浑身鸡皮疙瘩一下子都跑了出来。我经不住她这样神神经经的眼神，转身想溜，却听到她很响亮地说了一声：

"谢谢你的帮忙，小弱小姐。"

她的话如同一道闪电击中我的头，让我耳朵里"唧"地响起一声长鸣。我转过身去，看见猫婆正对着我善意又深沉地微笑，她脚下的那双大红的拖鞋，红得像血一样。

26. 希望

"她指着那只年迈的埃及猫说'那是我先生'时,我以为自己听错了,心里却不争气地燃烧起从未有过的希望来。"

红色,红色,大红色。是啊,试问一只普通的喵星人,怎么会认得什么红橙黄绿呢?猫婆的神秘微笑让我恍然大悟,而另一个问题接踵而来。

她刚刚为什么会提出那样的要求?

天啊,我面前的这个老太太,简直是个神婆一样的角色。

猫婆一步一步走向我,我不敢动,心里闪过几千几万个疑问。快到我面前的时候,猫婆蹲下来摸了摸我的头。

"或者,我应该叫你,小弱同学?"

我唯一能做的,就是呆若木鸡地站在那里,感觉整个身体里热血沸腾。

"看来,我没有猜错。"猫婆淡淡地看了一眼窗外,口气还是和平常一样波澜不惊。

接着,她转身指着躺椅上那只年迈的灰色埃及猫,说了一句更令我震惊的话:

"那是我丈夫。"

那只灰色的老猫朝我看过来,我吃惊地发现,它此刻的眼神很复杂,很有内容,完全不像是一只单纯的、垂死的老猫。

我想开口问猫婆这一切到底是怎么回事,但也知道自己说的那几句"喵呜喵呜"的喵星语言,猫婆是不可能听懂的。

没想到的是,她竟然立马回答了我的问题!

"我的丈夫,他和你现在的处境一样,只不过他变成现在这个样子,已经超过十五年了。"

灰色的埃及老猫从躺椅上慢腾腾地跳下来,走到我面前,用威严又神圣的眼光继续看着我。

"它……他……已经这样十五年了?不不,你是说,这只猫是你的,你的先生?那你是怎么知道他就是你的先生?你的先生,难道已经……"我在心里语无伦次起来,不知道猫婆能不能"听"到。

"是的。"猫婆点点头,明显接收到了我的问题。她眼光温柔地看着身旁的"丈夫",缓缓地说:"他是已经去世了,那是很久很久以前的事情了。"

"你,你听得到我说话?"我听到自己连喵呜的声音都激动地颤抖了。

"不是'听'到,你也并没有开口'说话'不是吗?其实,我只是能'感受'到你想要传达的信息,第一次见到你的时候,

我就感受到了。"

这一切简直太过神奇太过玄幻,我忍不住亮出前爪的指甲,刮了刮自己的脸,却能清晰地感受到指甲划过皮毛的尖刺感。

猫婆笑了,转身让我跟上她。我赶紧追随她上了二楼的卧室,那只埃及老灰猫也不紧不慢地跟了上来。

这是我第一次跨进猫婆的卧室,这间主卧室的墙面上,挂满了猫婆和丈夫的合照。黑白的、彩色的、大的小的长的宽的,都是他们两个人的身影。猫婆用手指拂过一张张裱好的照片,神色间浮现出很向往很回味的样子。

"我先生十五年前突发脑溢血,在学校的办公室里直接就倒下了,之后不到两个星期的时间就走了。我陪他到医院,看着他被抢救,住院,被医生下了病危通知书,最后把他接回家来在我怀里安详离开……"猫婆说话的语气很平静,仿佛在讲一个很古老的故事。

"他离开的那天,家里除了医生护士,就只有我、我们的儿子还有我们养了三年的猫,也就是在你身后的那只,我们叫它蓝山。"蓝山就站在我背后,看着猫婆,眼神很平静。

"我先生走了之后,我很伤心,儿子提出过要我和他回日本,可是我却没有答应。我想守在他离开的家,这样他要是什么时候想我们了还可以回来看看。"

我忽然想起了祁诺,在去美国前一直守在这里的祁诺。

"一开始,我并没有察觉什么,可就在我先生离世的半年后,我渐渐发现蓝山开始变得不对劲。它以前并不黏人,也很怕生人,可在我先生离开后却变得很喜欢和我在一起,就连吃饭睡觉都和

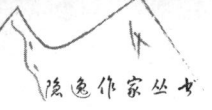

我形影不离。家里有老朋友来拜访,它也不像从前一样喜欢躲到沙发底下不出来,反而大大方方坐在我们中间听,和朋友们也会很亲近。我还发现它会默默地看家里的照片,我们的,儿子的,一看就是很久。我先生在日本留学的时候研究的是神学,我每次整理他的书和论文集的时候,蓝山会认真地看,有时候我把书的顺序或者出版日期放错了,它就会站在旁边一直叫唤不停。他喜欢吃牛排和红烧鱼,每次我做的时候,他就会坐在餐桌旁边等我把饭菜端上桌……就是这些点点滴滴,让我开始有些错乱,隐约感到蓝山有变化,而且是一种很接近我先生习惯的变化,但我没有办法证实,直到有一天……"猫婆无限爱怜地望着我身后的蓝山,"直到有几天我睡得很不好,只能靠安眠药入睡,有一次晚上居然烧完开水忘记关煤气,水壶一直在炉子上烧,浇灭了炉子,煤气的味道弄得整个房子都是。那天我吃了药睡得很沉,等家里的煤气报警器响起来而我反应过来的时候,看见蓝山正在用手试图去关掉煤气开关,从那一刻,我就知道我的想法虽然疯狂,但有可能是对的。"

"你的,什么想法?"我一字一句在心里问猫婆。

她看着蓝山,也一字一句地回答我:"我认为,蓝山其实就是我先生,至少,我先生的某些意识或者部分的灵魂,就存在在蓝山的身体里。"

"那你,有证明过吗?"就如同祁诺离开之前做过的那样。

"有,我有试图写我先生的大名'金大贤'三个字,在纸上让蓝山回应,也给他看过朋友的合照,让他指给我看我提出的某一个人,可是很奇怪,每次我做这样的测试,蓝山就会突然性情大变，开始躲着我，独来独往，一段时间后，他又会慢慢变回我先生的样子。我用各种各样的方式试了整整一年，最后好像明白了一个规律。"

猫婆走过来抱起了蓝山，慢慢踱步到床边，接着说道："我发现，想要证明蓝山就是我先生好像永远行不通，就像触动了某些隐藏的机关，只要我一急于证明，蓝山身上我先生的影子就会突然躲起来，消失一段时间。最后我明白了，蓝山的身份，是不能被证明的。我先生毕竟已经去世了，他的存在本来就是有悖自然规律的，因此，蓝山像是偷偷把他藏在了自己身上，悄悄让他存在在我身边，只能这样，悄悄的，不被人发现地藏着。"

"如果是这样，你又怎么能肯定蓝山，就是你先生？"我急迫地在心里问。

"起初我认为蓝山就是我的先生，有一部分是我急需一种对他思念的心灵寄托，就像我们相信去世的人总还是会以某种形式继续关注我们一样。直到后来，我开始领养和救助不同的流浪猫，对比它们和蓝山之间的相似和不同之处，发现蓝山的某些行为确实不像普通的猫，而至关重要的证据，是我找到了另外一个和我一样的人。"

猫婆从枕头下面拿出一本深蓝色封皮的书，封面是几个日文字，但早已经斑驳得不像话了。我看不懂，也不知道一本书和她的推理会有什么关系。

"这本书是我在日本田代岛，也就是日本最著名的猫岛之一的一家很破很小的小店里看到的，这本书的名字叫《第九个灵魂》。"猫婆的手指自然地拂过书的封皮，随后打开了其中的一页纸。

"我看到这本书的时候,封面和第一页的作者姓名早已经磨损到看不见了。我先生喜欢收集古老的书,于是我就买来了,回到旅馆之后翻看,却吓了一跳。这本书的作者应该是一个中年男人,他在书里点点滴滴记录了他女儿因为海难离世后变成了他家附近的一只流浪猫的故事。这个男人在书里说明了一段他深信不疑的理论,让我看得心惊肉跳。"

"理,理论?"我整个人紧张到语无伦次起来。

"是的。"猫婆点点头,眼光还在书本上,"他说,猫是有灵性的动物,是有九条命的灵物,而这九条命中的一条命,是可以奉献出去的,也就是说,如果一只猫能心甘情愿献出自己的一次生命,它就能奉献出自己的身体,帮助死去的人或者生灵再活一次。"

我死死盯着那本残旧的书和猫婆苍老的手指,感到心都要跳出嗓子眼了。

"可这一切的代价是,附身在猫身上的那个灵魂,慢慢会被那只猫的脾性同化,更是不可能再找回自己真实的身份了。因为一旦猫想要变回死去的那个人,大自然的法则就将被打破。书里的那个男人,发现了这个秘密,倾尽所有,最终却只能看着他自己的女儿一点一点被流浪猫的脾气所侵蚀,失去了和他之间的所有人与人残存的交流。最后,他埋葬了那只老死的猫,穷困潦倒,临死前写下了这本书的手稿,印了仅仅一本……"

我听到书中女孩儿被"猫性"所侵蚀的部分,心有余悸,而猫婆的声音更是有些哽咽。

"我看完这本书的第二天,就直接从日本飞回了家。打开门看到蓝山的那一瞬间,我已经对他的身份深信不疑。从那天之后,我发现自己能感受到蓝山的想法,虽然我们不能用言语交谈,但他的思想,我能准确地捕捉到。有时我想,也许我只是和书里的那个男人一样,被思念折磨得疯了,但有时又觉得自己很清醒,因为这一切是那么真实。那个男人在书里明确地写过:"唯有不留一丝疑问的相信,才能让我们感受到那只猫的一切感觉和思想。"

如果不是有猫婆一本正经地在我面前说这些话,又如果不是我见证过一件一件在我身上发生的怪事,我是绝对不会也不屑相信什么所谓的灵魂移位和意念交流的。若不是我已经窝在一只猫的身体里委屈了那么久,我百分之一万会觉得猫婆是个神经错乱的臆想症患者。

"那你们,现在还能那样对话吗?你,还能感受到他的思想吗?"我想起蓝山这段时间怪异的行为,仔细想来,我甚至从来没有和他进行过任何和普通喵星人该有的交流。

"蓝山,它老了。我先生,也老了。从去年开始,我和蓝山之间就没有交流了。虽然他有时候还有我先生的影子在,但那影子每天存在在它身上的时间正在一点点减少,而我也很少能捕捉到它的思维了。我能感觉到,蓝山会突然失去我先生的意识,变成它自己,就像你看到的那样。十八岁了,这样的年龄对于不论是蓝山,还是我先生,都已经太老太老了。我知道,不需要太久,我就会失去他们,但我不难过,我感谢蓝山,给了我先生一条命,也感谢我先生,牺牲掉去天堂的快乐,陪了我那么久。我现在要做的,就是好好陪我先生,也好好陪我们的蓝山。"

蓝山在猫婆的怀里安逸地睡着了,鼻息均匀安稳。猫婆的神态也很安详,早已从适才的激动中平复了心情。我看看他们两个,无数个问题在脑海里打转。我这几年来的经历,和祁诺的点点滴滴,他的怀疑,他试图相信后的放弃,他的离开,还有我听到的,那令人毛骨悚然的那对日本父女的结局,所有问题混在一起,我脱口而出了其中最关键的一个:

"那么,你是怎么知道我的身份的?又是什么时候知道的?"

猫婆又深深地看了我一眼:"从一开始,在隔壁见到你第一眼的时候,我就知道了。因为,你的眼睛,和蓝山一模一样。"

我努力回忆蓝山的眼睛,琥珀色的眼睛。我意识到小弱的眼睛也是琥珀色的,但琥珀色的眼睛,也不只小弱和蓝山才有。

"你仔细看过吗?你的瞳孔外面,那一圈微微发白的光圈。我第一次抱你的时候,就看到了。蓝山也有这样的眼睛,但随着年龄的增长,已经渐渐消失了。那本日文书里也提到过,奉献过生命和灵魂的猫,眼睛里会有这样一圈白光。眼里有这圈白光的猫,罕见,但非常聪明且通人性,可惜的是,随着猫灵性的消失,这白圈也会逐渐消失不见。"

猫婆给我递上床头的一个小圆镜,我走上前去,仔细地看,发现自己琥珀色的瞳孔外围,果真有一圈微微发亮的白色光圈,很淡,远看或是不仔细去找很难发现。这样一来,我真的已经对猫婆的话深信不疑了。

"我早就发现了你眼睛藏着的秘密,你到了我这里之后,我试验过了,就更加肯定了。我让你住在我的客房里,你会用马桶,喜欢吃我做的食物，而最让我确定的，就是你的眼睛能看到颜色，鲜艳的颜色。书里的那个日本人说过，他曾经无意中发现那只他怀疑就是女儿的猫，也能分辨出他说出的颜色，这一点，我在蓝山身上也印证过。"

有理有据，我不得不相信猫婆的阐述。

"那么，你的房子里，或者你见过的猫里，有多少我和蓝山这样的？"我突然想起猫婆收养的那么多的喵星人。

猫婆慈祥地一笑，夸我实在很聪明。

"这些年，我一直想找更多和我先生一样的猫。我收养的猫里，不多，至今，只有三只。"

"我、蓝山，还有谁？"

猫婆神秘地笑着，反问我："你觉得呢？"

我灵光一闪，当即脱口而出：

"胖胖？"

猫婆笑开了，点点头："你说得对。"

"那，你知道胖胖它，他，从前是什么人？"

猫婆从那本斑驳的书里抽出一页裁剪下来的报纸，摊开给我看。报纸正中有一个头戴高耸的厨师帽的中年男子，脸圆圆的，眼睛笑成一条缝，怀里躺着一只小橘猫，从颜色和花纹上来看，应该是长大发福前的胖胖没错。报纸的顶端写着大大的黑色标题：

米其林三星餐厅大厨严斌：食物与宠物是我获得快乐的源泉

我想起这些日子胖胖发表的那些对猫婆食物的评语，恍然大悟。原来，我们的胖胖真的是一个不折不扣的美食家啊！怪不得每次猫婆发挥了西餐厨艺，它都会不由自主地过来鉴定一番，怪

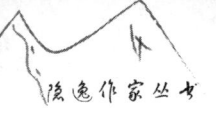

不得我总觉得它有着超出一般喵星人的智慧和表现。

"这一切很巧合,前些日子,我有一个做美食鉴赏的朋友来做客,一眼看到胖胖,就说和自己一位朋友家以前养的猫很像。我留了一个心眼,让他给我找来了报纸,我才知道,这位姓严的大厨,早就在两年前去世了。我救下胖胖的时候,发现它眼里的光圈已经消逝得差不多了,但它的聪明劲儿,让我推断他有可能也和我先生有一样的处境。不过,单从它的表现来看,它很可能已经彻底放弃人的记忆和意识了。其实我也很吃惊你是怎么做到将人的意识保存得那么完整的。"

我想,我也是瞎猫碰到死耗子,才找到了不断维持人类意识的方法。我赶紧提出要把我的方法说给猫婆听,想让她挽回蓝山消逝的思维。

"小弱,没有必要了。每一次抵抗自己身体的本能意识,每一次变成人,蓝山的身体就会衰老,会变得脆弱。现在的我,只想好好陪他每一天,也留着他好好陪伴我。我们已经很幸运了,不是每个人都有第二次的机会,你说不是吗?"

我琢磨着猫婆的话,却忽然捕捉到那番话里的一个重大的问题。

等等,什么叫作"每一次变成人?"

每一次变成人?变成人?人?

激动之下,我跳上猫婆坐的床上去,几乎要把脸贴到她面前了。

"猫婆,你刚才说什么?什么叫变成人?难道蓝山,曾经变回过你先生的样子?"我颤抖着抑制住自己快要激动到爆炸的心情，一不小心把私下给她起的外号也喊了出来。

猫婆抬起眼睛，也意识到自己泄露了一个巨大的秘密。我周旋在她和蓝山身边，直勾勾地看着他们，摆出你们不说我就誓不罢休的样子。

猫婆停顿了几秒，眼睛再次望向那一墙的照片，轻轻说了一声："是的。"

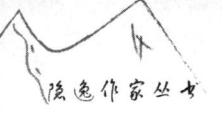

27. 静待

"猫的九个灵魂，神圣不可亵渎。万一有幸拥有，不要说，不要怕，带着它，去寻找你爱的人吧。"

我花了一晚上的时间，在猫婆的帮助下，看完了那个来自田代岛的男人，那个没有名字的男人，写下的那本在这世间独一无二的书。书里讲述的故事和猫婆说的没有太大出入，男人对于猫和人生命所存在的关联的描述，部分来自于他本人收集的民间和宗教的传说，另一部分来自于自己的推理和观察。我一边听猫婆的翻译，一边一幕幕回忆自己一路走来的历程，对比得越多，就发现契合的地方越多，直到读完整本如同悬疑小说一样的故事，我才能清晰地归纳发生在我身上的种种不可思议的事情。

书里的男人说过，猫是神秘莫测却从不缺乏感情的动物，有的时候，它们可能会看上去阴暗自私，但对于它们爱的人却有着足够的奉献精神，甚至愿意舍弃一次自己的生命去延续人的生命。故事中，男人认为那只流浪猫救下自己女儿的原因，是因为女儿曾经数次喂过它食物和牛奶，让这只从未有过温暖的猫感受到了来自人类的爱与关心。我仔细想了想，推断我出事那天看到小叶子的那一眼，应该是它即将临盆的时候。所以，小叶子那天并没有选择舍弃掉自己和所有孩子的生命来救我，而是给了我其中一只猫崽的生命。其次，书中说过，在女儿成为喵星人的第二个年头，男人彻底被自己的想法说服，全然相信自己的女儿就在那只流浪猫的身体里，于是，他真的开始感受到那只猫所要表达的所有意思，并开始能够和女儿无声地对话，只是，这种状态只维持了短短半年的时间。半年内，猫儿的智力和灵性的退化程度很大，而且常常会有前一秒还能辨认颜色和文字，下一秒就满屋子撒欢奔跑完全失控的情况。对接自己的经历，我想正如那个日本男人所说的，一旦人的灵魂和喵星人的身体合二为一，喵星人的动物意识，也就是我口中的"猫性"就会逐渐想要占得上风，赢得操纵"人性"的权利，这也解释了我成为小弱后各种失忆和断片的奇特经历。还好，我意外找到了克制这种精神侵蚀的方法，而不幸的是，那个作者的女儿却没有。另外，就如猫婆所说的，不论某个人类的灵魂是否被喵星人所接纳，在现实生活中，那个人已经不存在的了。他／她的灵魂，只是偷偷被喵星人藏了起来，而掩盖在那副皮囊下的精神世界，是见不得阳光的，因此，每当那个人类想要证明自己的真实的存在，就会被阳光逼回隐藏之处，永世不能翻盘。这一点，恰恰印证了为什么每次我想要向祁诺和别人揭露自己的身份的时候，不论我如何明示和暗示，都会遭到某种"奇怪的力量"的破坏并且前功尽弃。回想我和祁诺，我们之间并没有达到书中父女之间的那种交流，也许，这是因为祁诺虽然有过怀疑，可却从来没有彻底相信小若和小弱之间的关联，这一点，想必会成为我今后每一天的心痛与遗憾。

"我的女儿,我可怜的女儿,你永远也无法打破自然的规律和禁忌,你的思想和渴望,只能永远地被封印在这狭小的身体里。爸爸真的不知道,这对你来说,究竟是幸,还是不幸。"

书的最后,男人这样写道。我用心听着猫婆一字一句地为我翻译,心一会儿热腾腾地充满了被理解、被答疑的喜悦,一会儿又冷冰冰地被作者对女儿的思念和那只可怜的最终失去人类意识的喵星人的命运所牵动,进而联想到自己终有一天也会面对同样的结局。就这样,我的心在忽冷忽热的刺激下,牢牢记下了这本书的全部内容。

《第九个灵魂》,我永远不会忘记里面的任何一个字。

从黑夜到阳光满照的清晨,猫婆终于合上了书的最后一页,累得闭上了眼。我也闭上了双眼,感觉五脏六腑都翻腾着,脑中止不住梳理书中的种种细节,从头到尾,发现整个过程中唯独少了一个至关重要的细节:

如何变回人形?

猫婆像是睡着了,一晚上的阅读和翻译,耗尽了她的体力。阳光下,她的白发好像更白了,脸上的皱纹也加深了。我不敢吵醒她,也不敢走开,就在一旁守着,等着她第一时间醒来告诉我答案,没想到,她竟然闭着眼睛呢喃道:

"别等了,书里没有你要的答案。你要的方法,只有我知道。"

"求求你,告诉我那个方法是什么?"我在心中急切地恳求。

"小姑娘,我不能现在告诉你,因为你每一次变成原来的样子,都是有期限和代价的。你只需要告诉我,变回你自己的第一眼,

你想要谁来看到?"

我想都没想,脑中就浮现了祁诺的脸。

猫婆仍然闭着眼睛,却笑了。

"是那个祁家的男孩子。我没有见过他,但能猜到他一定是个优秀的好孩子。小姑娘,如果你想和他见面,就要从今天开始好好做一件事情。"猫婆的声音越来越轻,像是又要睡着了。

"什么事情?"我赶忙追问。

"等。"猫婆的呼吸均匀,仿佛在说梦话一般,"等到那个最好的时机,然后让你自己出现在他的面前。在这之前,你只能等,耐心地等……"

这一次,她是真的睡着了,蓝山在她身边,也睡得熟了。

满屋子的喵星人,也都在沉睡,只有我,还在反复咀嚼着猫婆的话。

如果有一个变回岑小若的机会,第一眼,我一定要让祁诺看见。最好的时机?他从美国回来的那一秒,我想让他看到我,那个真正的我。

我最好的时机,我愿意等。

祁诺爸爸妈妈回家的前一晚,特地打越洋电话通知了猫婆。从猫婆的话中,我得知祁诺的伤势恢复得很好,虽然走路还需要人搀扶,但已经可以在同学的帮助下自由上课和生活了。祁诺催促爸爸妈妈赶紧回国接回我和麦兜,生怕我们得不到好的照顾,当然,他自己并没有要立刻回来的意思。

我知道，我需要等。

离开猫婆家的前一晚，猫婆打开院子的大门，像我展示了两家院墙中间的一个被猫草掩盖住的不容易让人发现的小缝隙，以我的体型，应该是可以穿梭自由的。通过这条"密道"，我可以成功进入猫婆房子门上的猫洞，进入她和蓝山的家。

"如果你需要什么，就过来找我。抱歉我现在还不能告诉你变回人类的方法，因为知道得太早对你没有任何好处。记住，当你觉得最好的时期即将到来的前一晚，再过来找我。"

"好的，我也会经常来看胖胖和蓝山它们的。猫婆，你真的不想让我告诉你让蓝山保持清醒的办法吗？"

猫婆摆摆手，说不用了，蓝山太老了，它可能随时都会因为衰弱而死去，如果让他再用尽力气尝试恢复意识，那它就太辛苦了。

我想，猫婆已经快分不清蓝山和自己的先生，究竟谁中有谁了。

那天晚上，我郑重和胖胖告了别，告诉它在它家的这段日子，承蒙它照顾了。

胖胖刚刚吃完猫婆给的香喷喷的猫罐头，舔着嘴连声说：

"小鬼，回去以后也要常来找我们一起吃罐头，要是你人类给你什么好吃的，也别忘了留一点等我过去吃哦。"

我点点头，准备进房间睡觉，却突然听到门外他的一声呢喃：

"小鬼，有时候，顺应自然，才是最好的选择。"

我心中一惊，这不是胖胖平常的口气！

当我奔出房间的时候，它庞大的身躯已经走下楼梯了。我冲

着它的背影喊它，问它刚才的话是什么意思。

胖胖头也不回，快快乐乐地蹦跶着下楼去了，我的耳中只剩下那"滋滋"的电流声。

它刚才的话，仿佛昙花一现，又好像是我听错了。

看着胖胖离开的方向，我联想到报纸上那位骄傲又专业的大厨师。严斌，胖胖的主人应该是这个名字没错。现在在我面前的胖胖，不知道还有多少那位大厨师的意识，又是否真的已经"顺应自然""随遇而安"了。

也许，真相只有它自己才知道。

第二天，祁爸爸和祁妈妈将我接回了自己家中。再次见到他们和麦兜，我竟然就如同见到自己的亲人一般充满喜悦。家门一打开，我便情不自禁奔上了二楼祁诺的房间，虽然他并没有在那里，但我却处处都可以看到他的影子：伏案工作的、窗口发呆的、抱着我在床上听音乐入睡的……和他离开时的心情不同，现在的我守着这样一间空无人烟的房间，不再感到绝望和无助，反而心中满溢着希望。我知道，他再次回到这里的那一天，就是我们再次见面的最好时机。为了那一天，我从现在开始，愿意等，静静地等。

28. 人形

"镜子里的女孩，洁白透亮的皮肤，黑亮自然的长发，眼睛和嘴角都带着青春懵懂的笑。我突然觉得太好了，幸好一切还是从前的样子……"

我在我的猫娘日记里，留下了两年多的空白。这两年，是在离开猫婆家之后的两年，也是我充满信心和耐心等待祁诺归来的两年。是的，两年里，祁诺除了和父母每半年约在某一个遥远的国家见面和旅游，都没有回到这里来。两年好长，我每天都规律又自律地度过，一直积极保持着最好的意识状态。

偶尔，我会偷溜到猫婆那里去，和她还有胖胖简单地聊聊，好几次我都想从她嘴里套出变回人形的方法，但她总是坚持闭口不谈。其实，在我离开猫婆家的半年后，蓝山就过世了。据胖胖的描述，它是在一个普通的和猫婆晒太阳的下午安静祥和地睡去的。猫婆把它年迈的身体埋葬在了自己先生的墓碑旁。从那以后，她仅剩的几根半黑半白的头发就全白了，我每次去看她的时候，总看到她坐在那把摇椅上歪着脑袋打瞌睡，摇摇晃晃，手还不自觉在毛毯上空荡荡地抚摸着什么。她的精神没有很糟糕，还是每天打理院子还有照料着她的那些猫，只有从她那迅速衰老的外表，我才能看出她对失去金老先生最后一点残存的灵魂所感到的悲痛。

好在，猫婆的儿子媳妇还有孙子很快将会回到这里陪她生活一段时间，这让这位孤独的老人有了很大的精神寄托。不幸中终会出现万幸，我一直也是这样坚信的。我相信，我的万幸，很快就要来临了。

奔赴美国三年后的夏天，祁诺顺利完成了在美国的本科学业并且决定直升硕士。这个假期，他终于要回家了。

三年，我的机会终于近在咫尺，几乎触手可及。

倒计时的那几天，我开始每晚做同样的梦。梦里，我在机场的候机厅里等他，他风尘仆仆地走出海关，在人群中一眼看到了我。一开始，他有些讶异，不敢认我，我对他笑。看到我笑，他停顿了几秒，突然丢下手里所有的行装，上来抱住我，许久都没有松开……

"好久不见，祁诺君。"我在他的怀里轻声说。

就如同童话故事里王子和公主梦幻的重逢。

祁诺的飞机到达时间为中午12点50分。我和猫婆约定好，那天凌晨6点，我会准时"潜伏"到她家里去，由她协助我变回岑小若的样子，这样一来，我应该有充裕的时间赶到机场去接机。那天夜里，我仿佛是一个困在深井里长久不见天日的人终于即将迎来救援，心中有太多悸动，根本无法入睡。我在镜子里反复看

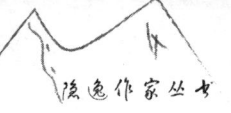

自己的模样，一身雪白的短毛，细长的四肢和身体，还有一只萌猫的标配脸庞。太久了，这副猫娘的皮囊我终于有机会褪去了。想到猫婆保密地说过所有变成人形的信息只会在明天一早才好透露给我，这又让我感到些许不安。我不知道她严防死守的秘密方法是什么，会不会痛，能够改变我的相貌多久，或者到底能不能成真。转念间，我又强迫自己去相信她，毕竟，我冰冷的猫娘生涯已经太久没有燃烧过如此炽烈的希望之火了。

时钟滴答，每一秒都带动着我的心跳。当窗外透进晨光，我抬头看钟，5点50分。

我溜下楼去，悄悄躲避着睡在客厅躺椅上的麦兜，轻手轻脚地来到了厨房的那扇松动的窗前。三年了，如今打开这扇窗，对身手矫健的我来说简直是轻松容易。我从祁诺家的前院绕到后院，从猫婆为我指点的那个围墙缺口爬到她家的后门，轻轻一撞门上的猫洞，熟门熟路就进去了。我绕过屋里大大小小醒着睡着的喵星人，看到猫婆正在客厅打盹，怀里还揣着当初蓝山喜欢的那条毛线毯子。

自从蓝山走了之后，她便常常在这张椅子上整晚整晚地睡。我走到她面前，她也就醒了，睁眼看到我，轻轻笑了。

"你来了？准备好了吗？"

我点点头，手掌的肉垫已经紧张到涔涔冒汗。

"跟我来吧。"

猫婆从躺椅上站了起来，我紧跟着她，看着她左拐右拐地进到了地下室最里面的那间洗衣房。房间里只有一台洗衣机和一台巨大的老式烘干机，她却站在那里不走了。

"我们要怎么开始？"我忍不住问猫婆，心里早就模拟好了一套如同电视剧里跳大神一样的变身仪式。

猫婆指了指那台老式烘干机。

"就从这里开始。"

她表情平淡，而我根本无法淡定了。

什么？什么叫从这里开始？我实在难以理解，傻乎乎地跳上了烘干机，心想那个神秘的变身仪式是否要站在一个像样的高台上。

猫婆摇了摇头，打开烘干机前面的小圆门。

"是从，这里面开始。"

她一定是在耍我！我狠狠喵了几声，声音像一只初生的小豹在学习嘶吼。

猫婆笑了，让我稍安勿躁，神秘地将洗衣房的大门牢牢关了起来。

"你不要觉得我在编故事，今天你求我帮你变回人形，我有些话要嘱咐你。这些话，你必须要知道。"

猫婆身体靠着墙壁，严肃地看着我。看着她一本正经的样子，我只能耐下性子洗耳恭听。

"自从我先生去世后，我见过他一共三次。我指的'见过'，不是看见蓝山的模样，也不是在梦里，是真真实实地看到过他的样子。第一次见他，是我儿子带着小孙子第一次回国来小住的时候。那天，我和儿子出门去了，只剩下儿媳在家帮我做家务，还有我五岁的小孙子。我和儿子回到家后，一切如常，我觉得有些累，就上楼去休息，一打开门，看到我先生，正坐在我们卧室的

书桌前写字。我以为自己出现了幻觉，也不敢叫人，只是走上去碰他的身体，却发现那身体是温热的，实实在在的。他拥抱了我，无声地哭泣，我问他发生了什么，他告诉我，我的猜想是对的，他确实是在过世后的很长一段时间里附身在了蓝山身上。那天，我们的儿媳妇正将洗好的衣服烘干，小孙子很调皮，居然把蓝山也悄悄塞进了烘干机去。蓝山被关在不断旋转的烘干机里，感觉很热很晕，最后渐渐失去了知觉，等他清醒过来的时候，他就躺在我们的卧室里。他怕吓到儿媳和孙子，不敢出房间，就一直在房间里等我。"

我听得心惊肉跳，觉得这一切简直像天方夜谭。

难道，我的命运单凭一台烘干机就可以全然转变？简直像是一个胡编滥造的大笑话。

"你大可以觉得我的话太荒谬，那天交谈了几分钟后，他说要去卫生间，可我在卧室里等了他好久也没有见他出来。再后来，我听到卫生间里有猫的叫声，打开门一看，蓝山就站在里面，而我的先生却没了踪影。我能确定，他一开始走进去的时候，蓝山绝对没有在里面。"

猫婆从外衣的口袋里掏出一张对折的信纸，摊开来给我看，上面有几行好看的字迹：

"老婆：我不知道我有多长的时间来写这封信，只想告诉你，不要每晚都流泪，我其实一直在你身边。刚才我偷偷看到了奇奇（猫婆外孙的名字），他长得很好。以后不论儿子在不在身边，你都要好好照……"

信的内容戛然而止，那个应该是未完成的"顾"字只完成了一半。

"我也怀疑过那次看到的他是否是真实的,或只是我的幻觉。可这封信,在他变回蓝山后,就好好地躺在那张桌上。这是他的字迹,我不可能看错……"

看着那封白纸黑字的信,我彻底相信了猫婆的话。

"那,第二次呢?第二次你见到金老先生是什么时候?"

"第二次,是我住院的时候。见过他那次后我的心脏变得很不好,一次差点支撑不住,被家里的保姆送到了医院。我被救护车带走的时候,蓝山就在我身边。我在医院昏睡了一天一夜,醒来的时候他就在我床边,担忧又心疼地看着我,和我絮絮叨叨说了好多话,可我不争气,竟然迷迷糊糊睡着了。醒来的时候,他不见了,但床头放着我最爱吃的参鸡汤,是我们最爱去的一家小店的鸡汤,除了他,没有人知道,就连我们常年在外的儿子,都不可能知道。"

"难道,蓝山看到你生病了,便自己偷偷进了烘干机,然后变成了金老先生的样子?"

"是的。"猫婆眼里噙着泪水,"他一定是在保姆做事的时候,偷偷进了烘干机,为了能来探望我。"

"那,最后一次呢?"猫婆的故事让我本来期待无比的心情越来越低沉。

"是蓝山去世的前一天。"猫婆停顿了几秒,努力调整低落的语调,"蓝山走的前一晚,一直在发烧。我陪着它,一直哭一直哭,觉得它会饿,就到厨房给它做饭。粥在锅里煮,我止不住哭,感觉一双手臂环住了我,我根本没有转身,就知道是他回来

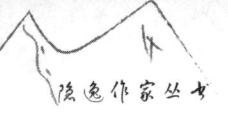

了。他很虚弱,说不出话,渐渐整个身体都软了下来,我支撑着他,感觉他的身体越来越轻,过了一会儿,背上轻了,他没有了,蓝山也在客厅里停止了呼吸……他们,都走了,那一次我知道他们两个都彻底地离开我了。"

我的心被猫婆的回忆强烈地震撼着,眼泪无声在眼眶里打转,不止为猫婆和金老先生的过往,也为猫婆故事中一个重要的信息。

我才知道,原来我们变回人形的时间是有限的,从金老先生的经历看来,也许每一次变回去的时间都是极为短暂的,这让我不禁对自己担心起来。

"我想,烘干机的飞速旋转和热度会让动物彻底失去意识,也只有在那个时候,人的思想和意识才能暂时回归。当然,你应该知道了,这一切都是有时限的,我也不知道会是多久,就连那位日本作家的书里,也从未提到过相关的信息。我先生能够回来,也只是误打误撞而已。小弱,抱歉我没有一开始就告诉你真实的情况,因为我觉得你的人生还需要多点希望,现在知道了所有的过往,你还愿意尝试吗?"

我如火的心情早就被猫婆的叙述浇灭了一大半火焰,但不论我如何反复思量,那星星点点希望的小火苗还在顽强地烧着。我看了看猫婆手腕上的手表,上午七点了,还有五个小时,我也许就能用双腿直立行走着去见他了。

真的不可能放弃。

我毅然决然地跳进打开的烘干机里,坚定了嗓音对猫婆说了一声:"来吧!"

猫婆看着我,俯下身来摸了摸我的头。

"小弱，我知道你不会放弃尝试，但我要提醒你，一旦你变回自己本来的样子之后，可能还会出现一些意想不到的事，你真的愿意面对和承担一切后果？"

我的心惴惴不安起来。我不知道猫婆口中的后果将是什么，也知道她并不具备预测我命运的能力，但事到如今，我不能放弃，毕竟，今天的这一切，是支撑我活到现在的唯一信念！

我卧在烘干机凹凸不平的滚筒里，闭上了双眼，一副视死如归的模样。猫婆懂了，关上了那扇圆门，世界突然安静了下来，随之周围发出了巨大的轰鸣声，我脚底一滑，感觉身下的圆筒迅速快转了起来。接下来，天旋地转，一股巨大的热浪席卷了我，让我口干舌燥，胃里翻江倒海，无法呼吸……

无尽的旋转中，我从一开始的极度恶心失重到渐渐失去了意识，只有心里的那点希望，越来越发强烈与笃定……

阳光很强烈，辣辣地扎在我的眼皮上，像小针一样刺痛我的眼睛。身边很安静，偶尔有几声甜腻的猫叫，突兀又陌生。我伸手想去捂住耳朵，又觉得阳光让我更不舒服，便把双手放到眼前遮挡。我缓缓睁开眼睛，透过手指看到的是猫婆家客厅的落地窗，还有那空荡荡的摇椅。

朦胧中挡在我面前的，是一双洁白细长的手，一双人类的手！

我猛地坐了起来，刚才发生的一切一幕幕倒带般回到了我的脑海。我赶忙低头查看自己的身体，修长的腰身和双腿，我还穿着我最爱的百褶裙子和洁白的球鞋。

我无比激动地跳了起来，拉扯自己的头发，捏自己的脸蛋，旋转着上下审视自己的身体。

一切运行正常!

我走到沙发旁边的长镜子前站住,镜子里的女孩,洁白透亮的皮肤,黑亮自然的长发,眼睛和嘴角都带着青春懵懂的笑。我突然觉得太好了,幸好一切还是从前的样子……

我看着好久不见的自己,根本无法移步。太久了,真的太久了,岑小若,我真的太久没有见过你生龙活虎的真身了。我面前的这个样子,才是岑小若的正确打开方式啊!

镜子里出现了猫婆的身影,带着笑朝我走来。我回头对她笑,说谢谢。

她一只手搭着我的肩膀,也随我看着镜子里的那个人。

"真美,真是个好女孩儿。"她的语调里有赞叹,也有惋惜。

我听着她的话,突然止不住刷刷流下泪来。

猫婆帮我擦去泪水,为我披上了一件深蓝色运动外套,指着门口停好的一辆出租车,催促我:"孩子,快点去吧,现在出发兴许正好能赶到。"

我抬头看钟,9点9分,祁诺此刻已经在无限接近我的路途中了。

就像童话里的灰姑娘终于能够穿上合身的华服还有合脚的水晶鞋,奔赴那场注定有时间终点的约会。

我穿好外套,检查了口袋里猫婆为我准备的钱和她的备用手机,加快速度奔到门口,看见胖胖正在门口惬意地打着瞌睡晒太阳。

我走过去快速抱起它来,胖胖被我这个突如其来的从屋里"闯

出来"的陌生人吓了一跳，挣扎了几下，一脸惊恐的表情。我抱起它狠狠吻了一下，心里突然觉得若是这次变身成功了，我一定要把它放进那台烘干机里好好甩甩干，说不定能有幸看到他原本威风凛凛的大厨本色。

出租车司机在按喇叭催了，我放下胖胖跑出猫婆的小院，义无反顾地上了车，报出了"机场，国际到达"这个我期盼已久的目的地。

车子缓缓驶出了祁诺家的小区，我不断从车子里的后视镜里看自己的模样，又忍不住频频看窗外的世界。

太久了，没有看到这个城市日新月异的改变。我像一个乡巴佬一样，心里翻腾着，翻腾着，兴奋到四肢都在颤抖。司机师傅看我的样子，以为我是太冷，于是默默关掉了车里的冷空调。

回忆中，那天我的人类皮囊，是仙女为我织的美丽纱裙；那辆载着我疾驰在高速公路上的汽车，是她为我招来的南瓜马车；那个我即将见到的人，是城堡里等待真爱的王子.只是那时的我忘记了，灰姑娘的一夜好梦，终将在凌晨钟声后烟消云散⋯⋯

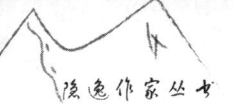

29. 变化

"镜子里的那个人是谁?她为什么如此陌生,如此苍老?她不是什么灰姑娘白雪公主,她是公主的后妈,还是人人憎恶的老巫婆……"

一个半小时后,汽车停在了国际机场的"到达"层,我从外套口袋里掏出了钱给司机,下了车,双腿直打颤地走进了等候大厅。熙熙攘攘的旅客从我身边走过,我好久没有这么近又这么融洽地在满满都是人的公共场所出现过了。人们从我旁边经过,我终于可以平视他们的脸孔,而不用抬着颈椎仰视任何人了。我到达机场的第一件事,就是找到洗手间,在镜子里再次确认了自己的样貌,将衣服和发型都整理到万无一失一丝不乱,然后看好时间在接机区域等待。

我看着面前写着"到达"二字的大门里走出来推着行李箱的大群旅客,盯住他们的脸——确认,生怕一不小心在人流中错过了他。就这样走出了一拨又一拨的人,祁诺却始终没有出来。机

场广播声这时候响起了从美国华盛顿飞来的航班将会晚点到达的消息,航班号正是我之前从祁爸爸那里偷看来的那个。

我心中略微失望,因为航班晚点就代表着我这般如坐针毡的煎熬还要持续下去。我在大厅里踱步,看到不远处的一排快餐店,才发现自己已经好久没有吃过麦当劳了。

在和机场工作人员确认了祁诺的航班会晚点的信息后,我走进店里买了我最爱的套餐和各样的小食品,还特意点了一杯奶茶和圣代。周围的人惊异地看着我,大概是很久没见过食量如此惊人的女孩子。我在餐厅里解决掉了圣代,生怕祁诺会在这时候出来,便拿着食物到接机大门口站着吃。我继续全神贯注地看着来来往往的人,不时就看旁边大屏幕滚动显示的航班信息,不知不觉吃掉了所有的食物。

回想起来,那天我甚至都没有心情好好品尝它们的味道。

下午四点,祁诺的飞机晚了将近三小时才落地。我把自己挪动到了接机人群中最显眼的位置,死死盯着出口,等待很有可能下一秒就要出来的他。

这时候的整个机场,好似只剩下我和面前那扇宽大的门。

一个巨大熊玩偶出现在我的视线,大熊在行李车里,一个金发碧眼的外国小女孩就在旁边蹦蹦跳跳。大熊好高,挡住了后面的人,我只好踮起脚张望,心砰砰跳个不停。小女孩笑着跳起来拍那只熊的身体,大熊的身体歪斜了一点,就在那一瞬间,我看到了祁诺。

他戴着一顶蓝色的帽子,帽檐下俊朗的脸带着笑,穿着清爽的白T恤和牛仔裤,第一眼看上去,仿佛还是初见时的样子。我

201

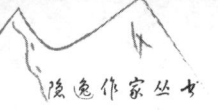

　　整个人开始晕眩，呼吸都难以均匀，脚步却早已迫不及待地朝着他走来的方向靠近。那只大熊就在此时彻底被女孩推离我的视线，也止住了我上前的脚步。

　　我清楚地看到，他的身边，有一个女孩。

　　她留着齐肩的长发，大大的眼睛，尖瘦的下巴，一条湖蓝色的裙子辉映着他帽子的颜色。就在我侥幸认为她也许只是一个路人的时候，女孩伸出一只手臂挽住了祁诺的胳膊，头微微倾斜到他的肩头，指着前面显眼的大熊和他说了句什么，看着他的脸甜蜜又害羞地笑着。他也笑着，同时转头用眼光搜索面前的人群。

　　他的目光好像掠过了我的脸，又好像没有，我已然记不清了。我只记得，我像一个木头人一样站在原地，连眼泪都不敢在那一刻落下来。

　　他们两个人慢慢走过我的身边，离我很近很近，大约只有几厘米的距离，我甚至能闻到他身上那让我无比想念的味道，还能听到他身边那个女孩轻轻的笑声。然而，我只是站在那里，看着他自然而然走过了我的身边，与我擦身而过，根本等不到我张口叫他的名字。

　　原来这一次，王子是带着他的公主前来赴约的。可怜的灰姑娘，只是城堡里一个普通的过路人而已。

　　直到我听到身后有人大声叫了一声"祁诺"，才骤然清醒，我认得，那是祁妈妈的声音。我转头，看到祁诺正在和不远处的父母招手。

　　我的理智告诉我，我已经不能再等了，不论他身边的人是谁，等下去，便要完美错过这个最好的时机了。

这个我等了三年的时机。

我蓦地清醒过来,追着他们的身影跟了过去,就在这时,祁诺的拉杆箱像是听到我的心声一般,"哗啦"一声重心不稳朝后倒了下来,正好落在离我脚下一步远的地方。

祁诺和女孩应声回头,我一步上前,和祁诺同时弯下腰去捡行李箱的拉杆,他把箱子往上拉,而我把箱子从后面推了起来。箱子被扶起来的瞬间,他的脸正对着我的脸,他的眼睛看到了我的眼睛。

"祁……"我开口叫他的名字,他也同时开始说话。

"谢谢您。"

他看着我的眼神,礼貌和善意到没有一点私人情感,把我即将脱口而出的那个"诺"字硬生生逼了回去。他身边的女孩也上来冲我感谢地笑笑,笑得很好看。

和我道完谢,祁诺转身拖着箱子和女孩一起朝祁家二老的方向快步走了过去。

我看着他的背影,觉得自己此刻的存在感还不如一丝空气。

怎么可能?谁来告诉我这一切究竟是怎么回事?那个三年前每天抱着我的照片入睡的男孩,那个思念我痛苦到不得不离开的人,怎么会完全不认识我了?数年煎熬换来的第一句话,竟然是谢谢您,谢谢?您?难道,他在仅仅三年的时间里,就把我忘得一干二净?

就算是对一个普通朋友,也不应该这样。

我望着他们一家人聚拢的方向,看着他牵着女孩的手介绍给祁爸爸和祁妈妈,看着他们在团聚和初见的喜悦的光圈环绕下离

203

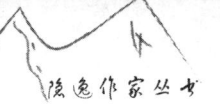

我越来越远,突然间泪如泉涌。

恍惚中,我看到祁诺有一瞬间站住身体,回头朝我看过来,被眼泪遮住双目的我,看不清他的神情,伸手去擦眼睛,却发现他早已转身走得更远了。

我没有勇气再追上他们,刚才发生的一切,对我来讲是一场分秒致命的打击,我必须缓一缓,搞清楚到底是怎么回事。是,我应该立即回去找猫婆,问她是否在今早的过程中忘记了什么重要的事情!

她一定是忘了什么,或者是故意对我隐瞒了一些秘密!

不论如何,祁诺他们一行是肯定要回家的,等我和猫婆弄清了真相,再去敲他们的门也不迟!

想到这里,我抬腿往机场外奔去,我记得猫婆说过,我变回现在的模样是有时限的,我必须赶在一切消失之前,将事情的走向扳回正轨!

我站在机场外的公路上,试图招手拦截一辆出租车。下午的阳光很刺眼,将我的身影投射到机场建筑外围的玻璃外墙上,墙面如同一面镜子。我来回踱步张望的时候,将眼光短暂地落在了我的倒影上,差点没有腿软到一屁股坐在地上!

墙面映照下那个女人,还是岑小若那纤瘦的模样,可是她的脸,虽然还有岑小若的轮廓,但看上去分明是一个四十来岁的中年女人。她的眼角有一道道纹路,略有松弛的脸颊上有明显的晦暗斑点,一头长发中也能看到几根格外扎眼的白发。她那张带着明显岁月痕迹的脸,搭配身上这套青春无敌的少女装扮,就像一个滑稽至极的小丑!

镜子里的那个人是谁?她为什么如此陌生,如此苍老?她不是什么灰姑娘白雪公主,她是公主的后妈,还是人人憎恶的老巫婆……

但我不得不承认,那个人,就是我。

几个小时的时间里,我从一个十七岁的花季少女,衰老成了一位看上去已经有两个孩子的妈妈!又是一次毫无预兆的完美惊喜大变身!

没有什么言语能形容我此刻的震惊和那一阵阵止不住的脊背发凉。我怪不得刚才完全没有认出我的祁诺,因为就连我自己,都不想也根本不会认识我自己!

一辆空车停在我面前,司机探着脑袋问我到底要不要上车,我缓过神来,打开门跳进车子里,报出了祁诺和猫婆家小区的地址。

车子开动,我迅速闭上了眼睛,为的是不让眼泪流下来,更不要再从司机的后视镜里看到自己这副不堪的容颜。

30. 猫龄

"时间，时间，该死的时间，它不仅是把杀猪刀，更是一把残忍的整容刀……"

当我再次出现在猫婆家门口的时候，她看我的眼神里充满了惊愕。她反复看了看我身上的那件外套，才勉强叫出了我的名字：

"小……弱？"

我无声地走进门去，刚想上来围着我打转的几只猫咪已经感受到了我身上的负能量，都一一撒腿跑开。猫婆跟在我身后，没有说话。

"我见到祁诺了，就在刚才。"我在客厅里站住。

"哦？"她抬了抬眉毛。

"但是，他没有认出我来。你看到了，没有人能认出我是谁了。"

猫婆拉着我到沙发上坐下，给我倒了一杯热茶，上下审视着我。

"看来，我的担心成真了。"

我看着她，已经又快哭出来了。

"小弱，你今年多大了？"

"十七！"我脱口而出。

"不，"猫婆摇头，"作为一只猫，你已经四岁了。你知道猫咪的四岁，相当于人的几岁吗？"

我记得曾经听养猫的文静说过，猫的年龄是可以换算成人类的年龄的，四岁的猫咪，应该相当于人类的三十几岁。

这样说来，我现在的样貌，难不成是按照我变成猫娘的年龄所计算的？

"是的，"猫婆点点头，"做为小弱，一只进入中年的猫来说，你现在的外表是完全符合的。你的生命，是依附着猫咪的身体才得以延续，那你生命的增长，自然也要跟随猫咪的身体。"

"那你，你早就预料到了，我会变成现在这样？"我的口气带着责问，虽然知道不应该这样对一个老人家说话，但此刻的我已经完全不能用理智控制自己随时要喷发的暴脾气了。

猫婆伸手捻了捻我耳边的一撮已经有些许灰白的头发，叹了一口气道："我猜想过这种可能性，但我不能确定，更不敢说这些变化在你身上会不会出现。蓝山第一次变回我先生的时候，我就发现，他的头发在和我交谈的半小时内全部变白了。第二次见到他的时候，他已经老到腰都直不起来了，完全超过了人类年龄该有的状态。那时候，我就换算了蓝山和我先生的年龄，发现他的状况，完全符合由猫年龄换算后得到的人类年龄，甚至说，是更加衰老。"

"更加衰老？这是为什么？"

"我没有办法完全解释，我猜，那是因为我先生在蓝山身体里的时候，一直在动用人类的思维，这样也许是很损耗猫的心力的，同时也大大损耗了人类残存的生命。"

我想到自己这几年每日雷打不动的用来拖延喵星人意识侵袭的"思维运动"，恍然大悟。

"也就是说，作为依附在喵星人身上的人类，我们频繁地启用人类的思维，会加快损耗喵星人的身体，让喵星人经历所谓的'用脑过度''加速衰老'。所以，在我们变回本来的样子的时候，喵星人的实际年龄就会显现在我们身上。可是，可是，为什么我今天早上的时候，还是原来的模样？"

"看来，你的状态和我先生的完全符合，你们都是在变回本来样子的一段时间后，才逐渐衰老的。一开始变回去的时候，猫咪的身体应该还没有完全意识到你们生命的脱离，所以，你们还是去世前的样子，可是渐渐的，你们的身体年龄会被逐渐拉近猫咪的本来年龄，这是我现在觉得最合理的推断了。"

我仔细琢磨着猫婆的分析，越想越觉得这是唯一符合逻辑的解释了。怪不得我在麦当劳的时候，周围的人都用异样的眼光看我，敢情都是在围观一个穿着少女装的怪阿姨。可是，一段时间？逐渐？也就是说，我的衰老，是在到机场之后的短短几个小时中发生的。刚到机场照镜子准备迎接祁诺的时候，我还是十七岁的岑小若的模样，那么，如果祁诺的飞机没有晚点那三个小时，也许他看到的，就会是那个青春无敌的岑小若了？

这一切真真是太过残忍了。

"可是，如果你知道我的身体会发生这样的变化，为什么不事先提醒我？"我看着猫婆问她，已然心痛到提不起声调。

猫婆低头又叹了一口气，抬头去看窗外。

"小弱，这些变化只发生在我先生一个人身上过，我不知道它会不会同样影响你。另外，我理解你有多期盼今天和祁家男孩的见面，所以我没有忍心告诉你这样的可能。我想，如果时间允许的话，你们是可以顺利见面的，对不起。"

如果时间允许的话？是啊，时间，时间，该死的时间，它不仅是把杀猪刀，更是一把残忍的整容刀。它一刀抹杀了我和祁诺之间唯一的机会，也剜去了我生命唯一的希望。

我站起来，心神涣散地和猫婆道了一声没关系，到走廊处准备开门离开。猫婆在身后叫我，我好像听到她说："小弱，别忘了你还有选择，放弃自己的意识，这样单纯地做一只猫咪，也许没那么痛苦。"

我没有回头，精神恍惚地说了一句"再说吧"，开门走出了猫婆的家。

傍晚了，阳光变得很和煦也很温柔，没有了白天炙热的温度。我走到祁诺家的门前，看着那扇门。我知道他应该就在里面，当然，还有那个笑起来很美的女孩。

折腾了一天，身体感觉有些虚弱，双腿渐渐站不住了，我只好坐在祁诺家门口的花坛后面休息，坐着坐着感到身体越来越软，就像变成了液体一样难以支撑，同时感觉很冷，冷到牙齿都在打颤。我想用手臂环住自己的身体，低头一看，发现自己的双脚正在冒烟，那种干冰融化时候一样的细细柔柔的烟。我吓了一跳，

209

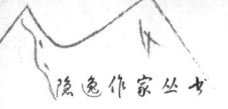

想要挪动,但怎么都使不上劲,只能看着自己的双脚、双腿慢慢化成烟雾。我很怕,想叫,叫猫婆来帮我,但喉咙就像是被堵住了,连续几声后,一声喵咪的叫声从我口中发出。我立马就知道大事不好,惊吓中听到祁诺家的方向有人在按门铃,便努力使出最后的力气转头去看,花草遮挡下一个高个儿男孩的身影就在离我不到三米远的地方,我一眼就认出那是钟秦。奇怪,他怎么又到这里来了?

当然,这个问题我根本来不及去细想,因为我发现自己的整个身体都被轻烟环绕,呼吸间,烟雾钻进了我的口鼻,漫进我的心肺,我被狠狠呛了一口,然后发现自己的嘴里也咳出了烟来,同时身体内部冷到僵住,并且瞬间长出一层细细绒绒的白毛来,遮盖住了本来的皮肤。大骇之下,我整个人都倒了下去。

待我再次醒来的时候,正在祁诺家后院的门口用爪子上下挠门。是的,爪子,我又变回了猫娘小弱了。

从白天到现在,我是小若的时间,也不过区区十二小时而已。

来为我开门的人是祁诺,他看到我,大叫了一声"小弱",然后赶紧把我抱在了怀里带进屋去。祁妈妈也跑了过来,说我怎么跑到外面院子去了,一家人从回家到刚才一直不知道我躲到哪里去了,差点要出门去找了。

"还不是因为你妈没有关好阳台的门,"祁爸爸笑呵呵地走上来摸我的头,"不过我们家小弱是不会舍得离开家的,这点我不担心。"

我的思维在一点一点从适才经历的冰冷中解冻,慢慢回忆起了今天发生的所有事情。我把整个身子钻进祁诺的手臂里,一声一声"喵喵"地叫着,其实是忍不住要放声大哭了。

三年了,我再次感受到了他的怀抱和气息,却还是以一种主人宠爱宠物的方式。我委屈大哭,却没有眼泪,只能把头埋在他的胸膛啜泣。

祁诺紧紧抱着我,把我带到正坐在沙发上倒茶的女友身边让她看我,我听到他管女孩叫"惠如"。我离那惠如很近很近,看到了她白皙的皮肤和美丽的颈,甚至闻到了她身上带着桃香的香水味,于是不由自主打了一个喷嚏。

哼,祁诺才不喜欢喷香水的女人!

惠如被我这个表示不屑的喷嚏萌坏了,笑得好开心,我看到她伸出手指想要摸我的头,却又迟迟不敢下手。

哼,原来是个怕猫的女人,祁诺才不会喜欢怕动物和没胆识的女人!

祁诺拉起惠如的一只手,安慰她不要怕,把她的手拉近我的脸想让我们来个亲密接触。这是我第一次看到祁诺握着除我之外别的女孩的手,心里火气升腾,再想到他今天在机场拉着她却根本没有正眼看过我的那副模样,实在忍无可忍,恨恨地张开嘴对着女孩的指尖咬了一口。

我发誓,当时的我只是想吓吓她,但不知怎么的,我下口却异常重,只听到惠如一阵疾呼,整个人从沙发上弹了起来。

祁诺赶紧上前去检查她的手指,惠如嘴上说没事,但她那根出现了一条细小咬痕的手指头却已经在不停地抖了。祁爸爸祁妈妈也围了上来,一个拉着惠如去冲洗伤口,一个让祁诺赶紧开车送她去医院打破伤风和狂犬疫苗。祁诺拉着惠如一阵风似的出了

家门,丢下在客厅里旁观一切的我。

"哼,我才没有狂犬病呢,没有没有就是没有!"

听到外头车子发动的声音,我感到异常愤怒,只能站在原地失了风度地大叫。不就是咬了一口吗,他居然如此紧张!他以前那股子对除了我之外的异性都冷酷到底的劲头到哪里去了?这个女孩再美再好看,难道比我还好吗?

可是,我心中的另一个声音却道出了事实:现在的岑小若,只是一只满身白毛、中年油腻的猫而已,就算是人,也已经是一个满脸沧桑的中年妇女了……那个惠如,确实比我好上一千倍、一万倍。

我们之间根本不存在女人对女人的战争,充其量也就是一个宠物误伤女主人的小事故而已。

"小弱,你真是越来越不乖了。"看着祁诺他们离开,祁爸爸过来抱我起来,伸手弹了弹我的额头,假装很严厉地教育我道:"祁诺第一次带女朋友回家,你就给了人家一个下马威。"

胡说,祁诺第一个带回家的女朋友明明是我!我抗议着,心里却越来越明白自己的可笑,就像一个在河塘里垂死挣扎着还嘴硬说自己是游泳健将的可怜人。

女朋友,女朋友,看来我担心了很久的事情终于还是发生了。祁诺,他,疗伤成功了……

31. 放弃

"有人说，放开紧握的拳头，才能拥有全世界，但我只知道，放开握紧你的拳头，我失去的就是全世界……"

祁诺回家的第一天晚上，他的女朋友惠如住进了祁家的客房。也许是白天折腾得够呛，她已经沉沉地睡着了。

你问我怎么知道？因为我就在她房间的地板上，抬着头仰视着她。

就像一个阴魂不散想要复仇的"前女友"，我长久地盯着这位"现女友"的脸，也不知道自己究竟想要研究出点什么东西来。

她看上去是那种楚楚可怜的"病娇"没错，但我一直认为，祁诺应该不喜欢这一型的女生才对。她虽然挺好看，但并没有什么出挑的地方。她没有岑小若忽闪的大眼睛，没有那股机灵劲，腿应该也没有她的长。

我就这样盯着她的脸胡思乱想着，直到天亮了，我才默默离开了客房。

说起来，我也不知道自己想要做什么，但就是想从惠如身上找出点什么特别的地方，或是什么致命的把柄，好让自己心理平衡一些。

白天，我尽量让自己躲在祁诺的衣柜里不出来。我受不了看到祁诺和惠如两人手拉手在家里走动，受不了她把头靠在他的肩膀跟他撒娇，更受不了他们一起出门遛麦兜时一家人其乐融融的样子。

我没有放弃试探惠如，她到家里的第二天，我故意打翻了她放在客房的一瓶很贵的香水、一瓶粉底液，还有一个粉饼。在我的经验里，这种"化妆品事故"足以让每一个女生跳脚。惠如回来看到了，却没有说什么，也没有发飙，只是责备地看了我一眼，把所有的东西都清理了，其余的化妆品都放进了抽屉锁好。

第三天，惠如在房间里打开电脑写东西，目测应该是论文之类的作业，她出房间拿水的时候，我跳上她的电脑一阵乱踩，在她打开房门的一瞬间"不小心"长踩了关机按钮。这种"论文失踪事件"，在我的概念里，也足以让每个学生党当场崩溃。回到房间察觉到不对劲的惠如奔过来重新开机，发现刚才完成的东西都没有了，趴在桌上气馁了很久。奇怪的是，她没有像我想象中那样完全炸毛，更没有出现高声责备我的情况，只是默默打开了一个新的文档，重头再来。

第四天，惠如说要去看祁诺的高中。我就纳闷，祁诺带她逛街的时候，会不会看到我的影子？

于是，我心生了另一个坏主意。祁诺出门后，我翻找了祁诺房间的各个角落，在衣柜的一个打开的箱子里，找到了祁诺从美国带回来的，我们的那张合照。我不知道惠如有没有看过这张照片，又是否知道我的存在，但不论如何，我都要好好打击打击她。我相信，这种"前女友再现事故"，会给任何一个女孩造成一定的心理阴影。

回想当初，那时的我，真的和疯了一样，只想要用尽一切力气把那个女孩从我们的生活中删除，毕竟，她的出现，便预示着我的"灭亡"。

我把合照扒拉到地上，用爪子推着送到了惠如房间床的下面，留下照片的一个小角落露在外面，然后，我直接躲到了惠如的床下，养精蓄锐准备看她的反应。

晚上九点，他们两人回来了。惠如上楼来换衣服，我听到她走进房间的声音，往床下又缩了缩。惠如换好衣服洗漱完毕准备躺下休息，抬脚上床的时候果然一眼看到了我精心为她准备的"大礼"。

她把它捡了起来。

我在床下，除了她的脚根本看不见她的脸，只能静静听她的反应。

没有啜泣声，没有叹息声，甚至没有略微急促的呼吸声，只有好几分钟的沉默。随后，我看到她的脚走出了客房，赶紧追了出去，看到惠如正在轻敲祁诺的房门。

原来是要亲自找祁诺算账。

我这样想着，觉得有些幸灾乐祸，但内心深处不知怎的涌出一丝愧疚，好像自己做了一件坑害人的坏事。毕竟，我不希望祁诺有任何的不高兴。

祁诺开门看见惠如,赶紧问她怎么了,拉她进房间,房门合上的一瞬,我滋溜一下子钻了进去。

他们两个人坐在小沙发上,惠如拿出那张照片放在祁诺面前,祁诺很吃惊,问她哪里来的。

"不知道,在我床下找到的。你不觉得奇怪吗?今天白天我们才去祭奠了她,晚上照片就出现在了我的房间里?"

等等,什么叫祭奠了她?什么叫我们?

难道,这个惠如,一直就知道我的存在?还和祁诺一起去过墓地?如果是这样,那我把他们之间的感情想得有些太过简单了。

祁诺用手臂轻轻环住惠如,说:"麦兜和小弱都很调皮,最有可能照片是它们找出来玩的。你别多想了,小若很善良,我知道她会希望我们好的。"

惠如也抱着他的肩膀,轻声说:"那就好。"

我看着他们在我面前拥抱着,内心不断翻腾着异样的伤感,恨不得拿起遥控器一按,将面前这副你侬我侬的画面关闭。当然,对我面前的两个人来说,一只懵懂的喵星人根本干预不到他们的二人世界。

"这几天觉得怎么样?腿还会疼吗?"惠如问他。

"好多了,再过一段时间就可以去打球了。我妈好几次都说上次要不是你一直照顾我,给我做饭,扶着我上下课,我肯定没有那么快康复,也没有那么快顺利毕业。"

"这些都是小事,你也帮我处理了我租房子的事情,还辅导了我大大小小的论文。不过,你硕士的事情和实习都办好了,我的申请还没有消息呢。"

"你肯定没有问题,就连海德逊教授也说,你的成绩是绝对优异的。"

"哈哈,海德逊,我都快忘记他有多有趣了,你还记得我们学刑法的时候他第一节课讲的那个笑话吗……"

他们你一句我一句地聊了起来,就像我和祁诺当年一样,憧憬着未来,商量着下一年要一起完成的事情。可是,我很快发现自己已经不能跟上他们的谈话了,因为那些他们口中有趣或有意义的人和事情,是他们两个人独一无二的经历和回忆。他们租过的房子、开过的车子、遇过的房东,他们共同的朋友、同学、老师,还有他们一起旅游过的地方,这些鲜活的回忆里面,只有他们两个人的脚印,却没有我的一丝一毫。可是,祁诺笑得很开心,过去的那么几年中,我从来没有见过他如此开心,而那个惠如,虽然我不愿意承认,从这几日的观察来看,她的确是一个极有修养和善心的好女孩。

他们的笑声吹散了我内心积聚多日的醋意,只留下了挥散不去的失落。我突然意识到,不论我如何努力,再怎么挣扎、胡闹,都没有办法替代那个女孩去拥有那些他们的回忆,也没有任何可能再去和他一起创造新的。不论我是否愿意承认,事实上我已经,彻底从祁诺的生活中被除名了。从他们的谈话中我甚至发现,自己的心智和见识依然停留在高二的那个岑小若身上,已经很难理解他们口中那些高深的话题了。

回想起来,在扮演"小弱"的期间,我没有高考,没有上大学,没有出国,没有实习和深造。这一切经历上的缺失,让我成了一个听不懂他说话的呆萌蠢货。

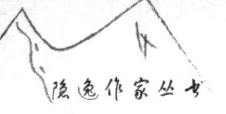

　　灯光下,那个陪他畅谈人生和未来的人本该是我才对,可现在,一切都乱了套。

　　那一晚,我惊觉,那个我该离开他的身边,真正消失在这个世界上的时候,到了。

32. 会面

"人太复杂。那些你认为懂你的人,未必真的看得懂,而那些你忽略掉的人,却总是在不经意间洞察你的内心……"

祁诺和惠如彻夜长谈的那晚,我再一次潜伏到了猫婆家的院子里,溜进了她的房子里,请求她开启那神奇的"灵魂置换器",让我回到岑小若的形态。

"这是为什么?"猫婆听到我的请求,奇怪地看着我,"你不是不久前才变回去过吗?难道,你想好了愿意让祁诺看到你衰老的样子?"

我不敢告诉猫婆我的真实打算,只好装乖点头。

"好吧,"猫婆站了起来,叮嘱我说:"不要忘记,我们都不知道你有多少次变回去的机会,千万不要轻易浪费了。"

我当然不会告诉她,这应该是我最后一次了。

与上次同样的一阵天旋地转之后,我站在了猫婆家玄关的镜子前,穿上了猫婆中年时期的衣服。看着镜子中成熟端庄的自己,

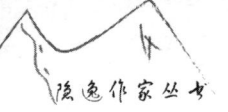

我特意给自己化了一个自认为比较适合的熟女妆容。

出门前,我抱了抱猫婆,告诉她我很快回来,然后叫了一辆出租车,报出了那个我从出生到"离世"居住了十七年的那个地址。

车子开出祁诺家小区的时候,我看到祁诺和惠如正拉着麦兜在小区里散步,麦兜摇晃着尾巴到处撒欢,惠如拉不住它,正在笑着向祁诺求助,他奔向她的时候经过我的车窗边,我看着他和我擦身而过,心里默默和他道别,在车子里目送他们离我越来越远,直到最终消失在我的视野里。

再见了,祁诺君;再见了,惠如。

十五分钟后,车子停在了我的家门口。是的,岑小若的家,真正的家。公寓一楼的大门紧闭着,打不开,我这才意识到自己居然已经没有家里的钥匙了。我试着打家里的座机电话,没有人接听,看来真如在祁诺家的时候听钟秦说的,外公已经和爸妈回美国了。我抬头,正好看见八楼临街的窗户后面淡黄色的窗帘,加上家里电话还能打通的线索,我确定虽然外公已经搬走了,但家里的房子还是有人照看。

如果是这样,还有谁会有家里的钥匙呢?爸妈和外公会让谁帮忙照顾家呢?

我思索了几秒,拿出口袋里猫婆的手机,试着拨通了钟秦的电话。四年了,我真的不敢确定钟秦有没有换过号码。

我记得那个号码还是我们在他买了第一个手机那天一起挑的,里面有2、5、0三个接连的数字,我一看到就威逼利诱让他一定要买下来。

电话那头"嘟嘟嘟"的声调,居然通了。

我突然发现自己还没有想好一套万全的说辞，可电话那边已经有人接听了。

"喂，你好……"钟秦的声音，他真的没有换号码。

"喂……那个，喂……"我一时语塞，大脑疯狂运转着。

"请问，是钟秦，钟秦同学吗？"我尽量装出沉稳老成的腔调来。

"是我，您哪位？"一个至关重要的问题。

"我，我是，我是岑小若的远方姑姑，那个，对，我姓岑……"我简直要被我自己蠢哭了，赶紧调整心情继续道："钟秦同学，是这样的，我受我哥，就是小若的爸爸之托，要到他们市区的家里取一些东西，他们从美国给我寄了钥匙，但我不小心弄丢了，我哥告诉我你们家那里应该还有一份备用钥匙，你，你能把钥匙暂时给我吗？"

"唔……"钟秦那边比较迟疑，沉默了好几秒，我觉得自己的谎言有些拙劣。

"好吧，阿姨您现在在哪儿？我把钥匙给您送过去。"他居然爽快答应了。

很好，完美中计！

我说我就在小若家楼下，钟秦立即挂了电话上路来找我了。

我在路边停泊的车子的车窗上反复看自己的模样，再三确定了自己现在的模样完全符合"远房姑姑"的形象。

就在我待在楼下继续在心里完善我的小计谋的时候，一辆明黄色的跑车开到了楼下，车窗摇下，钟秦探出脑袋来四处看，目光最终锁定我。我暗暗感叹，一晃眼我们已经从骑自行车乱逛的

221

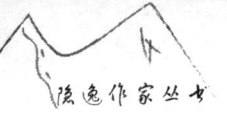

年纪长到了能开汽车的年岁了。

"您是……小若姑姑?"钟秦有些狐疑地看着我。

"是,我是小若的姑姑。钟秦同学,你好,好久……"我把那句"好久不见"生吃了回去,"那个,我等了你好久。"

"阿姨您等一下。"钟秦把车子停好,开了车门走到我身边,手里攥着钥匙。

"您,长得真像小若。"他仔细看我的容貌,"可我从来没听她提过您。"钟秦的眼神里还是有些怀疑。

"小若那孩子,可惜了。"我赶紧摆出一脸惋惜的表情,"我也是这两年才搬回国内来生活的,之前都在国外工作,连小若都没怎么见过我,更别说和你们几个小朋友提起了。"

"原来如此。"钟秦看着我,显然还没有打消疑虑,我决定速战速决。

"钟秦同学,我们赶紧上去吧,我也不好耽误你太多时间。"

钟秦点点头,帮我刷开了大楼的大门,进了电梯还特意等我先按楼层。我心中笑他小聪明,一脸淡定地按下了8楼的按钮。我们站在801房的门口,钟秦把钥匙插进锁孔,转了一下,第二次转的时候钥匙好像有些卡住了,门没有开。

钟秦试了几次,都没有成功。

"奇怪。"钟秦嘀咕。

站在自己家门口居然还进不去,我实在忍不住了,拿过钟秦手里的钥匙,先转了一圈,等第二圈转到一半的时候,我往里推了一下门,钥匙扭动成功,门开了。

这把防盗门锁容易生锈,只有我和外公才知道这个往里推门

的小窍门。

钟秦吃惊地看着我,我赶紧逃到了房间里。

眼前是一个和印象中完全吻合的家,除了一切都蒙上了灰尘,并没有什么巨大的改变。沙发旁的小茶几,电视机上的搪瓷猫摆设,餐桌后面奶奶的照片,阳台上的一小串风铃,敲出动人心律的脆响。我四处看着,积淀在心中太久的对家的思念忽然膨胀起来,撑得我胸口好疼。我慢慢走进我的小房间,那里和这个家的每一个角落一样,一切的摆设都好像我从未搬离过这里一样。我的小床上,平铺着干净的棉布席单,书桌上的笔盒,还是端正地摆在那里,我打开衣橱,里面我的春夏秋冬的各色衣服直挺地挂着,没有一丝褶皱。

想象着家人在我离开后整理我的每一件物品时的不舍和心酸,我差点忍不住掉下泪来,一抬头,发现钟秦就站在我房间的门口观察我的神态。

"阿姨,您是来看房子的,还是找东西的?"我觉得他的眼神已经像在看一个假装亲戚混入别人私宅的骗子了。

可是,我该找点什么呢?

"对了,我是来帮忙找,照片的!我哥哥嫂嫂要在美国的家里设一个,小若的灵位,需要一张更好的照片。照片就在,对,在客厅的书柜里!"

我赶紧跑到客厅,假装翻箱倒柜找出了好几大本相册,翻来覆去,抽出一张我高一时候的入学照。

"这个,就是这一张,找到了!"我假装打开手机核对,避开钟秦的审视。

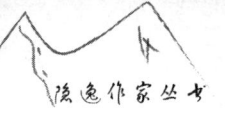

"那么顺利，那就太好了。阿姨，您能帮我找个东西吗？"

这小子，想在我家里找什么？难不成是我压在床底的压岁钱？

"我想找一把钥匙，是我以前放在小若这里的，一把钥匙。阿姨您先帮我找，我去阳台看看我的车停在下面是否安全。"

钟秦说着径自走到了阳台，我知道他说的是他曾经送给我当作生日礼物的那把一中琴房的钥匙。钥匙就在我床头柜的一个小铁盒子里，我想着便自然而然走进房间把它取了出来，回到客厅交到了钟秦手里，告诉他找到了。

"钟秦同学，你要这把钥匙做什么？"

"这个，是我们学校图书馆的钥匙，我以前借给小若的，现在想拿回去做个纪念。"

"图书馆？"明明是琴房，我没想到这个忘恩负义的家伙居然忘记了。

"嗯，图书馆……"他盯着我好一阵，随后才说："阿姨，您东西拿到了，我们就走吧，我还要负责锁门呢。"

我回头看了一眼家里的一切，真的好想就此留下来不走了。可我知道，我应该只有十二小时的时间，现在，已经过去了快两个小时了。

下楼后本以为钟秦马上会离开，没想到他开口说要请我喝东西，说是难得见到小若的姑姑，想要尽地主之谊。

我想想自己的计划，时间足够充裕，便答应了。毕竟，这也是我们两人的最后一次见面了。

钟秦开车载我去了一中附近的一家我们曾经常去聚会的台

湾甜品店，我们坐下，他像往常一样点了一杯弹珠汽水，我本想点一杯最喜欢的招牌珍珠奶茶，但又觉得一个看上去四十岁的老阿姨和一个大学生模样的男生面对面喝珍珠奶茶的画面会很不和谐，只好装样子点了一杯感觉上会更加"沉稳"一点的咖啡。

我有很多话想和他说，却无奈只能装出本太太和你等晚辈无话可讲的派头，桌上的气氛一度有些尴尬。

"那个，钟秦同学，你该上大学了吧？学习还紧张吗？爸爸妈妈身体都还好吗？"我努力把自己装成一个长辈该有的样子，开始嘘寒问暖。

钟秦礼貌地回答着我各种无关痛痒的问题，我喝着面前的咖啡，觉得这玩意儿真是说不出的难喝。

终于，眼见和钟秦迂回得差不多了，我忍不住好奇心，装作随口一问的样子问了他小若班上其他同学的动向。

"阿姨，没想到您虽然不常见到小若一家，倒是很关心他们。我们其他的同学都还好，小若最好的朋友文静考上了浙大中文系，她最大的敌人陈言言报了本市的表演学校没有考进，结果去了艺校，还有……"

他和我说着三班同学的近况，我认真听着，想到大家都已经四散在这个世界的各个角落，做着自己喜爱或者被逼无奈的事，心生感慨。

我喝着极苦的咖啡，心里对钟秦他们充满了羡慕和对自己境遇的失落。咖啡的味道刺激着我的味蕾，我突然想到猫是不能食用咖啡因的。现在的我，不知道到底算人算猫，这样贸然喝下大量的咖啡因，不晓得会不会直接暴毙！想到这里，我来不及打断

225

钟秦就起身冲到洗手间，强迫自己把刚才喝的咖啡都吐了出来。

简单清理之后，我强装若无其事地回到座位，钟秦看到我就询问我是否还好，眼神里都是惊讶。我不明白他的意思，拿出手机偷看自己的脸。屏幕上我眼角的皱纹比几小时前似乎又加深了，加上刚才的催吐，脸色煞白，好像就在这一个小时的时间里比刚才又苍老了两三岁。

看来我身体的变化已经在加速了，就如猫婆所说，长期保持着人类思维的我，已经大大消耗了小弱的身体，而这样的伤害在我变回原来模样的时候也尽数呈现了出来。我要是再这样和钟秦面对面坐下去，估计不用太久一定就会被他看出问题。

想到这里，我赶紧收起手机，低下头尽量不让钟秦看到我的正脸，谎称自己买了中午回去的火车票现在就要走了。钟秦说要送我，我起身拒绝，慌忙出了咖啡店的大门，却听到身后一阵脚步声，钟秦居然追了出来。

"阿姨，等等！"

我转身胡乱和他挥挥手，让他赶快回去，没有停下脚步。

"阿姨，阿姨，小弱的姑姑……"钟秦还在我身后穷追不舍，这让我更加肯定他是有几分怀疑我身份的，只能加快步伐。

"阿姨，阿姨，您等一下……岑小弱，你给我站住！"

岑小弱，你给我站住！

我以为自己听错了，下意识转过身去，我们就这样对望着，钟秦的眼睛里是湿润的，我的心跳剧烈到难以呼吸，他却在这个时候冲上来抱住了我。

一个翩翩少年，居然在路上抱着一个四十来岁的中年女子，这副景象瞬间吸引了几个拥有着八卦之魂的路人驻足围观。

他紧紧将我锢在怀中,用力到像是怕我会忽然消失一般。我没有推开他,因为我清楚地意识到,钟秦一定是知道了什么!

"小若,小若,岑小若。是你,真的是你……"他没有要松开我的意思,在我耳边不断喊我的名字,我感觉自己没有了力气,整个人依靠在他的怀中。

他知道了,他是怎么知道的?为什么所有的人里面,只有他能知道?这个人,居然不是我心心念念的祁诺。可是,钟秦还是认出了我,这让我感到四年来前所未有的感动和满足。

我微微抽离他的怀抱,不再躲避他的目光,他也完全不理会我们周围越来越多的吃瓜群众。

"你,你是怎么知道的?"

钟秦拉起我的手,说了一声跟我来,迅速带我离开了人群。我们回到了他的车子里,直到车门关上脱离了路人的眼光,他才微微松开了抓紧我的手,目光却还在我的脸上。

"刚才我还不确定,现在我百分之百肯定了。小若,这到底是怎么回事?"

"钟秦,你先告诉我,你是怎么知道我身份的?"我急切想要知道答案。

钟秦打开副驾驶前面的抽屉,取出一叠东西,告诉我:"是因为这些……"

33. 真相

"唯有真心信你的人,才有权利听懂你说的话……"

我好奇地凑上前去看钟秦打开那叠东西,是报纸。日期都是三年以前。钟秦慢慢翻阅着旧报纸的每一页,我终于恍然大悟。

旧报纸没有什么特别,但好几页都有一个个不仔细看很难注意到的小洞,如果认真做一个汉字填空,就会发现那几个反复缺失的字是:

我,是,人。

哈利路亚,我的暗号,终于被人破解了。

"那天我离开祁诺家的时候下起了雨,就顺手拿了大门口丢掉的旧报纸擦了自行车坐垫,我还抽了一沓举在头顶挡雨,没想到过了几个月,无意间在我房间角落里找到了,而且发现了这个秘密。"

"钟秦,你真不愧是我的好兄弟,真发小。可是,难道单凭这些报纸,你就能断定,我还活着?"

"不,"钟秦坚定地摇摇头,"让我产生怀疑的,其实是学长那天的话,还有你的一个举动。"

钟秦口中所说的上一次去祁诺家的时候,应该是三年前祁诺告诉他自己准备出国的时候。那时,祁诺向钟秦透露过自己怀疑我不是一般的小猫的根据,可我又做出了什么让钟秦怀疑的举动呢?我仔细回忆那天的一点一滴,难道是?

"没错,那天学长和我说自己可能有精神病,并且时常感觉你就是小若的时候,我真的觉得他是思念成疾了,但当我走进客厅,发现你正在阻止家里的狗吃桌上的巧克力,当我亲眼看到你把巧克力藏在了沙发下面,死活不让那只狗去吃的时候,这个举动一下子让我把学长说过的话和眼前你的行为结合到了一起。当然,那时我也觉得自己的猜想很疯狂,甚至觉得自己只是被学长传染了,直到我发现了这些报纸,才有了更多的事实根据。"

我想到祁诺出国后,我有好几次都看到钟秦去找祁诺,甚至还敲开了猫婆家的门,之后还给我送来了好多用品。原来那时候,他就已经对我的身份有所了解了。

"是的,看到这些报纸之后,我想到学长家去确认,但他们一家都在美国。我在邻居家看到了你,心想只要有一点可能你就是小若,我都要尽心好好照顾你。"

钟秦啊钟秦,你照顾我的方式难道是给我买猫粮?我爱吃那么多的山珍海味,你居然唯独给我买来了猫粮?

"祁诺学长回国前通知了我,我就决定在他回国的那天到他家去再打探打探你的事情,就在我按门铃的时候,我看到旁边的花草后面有烟雾,隐约看到一个女人的轮廓,可在我走过去看的

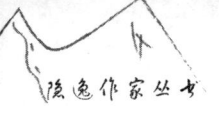

时候，那里没有人，但我看到他家的小弱，就是你，从花坛后面跑进了后院。"

我感谢老天爷终于听到我多年的祈祷了。

"再接下来，就是你今早的电话和我看到你的第一眼了。小若，你的脸，你的长相，虽然我不知道发生了什么，但你还是你的样子。听到你前言不搭后语还努力圆谎的话，我就怀疑了，而就是今天在你家的时候，我有了九成的把握。"

他伸出手放进我的大衣口袋，掏出了那把琴房的钥匙，我瞬间就全明白了。

原来今早他是故意说要找的是图书馆的钥匙，却没想到我一下子就找到了那把琴房钥匙给他。我在房间里取这把钥匙的时候，他一定悄悄跟在我身后都看到了。一个号称远房亲戚的女人，怎么可能不翻箱倒柜，直接就知道一把小小的毫无特点的钥匙的藏身之处？

钟秦啊钟秦，真是难为你了。

"接下来我们聊天的时候，我从你喝咖啡的表情还有对同学们的关心，得到了那最后一成的肯定。事情就是这样，就算你现在觉得我是个十足的疯子，我也觉得我没有认错你。小若，这一切到底怎么回事，如果你不和我说，我可能真的要拉着你一起去看心理医生了。"

我已经没有必要再隐瞒了，能被自己的好朋友认出并且接受，对我来说简直是一个天大的意外之喜。我从车祸那天开始讲起，把一切都告诉了钟秦，包括猫婆和她的丈夫，还有那本她无意之中在猫岛发现的奇书。我尽量做到无所隐瞒，但还是没有透露我

* 230 *

接下来的那个计划。

钟秦全程睁大眼睛听我说完,没有插一句话,待我说完,他摇下车窗,把头伸出去深吸了好几口气,才对我说:"我觉得我的世界观被颠覆了。"

是啊,换做今天是钟秦和我说同样的故事,我可能也会有种三观尽毁的感觉。

"这件事情,除了我,还有谁知道?祁诺学长,他知道吗?"

"不,"我摇头,"他怀疑过,但他觉得自己疯了。你要知道我躲在一只猫的身体里,是没有办法让他相信的,更何况现在我已经衰老成了这样,再让他知道又能怎么样呢?难道,我要让他一辈子守着一只猫活着,期待着偶尔能和一个由猫变成的老女人有几个小时的约会时间吗?"

钟秦听我这样说,不由眉头深锁,沉默了一会儿又试探着问:"那你爸爸妈妈还有外公呢?你打算让他们知道吗?"

我抓住钟秦的胳膊,紧张到指甲都要嵌进他的肉里:"求你,千万不要告诉他们。你说出去,大人们除了会集体把你送去看精神医生,我想不出会有什么别的后果。"

钟秦彻底沉默了,从小到大,他是最懂我心思的,也是最了解我身边的每一个人的。这一切对我们谁来说都太过疯狂和怪异,除了从小一起长大的我们,没有任何人会相信的。

"那么,你有什么打算呢?我想要知道,我接下来要怎么帮你?"

"四年了,我本来不奢望除了猫婆之外会有人能认出我。我的家人都走了,我现在只能住在祁诺那儿,继续扮演他的宠物,

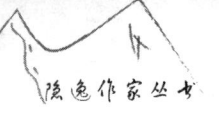

陪着他,也继续寻找变回去的方法。也许,有一天我能变回原来的样子也不一定呢?"

"能吗?"钟秦怀疑地看着我,眼神里都是心疼和不舍,"你不要怕,我会想办法帮你的,如果你在祁诺家不开心,我就带你回我家。你不是说,只要我真心相信你是谁,我就能和你无障碍交流吗?就像猫婆和你还有和她的先生一样。只要你一句话,我就想办法把你从祁诺家带回去,只要你一句话。"

钟秦的语气里带着恳求和期待,我点点头,心里好一阵感动。

"是的,'唯有真心信你的人,才能有权利听懂你说的话',这是猫婆和那个日本作家说过的。可是钟秦,我暂时还不能去你家,老实说,祁诺那里,我还没有放弃希望。"

钟秦眼中闪过失望和忧虑。

"是啊,我知道你有多喜欢他……那我以后就经常去看你,我也会说服他,家里没人的时候把你送到我这里来,我给你买你爱吃的,给你放好看的电视,这些年你错过的剧我都陪你追,你要做什么去哪里,我都陪你。"

我看着钟秦,曾经的暖男闺蜜,如今还是一样暖,只是更加成熟和有担当了。

我瞟了一眼车里的钟,不知不觉,时间已经过去了快六个小时了。还有六个小时,我就会变回喵星人小弱。

钟秦也注意到我正在看时间,赶紧问我:"小若,接下来你要去哪?还有什么事情要做?"

车窗外不知什么时候飘起了绵长的细雨来。

我很认真地想了想,告诉钟秦,我想要逛街。

车子开动，不一会儿又停在了一中侧门旁的那条最热闹的街道旁。

我和钟秦从学校旁的那条商业街的一头开始，跟着年轻的人群一起走着。这些地方，是我和钟秦还有文静三个人一起消磨时间的地方，也是遇到祁诺以后，我们两个人最爱的地方。我们在奶茶店旁停下来，挑选了各自最爱的口味，然后淋着小雨在一家家格子铺间钻进钻出，看看摸摸各种小玩意儿。街边的人偶尔会注意到我的模样和状态，窃窃私语，仿佛看到了一个充满少女心的中年"阿嬷"。钟秦毫不理会他们，看到我喜欢的，就掏钱给我买，我也照单全收，因为我知道，这也许是最后一次有人为我买东西了。

雨更大了些，街上的行人纷纷四散躲雨，我拉着钟秦跑进了那家抓娃娃店，那个我曾经和祁诺约会了无数次，并且被他"捡到"的地方。我把口袋里所有的钱拿出来在机器里换了硬币，一个一个丢进去，一次一次操作着那只大铁手，钟秦帮我抱着大大小小的玩具和零食，在一旁帮我助威。

曾经，我和祁诺就是这样的，一个人抓，一个人喊。

店里的人并不多，到最后只剩下我和钟秦两个人。天色渐渐暗了，我们脚边的娃娃多了起来，我全神贯注地操作着，直到用完了最后一枚硬币。

"还玩吗？"钟秦笑着问我。

我看着店外的天色，时间差不多了。

"不了。"我把抓来的一堆娃娃一个个摆放在了店铺的角落。

"你不打算带走了？"钟秦见状问我。

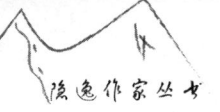

"不了,"我轻轻地说,"就当是我送给其他路人的礼物吧。"我从排列好的娃娃中拣出了一只白色小猫样子的玩偶,递给了钟秦。

"钟秦,好兄弟,谢谢你今天陪我,我把这个送给你,看到它,希望你能偶尔记得我,但我也请求你,不要花太多心思记得我。"

听我说着这些毫无逻辑的话,钟秦的笑容消失了,但他没有多问,接过玩偶,问我接下来要去哪里。

我看着窗外的灯火,说了一句"回家吧"。

车子停在了祁诺家的小区门口,钟秦不舍又担心地看着我,第十遍问我是否确定不需要他告诉其他人我的状况。

我坚定地说不用,轻轻拥抱了他,告诉他,谢谢他让我做了半天曾经的岑小若,还说过一阵子我还会找他,他只要等我就好了。

"小若,你确定要这样漫无目的地等下去,等到你能彻底变回原来的样子的那天?要是……"

"不会的,"我打断了他的话,"我相信奇迹。我能活下来,就是一个天大的奇迹。钟秦,我会等,等我变回去,等祁诺娶我的那一天,这就是支撑我活下去的动力。"

钟秦艰难地点点头,说了一句"我知道了"。

我目送钟秦驾车离开了祁诺家小区的大门,再也忍不住的泪肆意在雨中落下来。钟秦那句没说完的话应该是"要是你永远也变不回去呢",其实,我早就知道,一切永远都变不回去了。

时间还有一个小时,我横穿祁诺家的小区,经过了祁家的别墅,踱步到了小区的后门,直接走了出去。

我骗了钟秦。

我根本没有打算再回到祁诺家继续做我的猫娘小弱。如果我没记错,祁诺家小区的后门离本市内环的高速公路入口很近,只要再走一会儿,我就能到那上面去了……

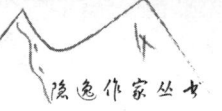

34. 表白

"天了噜,你现在,是在对一只猫表白吗……"

天彻底黑了,暴雨如注。我借着雨和雾气的掩护,一步步走上了离祁诺家不远的高架桥。车子从我身边一辆一辆急驶而过,不论有没有注意到,都不会有人有心思在这样一个雨夜停下来理会我。我的身体紧贴着公路的护栏,浑身湿透后感到入骨的冷。其实,不只是雨让我冷,那种能量和人气息的流逝,是我不久前才感受到过的真正的寒冷。

再往上爬一些,走一段路,就能到达车速最快的路段了。我的大脑开始被寒冷冻住,难以思考,但还是机械地一步一步往前走着。祁诺、钟秦、爸爸、妈妈、外公、外婆、同学们、老师们,他们的脸晃过我的眼。我低头,发现自己的手和脚已经慢慢变淡,融在水雾里。我着急了,想往前再努力奔跑几步,却感到腿脚无力,身体往前倾,狠狠跌倒在路边。我面前的车轮快速驶过,溅起一层又一层如同浪花一样的雨水,打在我身上,溅出更浓烈的水气

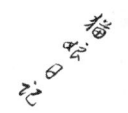

来。时间到了！我想抬头再看一次天，只看到头顶上一片淡红的烟雾朝我压低下来。

"喵，喵，喵呜啊……"

一只浑身湿透的白猫在高速路上悲鸣，它是找不到家了？还是被狠心的主人遗弃？又或是被残暴的虐猫一族抓来故意放在了这里？无关紧要，这里任何一辆疾驰的汽车，都可以让它瞬间变成一滩肉泥。

我曾经在高速路上几次经历过这样的场景，见过误入歧途的无助的野猫在路边徘徊。车子快速开过，甚至都停不下来去救。

我看着面前一辆一辆开过的汽车，心中全是绝望。可是这样的日子，困在一只猫身体里的日子我过够了，既然没有办法逃脱，就只能自己帮自己解脱出来。

这就是我最后的计划。

车流不息，我迈开腿，又缩回去，踏出一步，又退一步。我开始感到害怕，不知道迎接我的将会是怎样剧烈的疼痛或是惨烈的状况。同时，我在心里激励自己，只要我勇敢一点，决绝一些，便能结束所有的失望和纠结，还有这已经没有意义的猫生。

一辆红色的小轿车开过，它的后面，是一辆乌黑的面包车。这辆面包车的威力，应该够大吧？我踏出前腿，后腿也动了起来，脸上不知道是岑小若消失前留下的泪水，还是这倾盆的雨水。面包车离我只有10米、9米、8米的距离了……

我趴在了它必经的路面上，闭上双眼，心中莫名生出一丝后悔和惧怕，想要移动位置，一睁眼，车子的大灯闪出的白光直晃晃地打在我的眼睛上，刺得我双眼一痛，一时慌得失去了方向和主意。

面包车的司机在这样漆黑的雨夜里根本看不到我的存在,他没有减速,没有刹车,甚至都没有按下喇叭。原来我的生命就连最后的声响都不会留下。

5米、4米、3米、2米……

就在我闭上眼睛准备迎接那最后一刻的时候,一阵急促的刹车声盖过了暴雨的声音,划破天际般地突兀,随之是一声巨大的撞击声。

奇怪的是,我没有感到疼,也没有失去意识,而是保持着刚才的姿势停留在原地。我睁开眼睛,隔着雨幕看到我和那辆黑色面包车中间横插着一辆明黄色跑车,两辆车子停在雨里闪着灯,面包车的车头仿佛被卸掉了一块,奇拉的车头摇摇晃晃。

我再睁大眼睛仔细看,天,这不是钟秦的车子吗?

我懵了,两辆车子的主人估计也懵了,时间仿佛定格了好几十秒,我才看见钟秦走下车朝我一步一步走来,他离我越近,从我的视角看上去就越发高大挺拔。他走到我面前,弯下腰,将我拢入怀中。

黑色面包车的司机这时候也下车来,断断续续的咒骂声掺杂着雨落下的声音传来:

"小子……会不会开车,这样突然插过来……还好是下雨我车速慢……你是不是不要命……"

待他走近看清楚了一切,骂得更凶了:

"你,你居然为了捡一只野猫,这样危险驾驶,你,你,你,真是个疯子。"

钟秦用手盖住我的头顶，不知是要为我挡雨还是想要帮我隔绝那粗鲁的谩骂声。他迅速拉开自己的车门将我放在副驾驶座，从车里拿出皮夹子，我透过窗户看到他礼貌地和面包车司机交涉着，从皮夹里拿出钱来，又取出手机给了联系方式，交涉了好一阵，那人才骂骂咧咧不情不愿地将被撞坏的车开走了。

钟秦开门进车子的时候，我才发现他的车门也被撞得凹进去了一大块。

我的心狂跳，既是惊慌，也是惊讶。我不知道他是怎么会出现在这条路上的。

钟秦看了我一眼，发动车子，缓缓加速。

我恨自己无法说话，只能"喵喵喵"地叫唤，问他我们要去哪里。

钟秦没有说话，脸色煞白也没有表情，我知道这是他生气极了的模样，从小就是这副样子。

空气中弥漫着压抑的气息，过了好久，钟秦才开口说了几个字："跟我回家。"

我知道他"听"到了我刚才说的话，也知道他对我的行为失望透顶，但我真的不知如何才能让他明白，对于一个失去了所有的信心和勇气的我，只能选择这样的结局。

不管怎样，落在了这个表面温和其实内心倔强到极点的死党手里，我明白我这一次肯定是死不了了。

在钟秦家市区公寓的地下车库停好车，钟秦抱着我湿答答地进了电梯。电梯里一个年轻女孩看到这个浑身都在滴水仿佛刚从河里被捞起来的少年和在他怀中瑟瑟发抖的我,大概是觉得画面既搞笑又尴尬,忍不住拿起手机偷拍了一张。钟秦的眼镜上蒙着半层雾气,隐约可以看出他眉目间还带着怒色,对面前偷拍我们的女孩完全没有理会。

出了电梯,钟秦抱着我打开公寓的大门。家里没有开灯,看来钟秦爸爸妈妈和外婆已经睡着了。钟秦径直走进卫生间,打开吹风机,什么也不说,对着我周身小心地吹起来。

温热的风让我瞬间暖了过来,就连刚才似乎被冰封的大脑也一点点开始解冻。

我不敢说话,因为钟秦的脸色没有转圜。

吹干我之后,钟秦将我放在他的卧室,过了一会儿开门进来,身上已经是干净的另一套衣服了。

他将门重重关上,面对着门握着拳头站了一会儿,突然转身对我一声咆哮:

"岑小若,你到底想干什么?"

我被他突如其来的爆发吓得身体一晃,毛都要炸开了,站在原地动也不敢动。

钟秦就站在我面前,低头看着我,眼睛似乎要喷出火来,我从来没有见过他如此激动,就连小时候为了保护我和同班最胖的那个男生打架的那一次,都没有这么激动。

钟秦啊,其实我要做什么,你很清楚不是吗?

钟秦依旧看着我,应该是听到了我的心声,他的身体微微颤抖着。

"岑小若,你不是刚刚才和我说,你要等祁诺娶你吗?你不是说你要排除万难找出变回去的方法吗？你不是说会让我帮你吗？那你，你为什么偷偷摸摸地想要去找车撞？你真的，活得那么不耐烦了吗？"

活得不耐烦，这真是一个相当贴切的形容。

他听到了，什么都明白了。

"原来，你今天所说的和所做的一切都是骗我的，都是你告别我们的一个仪式而已。你知道，你知道自己变不回来了吗？"

我点头，眨了眨眼。

钟秦深深吸了一口气，语气缓和了很多。

"小若，你知道当我发现你还在这个世界上的时候，有多高兴吗？就算你现在不是以前的样子了，但你并没有消失，你知道这对我或是对你身边的亲人朋友，会是多么欣慰的一件事吗？"

我走到他脚边坐下，不知道此时此刻该安慰他，还是安慰我自己。

"我求求你，不要那么快就放弃第二次活下来的机会，否则，你怎么对得起，对得起我对你的……"

他停下不说了，我敏感地从他的口气中听出了一丝异样。

他再次深吸一口气，跪在我面前看着我，眼里有泪，还有深红的血丝。

"我管不了那么多了，都这个时候了，这是你的第二次机会，也是我的。小若，我请求你不要这时候去死，因为，我，钟秦，喜欢你，已经二十年了。只要你同意，我愿意照顾你一辈子，不论你现在和将来是什么样子，我都愿意陪你。"

我的第一反应是他在开玩笑，但我面前他的脸，浮现的是从未有过的郑重。天了噜，钟秦，你现在，是在对一只猫表白吗？

就在我们试探着望向彼此的时候，门口"哐当"一声，让我和钟秦当场石化。

钟阿姨，也就是钟秦的母后大人，此刻正穿着碎花睡裙，顶着一头卷发，一脸惊悚站在钟秦的房门口。她右手端着一个倾斜了的托盘，盘中的热茶和茶杯尴尬地躺在地上。

糟糕，她不知道什么时候来了，听到了钟秦刚才的话。

"妈，妈妈，你……"钟秦语无伦次。

"钟，钟秦呀，那么晚了，你这是在做什么，还有，你房间里怎么会有只猫？"

钟阿姨站在原地不断发射问题。

"这，这是我学长的猫，他最近不在家托我照顾几天。"

钟阿姨的脸色略有松弛，但突然又紧绷起来。

"可是，儿子，你刚才又是在做什么？"

钟秦一时语塞，支支吾吾没想出个标准答案。

笨蛋，关键时刻还是要我出马抵挡。

我低下头去，在心里默默"传送"答案给钟秦，他"听"我说，然后一字一句重复：

"我，我刚才是在练习。下周有文艺汇演，我们班演的是偶像剧《怕猫之夏》，我刚才是在练习……练习表白那一段台词呢。"

傻瓜，是《泡沫之夏》好不！

钟阿姨"噢"了一声表示恍然大悟，这才想起低下身子去捡地上的茶杯。

"妈，我不渴，你快点睡吧，我练习完了也要休息了。"钟秦一副想要早点脱身的模样。

"好吧,你也别太晚,不要再练什么乱七八糟的台词了,什么喜欢二十年,照顾一辈子,你们的台词也太老土了。还有,外婆怕猫,你还是赶紧把猫咪送回学长家去吧。"

钟秦一边"嗯嗯嗯"地答应,一边上前去关门,没想到钟阿姨突然想到了什么,一拍脑袋回头问钟秦:"不对,儿子,刚才我听到你喊,喊什么,小若?"

钟秦的脸再一次僵住了几秒,随后赶紧若无其事地笑着说:"妈,你听错了,不是小若,是小如,和我对戏的女主角,长得特像林心如,所以是小如,小如……"

我不得不为他的机智点赞。

钟阿姨一听,赶紧叮嘱钟秦好好把握机会,多多和"小如"练习。钟秦苦笑着答应,好不容易才把钟阿姨"请"出了房间。

一切终于安静了,我们两个对视一笑,仿佛又回到了小时候并肩对付大人们的默契时光。

可是,我的内心不知是被钟秦刚才的一番胡话震慑住了,还是被钟阿姨突如其来的造访惊住,如同停不下的钟摆一般,摇晃不止。

回想刚才钟秦的那番话,我有些恍惚。可是我并没有听错,他说的是,他,我的暖男闺蜜,钟秦,已经暗恋我二十年了。

而我却傻到没有一分一秒感应到。

我回想起岑小若车祸后在墓地我看到他的那一次,他的悲伤、愤怒、绝望,那时的我居然都忽视了。那一瞬,从小学到我去世前的每一天,那些钟秦对我照顾有加、呵护备至的日子,都潜到

了我的意识里,让一切都明朗了。

爸爸妈妈离开我出国的那时,陪在我身边看我哭,哭完递给我纸巾的人,是他;小学时外公在医院照顾外婆,把我带回家蹭饭的人,是他;初中我和男生吵架,站在一旁帮我挺我的人,是他;和祁诺在一起后,默默退在一旁,什么都没说的人,是他;奋不顾身将车横贯在我和那辆面包车中间的人,也是他。

这一切很不真实,但我的心已经开始痛了,一半是罪恶,一半是心疼。罪恶和心疼的原因,是因为我居然忽略了他的感受那么久,也因为我真的对他一直付诸的都是友情甚至亲情,将来,也许一直都会是这两者的混合。就算这一切有任何转机,我也知道,活了第二次的岑小若,永远也活不回原来的样子了。

钟秦的脸卸下了激动,只剩下悲伤。我刚才的思绪,他应该都感觉到了。其实,不用我说,凭着我们这么多年的默契,他都会秒懂的。

"对了,我之所以刚才会来得及救你,是因为我在路上碰到了祁诺。"似乎是要故意缓和这微妙的气氛,钟秦换了一个话题。

听到祁诺的名字,我的心颤了一拍。

"我离开他家的时候,在旁边的街上看到他和一个女孩。我停车打招呼,他说你不见了,他们一家人在小区和街上找了快半天,大家都急疯了。那个女孩,我看得出和他是什么关系。这样一来,我就大概猜到你白天说的都是骗我的了,我知道你已经放弃他了,而且,也没有打算回家去。"

想到祁诺满大街找我的模样,几个小时前想要彻底离开他的心,不知怎的又开始动摇起来。说到底,我还是舍不得他的,但这样活下去,看着他一点一点忘掉我,开始新的生活,对我来说又有什么意义呢?

"小若,难道你真的那么在乎自己是以什么形式存在吗?难道你不觉得,这世界上最可怕的,应该是'不存在'吗?"

"不存在",真的是我要的吗?我仿佛从未认真想过。

钟秦叹了一口气,将我抱上他的床,从柜子里取出了一床棉被铺在地上,自己躺上去。我很感动,他的一举一动,都把我当成那个曾经的小若来对待。

"小若,你是我心目中最聪明的人,从过去到现在一直都是。我不逼你,只希望你再好好考虑,如果明天天亮后你还是想要离开,那我再送你走。"

他关上了灯,但我知道,这对我们两个人来说,都将是一个不眠之夜。

35. 存在

"阳光、食物、朋友、笑容,我爱的和爱我的人,这一切,我依旧在真切地感受着……"

我闭上眼睛,一只耳朵聆听着窗外渐渐稀疏的车流声,另一只捕捉着钟秦的呼吸声。我以为在这样一个发生了那么多惊心动魄的事情的夜晚,我应该会第一个想到祁诺,但我并没有。相反,整个前半夜,我都在想钟秦刚才对我说的话,掂量着他的每一个字,脑海中反复出现他说话时候的表情。

每多想一遍,我的心就多愧疚一分。从前到现在,我都把这个"好兄弟"的心思放在了最末尾,甚至从来没有注意过他的感受。现在回想起来,我曾经做过的任性的事,在他面前秀过的和祁诺的恩爱,简直是在每天给他成吨的狗粮伤害。换位思考,我能感受到当时看上去那么温暖的他,心里是何等冰凉。

这一切,全是因为他也爱我。

就像猫婆死去的先生生前有能听懂他心声的太太,我一直坚信如果我也能有这样一个人，那他必定是祁诺。讽刺的是，如今祁诺已经放弃了那个死人岑小若，但钟秦却始终没有。

就算我知道自己不可能转变对他的感情，但我对钟秦的感谢和愧疚，令我不忍再让他经历一次我灵魂的消亡。

能有他的信任和懂得，我是如此幸运。

后半夜，钟秦的呼吸声渐渐均匀起来，我知道他一定累坏了，但他临睡前的那句话却在我耳边不断回响。

这世上最可怕的，是"不存在"。

如果岑小若在四年前的那次事故中就此离开了，如果之后不曾有小叶子的帮助，不曾有猫娘小弱，我会高兴还是失望？甘心还是不甘？如果岑小若早在四年前就"不存在"了，就不会看到祁诺为他伤心欲绝的样子，不会见证他努力振作起来的样子，不会看到他的家庭，他的父母，他今后生活的点滴，还有他的未来。如果岑小若已经"不存在"，只能像一个熟睡到永远的傻瓜一样，错过之后的所有，没有情绪，没有爱意，只是一个被这个世界除名的人。

我眼前浮现了那块我曾经见过的墓碑，冰冷、坚硬，连上面那在笑看这个世界的女孩，也是黑白的。参加自己葬礼时，那里萦绕着的湿冷气息，还有那些长居墓地的喵星人冷峻的眼神，都让我不禁打起了寒颤。

"不存在"，大概就是那样的吧？

这样胡乱想着，窗外有微弱的白光透进来，我的思维渐渐慢下来，之后沉沉睡去。

醒来的时候，是被一阵急促的敲门声吵醒的。

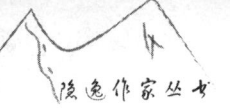

钟秦安静的房间里突然传来钟秦外婆的喊声:"秦秦,十点啦,你这孩子怎么还在赖床,快点起来吃早饭。"

钟秦迷迷糊糊睁开眼睛,很快转个身又闭上了。

我却彻底醒了。

好久没有见到急性子的钟秦外婆了,从小听到大的声音,真是亲切。

钟秦外婆耐不住性子,直接扭开了门,却看到钟秦躺在地板上。

"哎呀,秦秦,你这是怎么了,怎么摔到地上了,你,你不会是晕倒了吧?"老太太上前摇晃钟秦,他这才清醒过来。

"外婆,你见过晕倒的人还自己给自己盖被子的吗?"

我"噗嗤"一声笑了出来,一声细小的猫叫打断了祖孙俩的有趣对话。

钟秦外婆这才看到在床上半躺着的我,尖叫一声,整个人缩到了钟秦身后。

我这才想起钟秦外婆是最怕猫的。我和钟秦曾经为了捉弄她,带了一只邻居家的小猫崽放在她的卧室里,那天外婆的尖叫,是我听过最犀利的女高音,还记得因为那件事,钟秦和我被两家的大人训斥了一个晚上。

没想到昨晚才PK掉了钟秦妈妈,今早又惊动了他的外婆。

"秦秦啊,怎么有猫?"钟秦外婆用颤抖的食指指着我,整个人看上去都不好了。

"外婆,你别紧张,那是小……"钟秦还没睡醒的思维几乎要让他脱口而出,还好他愣了一愣,接下来说了一句:"小,小

248

野猫……"

我们两个人同时呼了一口气。

钟秦外婆踱到窗户前一把拉开窗帘,刺眼的阳光照进整个房间,一切都通透了。她来来回回检查着窗户,自言自语说奇怪,窗户关着怎么会有猫进来。

"外婆,我们住在二十楼,怎么可能会有猫爬上来?"

钟秦外婆一拍脑袋,才反应过来自己是被吓傻了。

"不是外边跑进来的,难道是你带回来的?秦秦,外婆最怕毛茸茸的动物,你怎么不声不响带了一只猫回来呢?"

"外婆,你别着急,你先出去吃早饭,留我和它谈谈,看看它有什么打算,就送它走。"钟秦边说边爬起来轻轻扶外婆到门口,老太太被孙子这没头没脑的话逗笑了,只好认输先出去。

门合上,房间里又恢复了安静,门外食物的香味还残留在房里。

阳光、食物、朋友、笑容,我爱的和爱我的人,这一切,我依旧在真切地感受着,全因为我还"存在"着。

我一抬头,撞上钟秦的眼睛,他默默走到了我面前,蹲下身子来平视我。

"小若同学,你想好了吗?"

我看着他的眼睛,把一只手搭在了他的手背上。

"钟秦同学,能麻烦你偷一块你妈做的三明治进来给我吗?"

他愣了几秒,突然笑了,手拂过我的背。

而我,也从心里真的笑了。

那个早晨,还有那时的我们,我会一直都记得。

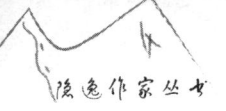

36. A 计划

"今朝有酒今朝醉,莫使猫生空对月……"

钟秦妈妈准备的三明治是我们从小吃到大的味道。以前,钟秦常常会带早餐到学校给我,我也毫不客气地经常到他家里蹭饭。真没想到我还能再品尝到这味道。

大嚼特嚼着钟秦为我掰成小块的美食,我忽然萌生了想见一个人一面的想法。那个人,应该也是一个美食爱好者,同时,他更是目前在这个世界上我所知道的,唯一的一个和我有着相同处境的人。

胖胖,或者说,是那位叫做严斌的西餐大厨,我需要和他聊聊。

蓝山已经过世了,现在能和我交流心得感受的,也只剩下我的喵星好友胖胖了。

我把我的想法告诉了钟秦。

"你是说,你想要把那只胖猫变回原来的样子?"钟秦捧在手里啃了一半的三明治差点掉在地上,压低声音挑着眉不可思议地看着我。

"是的。"我跳上他的书桌，平视着他，"胖胖的状态，与我和蓝山是完全不同的。他那么洒脱，那么欢乐，就像是从未挣扎过一样。我想和他聊聊，让他教我好好活下去的方法。"

钟秦沉吟了好久，最终点头答应帮我。

"只要对你有好处的，我都可以去做。只是，小若，你想要怎么把胖胖变回去？把他也放进烘干机里脱水吗？猫婆现在是胖胖的主人，你觉得她会同意吗？"

我认真思索了一阵，心里有了一个计划的雏形。

"猫婆曾经说过，承载着人类灵魂的猫只有完全失去了意识，人的思维和形态才有机会暂时取而代之。用烘干机，也许只是其中一个办法。如果我们能用一种方法让胖胖彻底失去意识，也许就能让他暂时变回来。当然，反复变回人类的样子对胖胖的身体伤害会很大，猫婆很大可能是不会同意我们这样做的，我也只能允许自己这样做一次。"

"彻底失去意识？你想怎么做？一闷棍打晕它？"钟秦质疑地看着我。

"钟秦，我'离开'的时候还未成年，所以我得问，你喝醉过吗？"

"喝醉？"钟秦当即恍然大悟，低头承认他曾经喝醉过几次，每次都是在我"去世"后忌日的时候。

我忍着心中的疼痛和难过，继续追问他喝醉后的感觉，越听越感觉自己的想法可行，随即迅速制定了"会晤胖胖"的A计划和B计划。

我的 A 计划，便是由钟秦先将我带回猫婆家里，然后借着和猫婆详谈我的情况为由，将她"调虎离山"到外面去，再然后，我会引胖胖到猫婆储藏室里的藏酒处，并且想办法将它灌醉。当然，如果酒精达不到我想要的结果，剩下的 B 计划便是由钟秦回来帮我把胖胖送进那台烘干机里去了，只不过 B 计划的操作难度系数太高，我还是希望永远不要用到。

和钟秦商量好细节后，我们当下便回到了猫婆家中。猫婆很热情地接待了我们，而钟秦也开门见山地说出了自己此行的目的并且提出了让猫婆为他翻译一遍那本日本男人写的书。猫婆显然不知道钟秦为何一定要出门商谈我的事情，但一向温文尔雅知书达理的她很快就答应了。看着他们出了门，我开始迅速在猫婆的别墅里向胖胖发出脑电波讯号。

"胖胖，胖胖，我是小弱，呼叫胖胖。"

我找遍了猫婆屋子里的每一个纸箱，里面都没有胖胖。

奇怪，这只胖猫平时这个时候总是喜欢窝在纸箱里大睡特睡才对，到底去哪里了？

我心里想着，正担心自己的 A 计划是否会死在襁褓中，忽然听到门外院子深处，同样发出了一声"去哪里了"。

我快速奔到院门处，果然看到胖胖艰难地从祁诺家的栅栏处挤进猫婆家这边来。我和它打招呼，它看到我，激动地一声大喊，这才从那个不大的洞里一下子钻了出来。

"小鬼，你去哪里了？我刚才去找你，看到你的那几个人类都在找你，急得不得了，我还以为你真的失踪了呢。你，你怎么在我家？"

我一时不能告诉它实情，只好说自己这几天溜出去玩了。

胖胖气喘吁吁地看着我，顾不得摆出想要教育我的姿态来，狂喊着口渴急着要找水喝。眼看着他全神奔向了楼梯口那盛着清水的小盆，我赶紧三步并两步，仗着自己身材灵巧步履轻健，赶在胖胖前头抵达了水盆，假装一个趔趄，扑倒了那盆本来就没有剩下多少的水，又用整个身体在水上滚了一圈，用毛发又吸掉了不少地上的水分。

"小鬼！你怎么回事，作为一只喵星人居然能用四只脚摔那么大一跤？糟糕，我的水被你弄没了。人类呢，我的人类在家吗？快点上水！"

我赶紧向胖胖诚挚道歉，并且遗憾地通知它猫婆出门去了。

"我晕！"胖胖庞大的身躯侧倒在楼梯口，向我投来绝望的眼神。

"胖胖，你别急，我知道一种比水更解渴更带劲儿的东西，你敢不敢跟我来？"

口干舌燥的胖胖哪里知道这是一计，当下就跟我到了地下的酒柜中。

在猫婆家借宿的那段日子，我早就侦查好了这里。

不大的小房间里空调开得有些冷飕飕的，一面靠着窄墙的柜子里琳琅满目全是红酒瓶子。我轻巧地跳上柜子的第二层，将身体挤进两瓶红酒之间，来回扭动了几下，"啪嗒"一声，红酒瓶子碎裂在了木板地面，紫红色的浆液流淌出来，一股香甜的味道在空间不大的房里弥漫开。

我不懂酒，只是暗暗希望自己毁掉的不要是最贵的那一瓶。

胖胖被这巨大的声响吓得蹦了半米高，我踩住它的尾巴不让它逃离现场，然后自行舔了一口地面上那甘甜的液体。

"唔……好酒！"

我故意发出一阵略显浮夸的赞叹。

馋嘴胖胖听到我这样说，早顾不得害怕，赶紧问我那是什么，"酒"又是什么？

我赶紧忽悠它说酒就是人喝的"甜水"，死贵死贵，是他们从来都不让我们喵星人品尝的好东西。

听罢我的描述，胖胖伸出舌头舔了舔左右两只爪子，一个劲儿问我"酒"这玩意儿解不解渴。

我当着它的面又大舔特舔了几口地上的红酒，告诉它这种高级甜水当然是最解渴的。

胖胖看我喝得安然无恙一脸享受，当下也低下头去喝了几口。我暗自观察它，心里暗自担心它是否会喝不惯这个味道，没想到，胖胖伸出肥大的舌头舔了一口红酒，一下子像捡到宝贝一样兴奋起来，并且开启了疯狂"舔地"模式，喝了一阵，还学着我说了好几声："好酒！"

看它那副样子，果然是一个中年大叔该有的品味。

于是，我开启了舍命陪君子模式，接连又打翻了猫婆的两瓶存酒，陪着胖胖大口大口喝下去，渐渐的，不胜酒力的我已经明显感到有些晕晕乎乎，而我身边的胖胖也已经四肢无力，轻飘飘地走不了直线了。

我顶着昏沉的脑袋踱步出了藏酒室，准备找个地方暂时小憩一下，忽然听到背后的房间里头有一声高亢的说话声，好像在大

笑,还念了一句我听不大清楚的诗:

"今朝有酒今朝醉,莫使猫生空对月……"

37. 会晤

"把上好的牛排拿去乱炖，那是糟蹋了；将到手的生命拱手浪费，那便是遗憾了。"

这是我第一次看到胖胖"本尊"。

我躺在猫婆地下室的复古真皮沙发上，半睁开眼，瞧见有个模糊的高大的人形在我的面前，而我，又一次真实感觉到了自己身体的存在。

我睁开眼，面前是一个四十来岁的有些许面善的中年大叔。他头发稀疏，两撇淡眉下一对"韩式"小眼，圆圆的脸颊，略大的鼻头，皮肤没有皱纹，看上去保养得不错。他上身穿着蓝白格子的衬衫，下身西装裤，一双纯白的皮鞋看上去有些考究。大叔正瘫坐在我对面的沙发上，手里拿着一瓶红酒，歪着脑袋看着我。

我一下子清醒了，要是我没记错猫婆给我看的那张海报的话，我面前的这个人，应该就是刚才和我一同饮酒醉倒的胖胖！

A计划似乎奏效了！我真是人才中的人才，天才中的天才！

我忍着头痛从沙发上坐了起来，对面的大叔也挣扎着站起身子来检视自己，随后又看看我。

"你，你是？我……"

"胖胖，呸，严大厨，我是岑小若，也是小弱，弱鸡的弱。"

听我这样说，严斌一下子清醒了，他站起来围着我转了好几圈，嘴里嘀咕着"天哪天哪……小鬼，你到底对我做了什么？"

直到他看到沙发旁玻璃门上自己的样子，才惊到连下巴都要掉下来了。

"天啊，真的久违了……"

我走到他的身后，附和了一声："很高兴见到您。"

严斌瞪大眼睛问我究竟是怎么做到的，我只好言简意赅地告诉了他整个流程，当然也告诉他我们变回人类后的形象只能维持最多十二小时左右。

"十二小时？坑爹……"

严斌转身看了我三秒钟，冒出这么一句话，然后突然转身往楼上跑去。我以为他被眼前的情况吓得要逃，赶紧跟上去想要拦住他，却看到他一股脑扎进了猫婆家的厨房。

"严大厨，你在做什么？"我眼前的胖大叔居然打开了冰箱门，开始疯狂地捣鼓里头的食材。

"小鬼，别废话。从看到你的第一眼，我就知道你会搞事情，没想到你居然把事情搞到我头上……啧啧，别愣着，快点帮我打开炉子，生起火来，锅碗瓢盆什么的统统给我翻出来。这么多年没做饭了，真是憋死我了。"

什么？这个困在一只胖猫身体里那么久的人，居然变回来的

257

第一件事，就是要做饭？

严斌看我愣在原地不动，给了我一个凌厉的眼神，自带大厨的威风凛凛，不知为何，我居然自动变成小工，在厨房里为他翻箱倒柜起来。

严斌从冰箱里拿出牛排、大虾和各种蔬菜，抄起桌边的菜刀，娴熟又帅气地在砧板上忙活起来。他神乎其神快到离谱的刀工，真是让我叹为观止，我在他身后想开口说话，谁知大厨就像背后长了眼睛一样，对我一声令下：

"小鬼，帮我把围兜拿来，你要说什么，等待会儿吃饭的时候再说。"

平日和蔼可亲的胖胖变回了风风火火的大厨，真的是让人又爱又敬。我把一肚子话咽在喉咙口，赶紧帮他系好围兜。

一转眼功夫，一道惠灵顿牛排配沙拉，一道奶油大虾，一份蔬菜汤，摆在了餐桌上。严斌解开围兜坐在了菜品前，长长舒了一口气，搓着手欣赏着自己的大作，甚为满意的样子。

"啊，憋了那么久，这回终于满足了。只可惜食材太少，否则我非做它十几个硬菜不可。"

他抬头看我，眼神中的威严褪去，只剩下慈爱和温和。

"小鬼，快点坐下，尝尝你胖爷我，不对，严叔叔的手艺。"

我此时终于能把面前的大叔和那个圆滚滑稽的胖胖结合起来了。

我听话地坐下，看着严斌满眼欣赏地望着自己的作品，拿起刀叉，吃了一口面前的菜肴。

惠灵顿牛排金黄松软的外壳在我唇齿间崩裂，细嫩多汁带着肉香的牛排在口中融化，就连渗入肉质中的酱汁，都恰到好处，入味却不喧宾夺主。

"好吃！"我发出由衷地赞叹，终于了解了为什么胖胖每次看到猫婆的菜总是要刻薄批评一番了，哪怕只是一只猫，他也确确实实有批评别人的资本和实力。

看着我两眼放光的呆样，严大厨喜上眉梢，夸我有点品位，同时也拿起叉子品尝起自己的手艺来。我见机行事，想尽快打开我们的正式会谈。

就在我想要如何开启话题的时候，严斌往嘴里送了一块牛排，呵呵笑着，但眼里神色却很严肃地问我：

"说吧，小鬼，你费这么大劲儿，究竟找我出来干什么？"

"出来？严大厨，你难道一直知道自己就在胖胖的身体里？"

严斌咧开嘴笑了，我发现他两鬓的短发较刚才已经开始有些斑白，眼角的皱纹也增加了几条，我明白，严大厨也开始"追赶"胖胖的年纪了，当然，这位还沉浸在厨艺和美食中的大厨根本来不及注意到自己外貌的变化。

"小鬼，你知道我已经'死'了多少年了吗？太久了，久到我都算不清楚了，对于我究竟是谁，在谁的身体里，我也早就不去计较了。如果你一定要知道，那现在的我，每个月里大概有两三个小时的时间，还能恢复以前的意识，其他时候，我早就随它去了……"

原来，胖胖是有人类意识的，那么，他一定也知道一些我的情况了？

"随它去？严大厨，难道你没有想过要挣扎，要反抗，要保持自己的意识吗?"

严斌喝了一口汤,表情平静而享受,接下来才向我娓娓道来:

"小鬼,我去世的时候,是肝癌晚期。经历了那么多身体和精神上的苦难,我也无数次思考过生命和死亡的意义。等我再次醒来发现自己变成了我家的阿胖时,当然也挣扎,困苦过,我尝试过反抗,我无数次默念我曾经做过的或是自创的菜谱保持清醒,一次次想要从那个身体里脱离出来。为了逃脱,我甚至撞过墙,跳过楼,直到有一天,我从家里的阳台上一跃而下,有幸落在了楼下邻居家的阳台的阳伞上保住了一命,那一瞬间,我以为自己死了,却也想通了。"

他的话,让我想起自己在高速公路上等待那辆面包车朝我驶来时的害怕和绝望,当然还有那一闪而过的,对生的眷恋。

我很好奇,他想通了什么?

"小鬼,任何生命,都是需要珍惜的,也都有它的意义。我年轻时拥有过自己的生命和辉煌,那为了延续我生命而救下我的阿胖,也有活下去和辉煌下去的资格。我们没有权利夺走别人送给我们的第二次机会,因为,我们任何人,或是任何动物,都有好好活下去的权利和使命。"

严斌放下刀叉,看着我的眼睛,那双眼睛平和而智慧,让人的心渐渐安定下来。

"小鬼,你还年轻,有自己爱的人,你的生命就还有意义。我曾经和蓝山交谈过,它,曾经也活得太痛苦,而这些道理,也是它告诉我的。小鬼,用你的生命,用小弱的生命,去陪你爱的人吧。一个做菜的人,若是把上好的牛排拿去乱炖,那是糟蹋了;

同样的，一个死过一次的人，将到手的生命拱手浪费，那便是遗憾了。"

陪伴我爱的人？这是否就是钟秦和我说的，"存在"的意义？

严斌看我若有所思的模样，温厚地笑了。

"小鬼，你是个鬼精灵的姑娘，我从看到你的第一眼就知道了。你记住，有时候，活得不清不楚却快快乐乐，也是一种解脱。还记得我念的那首诗吗？那便是我和阿胖如今的生活哲学……所以，千万记住，以后不要轻易打扰我，但如果你需要，我这个老朋友，随时随地愿意陪你喝酒！"

我哭着笑了，严斌的眼睛似乎也有些湿润。厨房的烤箱发出了"嘀嘀"的声音，严斌站起身来，拍了拍我的肩，恢复了刚才神气活现的样子。

"小鬼，我的严氏自创草莓派好了，你今天可有口福了。"

说着，他摩拳擦掌钻进了厨房。

我思考着严斌刚才的那些话，觉得遮盖在胸口的那多年未散的迷雾，正在一丝丝抽离，直到烤箱再次发出"嘀嘀"的声响，我才发现严斌已经进去好久了。

我走到厨房门口，里面空无一人。厨房烤箱的门半开着，热气腾腾，三只圆圆的如同花瓣形状的金黄糕点在烤箱中飘散着甜蜜的香气，几粒红艳的草莓在烤箱旁的圆桌上，正等待着成为最完美的装饰。

一个明黄的身影，从我脚边闪过，我刚想叫住它，却想起了它的话。

"千万记住，以后不要轻易打扰我……"

我环顾四周,厨房台面的另一角,放着一份打包好的惠灵顿牛排,餐盘旁边,一张便利贴上写着几个圆润的字:

"给我的人类,你辛苦了。"

纸条的落款写的是"胖胖"两个字。

我转身,看着刚才严斌坐过的位置,恍惚间看到他腰间还系着围裙,手拿着酒杯摇晃,笑嘻嘻地念出了那首诗:

"今朝有酒今朝醉,莫使猫生空对月……"

38. 意义

"人们常说,每个人的人生可以拥有很多人,但猫猫狗狗的生命里却只有一个。无论多么卑微,这恰好就是,我生命的意义。"

胖胖"消失"的两个小时后,我也恢复了小弱的样子。我等待猫婆和钟秦回来,告知了他们事情的经过,并且宣布了自己的决定:

"我决定回到祁诺身边。"

猫婆看着在纸箱里打盹的胖胖和厨房里的惠灵顿牛排,默默地将那张纸条收进了衣服口袋里。钟秦再三确认了我的心意后,答应将我送回隔壁祁诺那里。

祁诺抱着我,失而复得的喜悦,一下子击溃了我之前对他的那些不满和失望。他没有错,只是更加理智,也学会了坚强而已。

钟秦谎称是在隔壁小区的草丛里捡到我的,祁诺连声道谢,虽然有些怀疑,但也不知道还能问点什么。

祁诺一家围着我关怀备至,麦兜仰着脑袋用舌头乐呵呵地舔

着我,钟秦说了告辞便离开了。

我看着他的背影,耳边想起了适才在祁诺家门口未按门铃的那一刻,他和我说的那些话。

"只要你愿意,我可以陪你、养你一辈子。你要记住,他不可以的,我都可以。"

我面前的钟秦,已经不是小时候打打闹闹一起玩乐的小男孩了,可是,我又怎么忍心让他用他的一辈子,来陪伴一个这样的我呢?

"钟秦,好好生活,偶尔来看看我。你的幸福,是我存在下去的一个重大的理由。"

他点了点头,在我的额头留下了浅浅的一个吻。

于是,我回到了我生命中的另一个"重大理由"身边。不论他是否会记得曾经的我,不论他是否已经选择忘记,我只愿意存在在他身边,见证他和他们的喜怒哀乐。

人们常说,每个人的人生可以拥有很多人,但猫猫狗狗的生命里却只有一个。无论多么卑微,这恰好就是,我今后生命的意义。

一个月后,祁诺和惠如飞回了美国继续他们的学业,我的生活照旧,但心境却平和了许多。我依旧每天进行我的思维锻炼,保持清醒的头脑。每周,我都会去找猫婆,陪她说说闲话,也一定会找胖胖,根据它的状态交流一些或幼稚或深奥的问题。每个月,钟秦会到猫婆家来等我,看我是否安好,在我的强制要求下,我们的会面才由一月一次,改为了一季一次。

在这期间,钟秦和猫婆聊过很多次,并且一趟一趟利用假期跑到日本的猫岛去,寻找那个日本作家的住所,想要问得解救我

的方法。当然,他并没有成功,也从未放弃。

两年后,祁诺和惠如在美国订婚,之后回国。

他们的新房,安置在离父母家不远的一栋温馨美丽的小洋房里。

两年间,我的身体快速老去。正如猫婆所说的,不断抵抗猫咪的意识,会加速两者的衰弱过程。祁诺回国的时候,我已经频频感到劳累,伴随着越来越频繁的呕吐和呼吸困难,就连每天走路的时间都已经少之又少了。

猫婆和钟秦都很担心我早衰的身体,而我心中忧虑的是,也许自己存在的时间快要不多了。

祁诺和惠如搬进新房的那天,请来了许多高中、大学时期的好朋友,在家中举行暖房派对。我见到了许多好久不见的熟悉面孔,他们中当然也有钟秦。大家畅聊过去和未来的时候,我把钟秦带到了三楼的阁楼上,请求他帮我做一件听起来匪夷所思的事情。

"什么?你是说,你要写日记?"

我嘱咐他不要大声,肯定地说了一声"是的"。

钟秦环顾四周,看得出这间阁楼其实是一间鲜有人问津的旧物储藏室。

"既然你说了,就一定有你的办法,那你说说看,你的日记要怎么完成?"

我带他走进阁楼的最深处,那里面有一叠废旧的资料箱和一台祁诺高中时期用过的旧笔记本电脑。

我走到那台电脑边上,用鼻尖触碰开机键,笔记本电脑还有一丝残余的电量，屏幕在我的操控下亮了起来。

"我侦查过了，这台电脑虽然旧但还可以用。我只需要你帮我找出电源线插上，再帮我打开输入软件，确保所有需要调试的功能都一直在线，这样一来，我就能用它记我的日记了。"

钟秦不解地看着我和面前的电脑，再看看我连指头都张不开的如同小拳头一样的猫爪。

"你想要怎么写字，用打的？"

我点点头，从电脑后面叼出一根细长的小竹签，费劲地将它固定在两个指头瓣之间，站到键盘前，用竹签去戳那一个个ABCD，屏幕上缓慢出现了"岑小若"三个字。

钟秦吃惊地看着我，没想到这几年我居然练就了这样一项本领，随即又担心道："这样看起来是能行得通，但你这样的速度也太慢了吧。或者，你可以把你的话告诉我，让我来帮你完成？"

我赶紧摆尾巴表示不妥，告诉钟秦这样行不通。一是已经开始读研的钟秦不可能有那么多时间来帮我写日记，二是现在我已经随着祁诺夫妇搬到了新家，不可能随时溜到猫婆家，钟秦也没有理由常常到这里来。

钟秦表示同意，想了想也没有更好的办法了。我催促他趁着楼下还在狂欢没人注意，一定要尽快帮我把一切准备就绪，并且把电脑用杂物再遮挡严实，这样我便有一个更加秘密不受打扰的"办公区域"了。

钟秦三下两下挪动了周围的东西，帮我把电脑放置接插好，打开了一页 word 文档，帮我点了保存。

屏幕上弹出了保存页面，文件名待填写。

"文件名是什么呢？"钟秦转头问我。

我毫不犹豫地走到了电脑前，"握"着那根细小的竹签，在键盘上敲下了四个字：

猫娘日记

从那天算起，这已经是我写这本日记的第三个年头了。作为小弱的我，不知不觉已经过了九个春夏秋冬了。

我一直安分守己地做着祁诺夫妇最爱的宠物，履行着我专心陪伴他的诺言。我灵巧，听话，从不对家里的任何家具施展"魔爪"。我亲眼见证着他们的日子，他的努力工作，她的顾家贤惠，还有他们共同拥有的，那个即将到来的新生命。

钟秦每隔几个月总会来找祁诺喝酒聊天，说说工作上的或是生活上的种种。我偷偷听到祁诺夫妇的议论，说钟秦明明有几次很好的出国深造机会，却都放弃了，还好几次拒绝了追求他的女孩。他坚持留在这里工作，我知道是为了什么。可我不希望他放弃幸福的机会。

我和他谈过好几次，也失控发过脾气骂过他，而他总是一笑而过，只说不是为了任何人。

倔强的人，和我一样，对认定的事情坚定不移。

钟秦每次来的时候，都会借着祁诺夫妇准备餐点的期间溜达到三楼的阁楼来为我检查电脑，并及时帮我排查解决所有的问题。他成了我和我这本日记的专属工程师。

我不知道该如何感谢他，只能把他放进我的字里行间。

自从祁诺成家后，我便少了很多和他单独相处的机会。他太

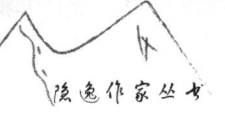

忙了，回家的时间更多是陪着太太，而我们两个早就已经没有曾经那种依靠在一起入睡的时间了。说实话，我很怀念，也会失落，但每天早晨，看到他们两个人的笑脸和幸福洋溢的神态，我都能确信他拥有了很踏实安稳的快乐。那种快乐，是一只猫娘给不了的。

于是，我的心反而静了。

心变得平静的同时，我的身体开始经历动荡。短短的几个月里，我发过几次高烧，频繁进出宠物医院打针住院，腿脚变得不利索，并且开始有了日发性的哮喘和咳嗽。

"九岁的猫咪，已经迈入老年了，但你家的这只，身体衰弱得格外厉害，也不知道是为什么？"

医生如是说。

于是，我开始每天花更多的时间躲在阁楼里写这本日记。我想把我所经历的一切都记录下来，把岑小若和小弱存在过的痕迹都留在这个世界上，生怕来不及。特别是夜里祁诺睡着的时候，我就在这里待一个晚上，艰难地"码字"，也因为这样，我的腿脚时常无力和颤抖。

"写完了，你要怎么做？这本日记，你想给谁看？"钟秦这样问过我。

"写完了，你来把它拷走。等到有一天认识我的人都离开了，再把它公布出来。对很多人来说，这只能是一个半真半假带着想象的新奇故事。当然，也许有一天，某个有着相同经历的人会看到我的故事，我希望他能从这里得到他想要的信息。我和祁诺的点滴，都在我的上一本日记里，而对我来说，这一本日记，就是

我从那以后，存在过的证据。"

钟秦心疼地抱了抱我，同时继续充当着我的"日记工程师"。

十个月后，祁诺的宝宝出生。一个健康的漂亮极了的女孩。宝宝的名字是祁诺起的，她叫"如若"，祁如若。

听到这个名字的时候，我躲在阁楼，哭着完成了日记的最后一章。在键盘上敲完最后一个字的时候，我呼了一口气，只感觉心中压抑着的情感终于能够释放完全。

阁楼沉闷的空气让我的喉咙间又有些不适，顺带着呼吸也有些困难。

钟秦这些天出差了，我和他约定好的，等我"大功告成"后，他会来拷贝我的日记。

喉咙又缩紧了一些，气息很不顺畅，这几天这样的症状出现的频率越来越高。我踽踽走到了楼梯口，却再也迈不动步伐下台阶去。于是，我就地躺在了有清晨阳光照耀的地毯上，浑身暖洋洋的，呼吸好像也没那么急促了。

写了一整晚，我有些累了，终于可以在这里好好睡一觉。

那个美妙的早晨，我做了一个很真实的梦。

就在我躺着的阁楼楼梯口，阳光蒸腾着晨雾，朦胧了长长的楼梯。我听到一阵清脆的脚步声，一步一步细碎地走上来。透过无数小小的晨雾烘托着的灰尘颗粒，我看到一个十七岁的女孩，白净的校服，长而直的黑发，细长的身姿，清澈的笑容旁边点缀着好看的梨涡。

她离我越来越近，走到我跟前，弯下腰伸出手摸了摸我的头，用柔和而熟悉的声音对我说："你好呀，小若。"

39. 新篇

"这辈子,没有做太多事,只以两种形式存在过,并长长久久爱了一个人。不知下一世,是否还能这样专心做一件事?爱上一个人?"

钟秦人在日本的田代岛——著名的猫岛之一,旁人都觉得他是一个酷爱日本旅游的资深驴友,而他已经不记得自己是第几次来到这个国家的猫岛,只为和当地人对话,找寻那些可能和小若有相似经历的猫和人。他找了一家咖啡馆,整理着手头的资料,瞥见手机朋友圈有了一则来自惠如的动态,他随手点开,手中的咖啡杯掉落在地,惊扰了周围仅有的两个客人。

老板娘上来为他整理,他呆呆看着手机频幕,留下泪来,不论别人问他什么,都没有回答。

"我们最爱的猫咪小弱,在天堂愿你安好……"

钟秦想到了那个要帮她好好保管日记的承诺,这才哽咽着拿起手机,订了最快的那班回国飞机的机票。

他起身匆匆收拾桌上的东西，手颤抖着不小心把笔记本落在了地上，飘落出一张女孩的照片。女孩穿着校服，抱着一只全身雪白的猫咪甜笑，从眼睛到全身，都是笑意。

原来，那张在祁诺家"失踪"了的照片，一直在这里。

祁诺和惠如在客厅里肩并肩坐着，他们面前堆放着好几本厚厚的相册。夫妻两个人一人一本，各自挑拣出有他们爱猫的照片来，想要合成一本属于小弱的专属相册。房间内格外安静，只有他们身旁的婴儿摇篮里，时不时传出小宝贝的咿咿呀呀的声音，隔了一会儿又安静了。

他们面前的照片越来越多，先开始，是小小的一只惹人怜的小奶猫，再后来，是只长大了的漂亮猫咪。在家里的，院子里的，看着看着，两个人翻到了他们的婚礼照片，接着是蜜月的，聚会的，还有孩子刚出世时在医院里的。

祁诺一张一张看起来，突然，他拿起一张女儿刚出世时他第一次抱她的照片，拿近了仔细看，背景处，病房的外面，有一个满头白发身穿黑色大衣的老太太，欣慰又感动地站在初为人父的祁诺身后，正巧被镜头捕捉到了。

一种似曾相识的感觉让他有些疑惑。

惠如看他看得入神，问他怎么了，他不说话，在一堆照片里翻找，终于找出一张他们婚礼时候的照片。那时候，他们站在酒店的宴会厅门口迎接客人。角落里，同样一个头发有些苍白的五十来岁的女人，正看着这对幸福的新人。她的脸色有些落寞，但嘴角洋溢着笑容。同样的黑色大衣，同样的一张熟悉的脸，只

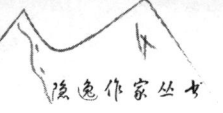

是看上去稍微年轻一些。

祁诺有些心慌,他觉得奇怪,这个陌生人,为什么碰巧出现在两次他人生最重要的时刻,自己却从来没有注意过她。

他开始重新快速翻阅照片,找寻那个女人的脸。惠如不明白他在做什么,只好起身去哄女儿睡觉。终于,他在另一张照片中看到了那个女人。

照片是他本科毕业从美国回来,也是第一次带妻子回国见家人时在机场拍摄的。他的父母脸上洋溢着幸福的笑,惠如笑得少许腼腆,他也很高兴。在他们身后,有一个穿着少女装的中年女人,看上去有些不伦不类,在远处望着他们的方向,一只手拂过脸颊,仿佛正在擦去一滴眼泪。他看不清女人的长相,却觉得她也很熟悉。

再去找,便没有更多了。

祁诺也不知自己是怎么了,看到了这个女人的脸,心中涌现了一种异样的感觉,久久挥散不去。

那天晚上,钟秦踏上了回国的飞机,怀里依旧揣着他最爱的那个女孩的照片。

同样的夜晚,祁诺安顿好了睡下的妻儿,自己一个人爬上了三楼的阁楼,这个家中他很少问津的地方。他最疼爱的宠物,他的小弱,就是在这阁楼前去世的。他想起几年里他有几次上来取东西,总是看到小弱神经兮兮地从里面跑出来围在他的脚边打转,他一直认为小弱是喜欢在这昏暗封闭的空间睡觉。

时间真快,从墓地接回它到现在,他已经从一个高中毕业生

变成了一个新手爸爸了。

不知道小弱走的时候,心里在想些什么。

不知不觉,他走进了那间堆满了杂物的阁楼,他甚至不知道自己为什么要大半夜到这里来。

阁楼黑着,灯好像也坏了。

"白天要买新的灯泡上来修好才行。"

他这样想着,突然发现黑暗中的角落有一丝微弱的光线,仿佛是从窗户透进来的月光,又好像是一扇电脑屏幕印出的光晕。

他停住脚步,往有光的方向看了过去……

第二天清晨,安静的私家住宅区,钟秦风尘仆仆地抵达。他一手拎着还未来得及回家放下的皮包,一手攥着那本夹着照片的笔记本。这条通往祁诺学长家的路,他这些年已经走了无数遍了。只是这一次,那个人,那只猫,不会再在那幢充满温馨的房子里等他了。

就算那是别人的家,但有她在等,对他来说就已经足够温馨了。

他渐渐接近了路尽头的那幢洋房。

他站住了,深呼吸忍住胸腔内起伏的情绪,准备将自己伪装成一个只是前来慰问的老朋友,同时思索着待会儿要如何取回楼上那台电脑。就在他再次迈开步伐的时候,身后的草丛里有一丝响动。不知为何,他的心脏忽然重重地跳动了一下,仿佛有一种神奇的感应,他回了头。

一天中崭新的阳光拉长了他的影子,那瘦长影子的笼罩下,一只全身雪白的小小的猫，正歪着头定定地看着他，那双琥珀色的眼睛里，仿佛藏着某种道不出的秘密……